새로운 나로 태어나는 길,

산티아고

새로운 나로 태어나는 길, 산티아고

발행일	2017년 11월 24일

지은이	이 휘 재		
펴낸이	손 형 국		
펴낸곳	(주)북랩		
편집인	선일영	편집	이종무, 권혁신, 오경진, 최예은, 오세은
디자인	이현수, 김민하, 한수희, 김윤주	제작	박기성, 황동현, 구성우
마케팅	김회란, 박진관, 김한결		
출판등록	2004. 12. 1(제2012-000051호)		
주소	서울시 금천구 가산디지털 1로 168, 우림라이온스밸리 B동 B113, 114호		
홈페이지	www.book.co.kr		
전화번호	(02)2026-5777	팩스	(02)2026-5747

ISBN   979-11-5987-865-7 03810 (종이책)   979-11-5987-866-4 05810 (전자책)

이 도서의 국립중앙도서관 출판예정도서목록(CIP)은 서지정보유통지원시스템 홈페이지(http://seoji.nl.go.kr)와 국가자료공동목록시스템(http://www.nl.go.kr/kolisnet)에서 이용하실 수 있습니다.
(CIP제어번호 : CIP2017030655)

이휘재 에세이

새로운 나로 태어나는 길,

산티아고

치유와 성찰, 그리고 거듭남의 순례길 800㎞

북랩 book Lab

아 내 에 게   바 치 는   8 0 0 km

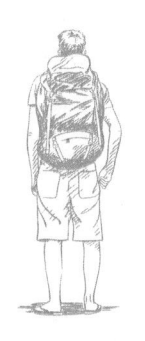

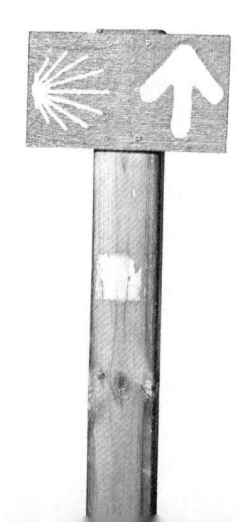

산티아고를 꿈꾸며

2017년 환갑을 맞이하여 내게 그간의 삶에 대한 보상으로 산티아고 여행을 선물하기로 했다. 약 10년 전쯤 우연히 어느 저자의 여행기를 읽으며, 언젠가는 한번 그 순례 길을 가보고 싶다는 생각을 했고, 걷기동호회 활동을 하면서 그 생각을 좀 더 구체화하였다. 최근에 통장을 개설하여 조금씩 저금을 하고 있으며, 책상에는 지인이 격려차 선물한 『부엔 카미노』라는 산티아고 여행기가 있고, 책상 옆면에는 그 책의 부록에 수록된 산티아고 지도를 붙여놓고, 가끔은 책을 들춰보기도 하고 지도도 보며 그 꿈을 현실화하는 작업을 하며 스스로에게 삶의 활기를 불어넣어 주고 있다.

산티아고 순례 길은 야고보 성인의 관이 모셔져 있는 곳에 지금의 콤포스텔라라는 성당이 건립되면서 순례가 시작되었지만, 많은 순례자들의 방문이 이어지던 순례는 14세기 들어와서 서서히 잊혀가다가, 2000년 직전부터 다시 활기를 되찾았다. 9개의 코스가 있고, 그중에 프랑스 국경 지역인 생장에서 시작하여 스페인 산티아고 콤포스텔라에 도착하는 프랑스길이 가장 많이 알려져 있다. 최근에는 다시 예전의 영광을 되찾은 듯, 많은 사람들이 길을 걸으며 길 위에서 자신의 길을 찾고 있다. 많은 사람들이 산티아고 순례 길을 떠난다. 왜 남녀노소를 불문하고 전 세계의 많은 사람들이 이 길을 찾을까? 지금도 젊은 대학생부터 70세 이상의 노인들까지 다양한 연령대의 사람들이, 또 구성원으로 보면 부부, 친구, 가족과 또는 홀로 걷는 순례자들의 행렬이 끊이지 않고 있다. 그들이 모두 종교적인 순례자는 아닐 것이고, 개인마다 목적이 다를 것이다.

내가 활동하고 있는 걷기동호회 회원 분들 중 두 분이 이 길을 다녀왔다. 한 분은 환갑을 맞이하여 여행을 감행하셨는데, 그 이유는 자식들을 모두 출가시킨 후에 자신의 삶을 돌아보니, 대학 졸업 후 바로 결혼하여 너무 남편에게 의존해 살아왔고, 자신의 삶이 없다는 것을 느끼며 독립성을 찾기 위해 결정을 하셨다 한다. 남편의 반대가 너무 심했지만, 정 못 가게 하면 이혼을 하겠다는 위협까지 하면서 자신의 뜻을 관철시켰으며, 힘든 여정을 중도에 포기하지 않고 끝까지 순례를 마치시고, 그 이후부터는 자신의 삶을 살고 계신다고 하셨다. 지금도 꾸준히 걷기 동호회 활동을 하시면서 후배 회원들에게 이 순례 길을 권하고 계신다.

다른 한 분 역시 여성 회원으로 일류 고등학교와 대학, 대학원을 졸업한 뒤 직장 생활을 하면서 일과 사회생활의 즐거움에 빠져 지내다가 위암 판정을 받은 후에, 수술을 성공리에 마치고 어떻게 사는 것이 잘사는 것인가, 내가 왜 이런 지경까지 되었는가 등을 고민하다 산티아고 순례를 하게 되었고, 다녀온 후에도 제주 올레길 완보, 걷기동호회 활동 등을 열심히 하면서 예전과는 다른 자신을 위한 삶을 살고 있다. 지금도 외국계 보험회사에 근무를 하고 있는데, 취업 조건으로 주말 근무 없고, 9 to 6 외에는 근무를 하지 않는 조건으로 입사를 하였다는 소식을 듣고, 젊은 나이에 자신의 삶을 되돌아보며, 앞으로 자신의 길을 어떻게 가겠다는 확신을 지니고 사는 모습이 부러우면서 대견스럽기도 하였다. 이 두 분의 산티아고 여행 목적은 한마디로 정리하면 자신의 정체성을 찾고, 자신이 원하는 삶을 살고, 이런 과정을 통해서 '참 자기'를 찾는 것이라 말할 수 있다.

　나는 왜 이 길을 걷고 싶고, 왜 꿈을 꾸게 되었는가? 이 글을 쓰다 보니 여러 생각을 하게 되었고, 시간이 지나면서 자연스럽게 정리가 되었다. 내게는 삶의 중간 정산, 인생 이모작에 대한 구상, 그리고 영적인 성장을 이루고 싶은 것이 주된 이유이고 목적이다. 지난 약 60년의 세월은 크게 두 단계로 나누어질 수 있다. 첫 번째 단계는 태어나서 결혼 전까지, 부모님과 가족, 선생님, 친구들에 의지하며 타인에 의해 성장한 나의 삶이다. 이 기간을 통해 나는 갓난아이에서 성인으로 성장하며 스스로 경제적, 심리적으로 독립을 이루게 되었다. 그 기간은 여러 상황들을 만나고, 힘들고 어려운 과정을 거치며 나 자신의 정체성을 만들어 나가는 시기였다. 그 다음 단계는 결혼을 하여 가정을 꾸리고, 아이를 키우고, 외동딸을 시집 보낸 기간이다. 이휘재라는 나의 이름은 사라지고, 누구 남편, 누구 아빠, 누구 아들, 사회의 직위와 맡은 역할로 불리며 살아왔다. 앞 단계에서는 나의 정체성을 찾고 나를 만드는 기간이라면, 그 다음 단계에서는 나 자신을 없애는 기간이었다. 내가 누구인가는 중요하지 않았고, 나에게 주어진 역할에 최선을 다해야만 하는 충실한 역할 연기자였다. 딸아이를 출가시키며 제일 먼저 든 생각은 부모님과 조상님들에게 진 빚을 갚았다는 후련함과 시원함, 그리고 편안함이었다. 역할 연기를 한 사람이 그 역할에서 벗어난 후 맞이하는 자유의 평온함 같은 것이었다. 나를 만들고, 찾았고, 다시 찾았던 나를 없애는 과정에서 나라는 사람은 많이 변하기도 하였고, 상처와 고통을 통해 성숙과 성장을 하기도 하였으며, 세상이 녹록하지 않음을 알게 되면서 자신의 무지와 무력함을 뼈저리게 느끼며 겸손을 배우기도 했다.

지금까지의 삶은 내가 원하는 삶이라기보다는 주어진 책임을 다 해야만 하는 삶이었다. 내가 좋아하든, 싫어하든 상관없이 해내야만 하는 삶이었다. 그래서 나의 삶은 살았다는 표현보다는 살아냈다는 표현이 맞을 것이다. 비록 그 삶이 사회적으로 인정을 받든 아니든, 성공했든 아니든, 그 역할을 내 나름대로 충실히 해냈다는 사실이 중요했다. 열심히, 그리고 바쁘게는 살았지만, 현명하게 살지 못했다는 아쉬운 생각이 너무 크다. 지난 세월 가장 안타깝고 후회스러웠던 일은 바로 과거가 묶어놓은 사슬을 풀어내려고 나의 거의 모든 에너지와 시간을 낭비했다는 것이다. 현실을 잘 살면, 또 매 순간 주어진 일에 최선을 다하고 살았다면, 그 사슬은 절로 풀려지고 과거 고통의 크기는 절로 작아지는데, 그 단순한 이치를 모르고 과거의 삶으로부터 벗어나려고 발버둥을 쳤고, 그 사슬은 더욱 더 나를 조여 왔다. 그 시간과 에너지가 너무나 아깝다. 나는 이 여행을 통해 수만 번 전생의 모든 업장과 현생의 과거와 이별을 함으로써 내 삶의 중간 정산을 하려 한다.

인생 이모작 구상이란 지금부터 죽음에 이르는 동안 무엇을 하며 어떻게 살 것인가에 대한 삶의 설계도를 만드는 것이다. 정말 내가 하고 싶은 일은 무엇인가? 어떤 삶을 살면 삶의 의미를 찾고 행복한 삶을 살 수 있을까? 과거 삶의 여러 굴곡 속에서도 나를 꾸준히 지켜주었던 것은 불교와 명상, 상담, 그리고 걷기이다. 오랜 기간 공부해왔던 불교와 명상이 삶이 지옥처럼 느껴질 때마다 감로수가 되어 지옥고를 면하게 만들어주었고, 삶에 대한 심한 갈증을 해소해주었다. 우연한 기회에 만난 상담은 대학원에 진학하게 만들었고, 학문적인 공부와 상담 수련 과정을 통해 상담심리사로 만들어 주었으며, 동시에 나 자신을 알아가는 과정을 통해 심리적인 안정과 평안함을 얻게 해 주었다. 마라톤과 걷기는 심리적 불안과 고혈압으로부터 벗어나기 위한 방편으로 시작을 하였고, 그런 신체적인 운동을 통해 심리적인 불안 장애를 많이 극복할 수 있었다. 결국 불교, 상담, 걷기가 나를 살렸고, 지금의 나는 심리적으로 많이 안정이 되었으며, 나름 일상 속에서 작은 행복감을 느끼면서 살고 있다.

내 문제가 어느 정도 해결되면서 주위 사람들의 문제가 보이기 시작했고, 심리적으로 고통받는 분들에게 명상, 상담, 걷기를 통해 그 고통으로부터 벗어나게 해 주는 것이 내게 주어진 하나의 소명 같다는 생각이 들었다. 그 일을 통해 나는 내 삶의 의미를 찾게 되고, 그런 일 속에서 행복을 느낄 수 있을 것이다. 이런 나의 생각이 진짜 나의 생각인지, 아니면 심리적 유희나 보상심리로 하는 생각인지를 약 40일간 800㎞를 걸으며 확인해보고 싶고, 아울러 앞으로 나의 인생을 어떻게 펼칠 것인가에 대한 구체적인 구상을 하고 싶다.

영화 '와일드'는 걷기를 통한 과거 상처의 치유와 영적 성장의 과정을 잘 보여주고 있다. 주인공은 인생을 거의 포기하게 된 순간 여행사에서 우연히 발견한 멕시코 국경에서 캐나다 국경을 연결하는 4285㎞의 PCT(Pacific Crest Trail) 안내서를 보고 걷기 도전을 감행하였고, 성공하였다. 걷다가 울기도 하고 세상을 향해 욕을 하는 과정을 통해 스스로 치유해가면서 세상을 수용하는 법을 배웠다. 거의 여정이 끝날 무렵 동생에게 전화를 해서 아무것도 없어도 다시 시작할 수 있다는 얘기를 하곤 스스로 그 말에 놀라기도 한다. 그런 통찰이 바로 영적인 성장일 것이다. 나는 산티아고 길을 걸으며 메세타 평원에서 목 놓아 울 것 같다는 느낌이 가끔 든다. 그 평원은 말 그대로 아무 것도 없는 평원이다. 가끔 나 자신을 생각하면 아무것도 없는 사막을 홀로 걸어가고 있는 모습이 그려진다. 외로움이 무섭지는 않다, 하지만 외로움은 서럽다. 홀로 삶의 사막을 횡단하며 살아왔던 나 자신이 서럽고 슬픈 것 같아 그런 나를 위해 한껏 울고 싶다. 일종의 자기정화이며 자기자비이다. 40일간의 여정을 통해 그런 내면의 상처를 치유하고, 불신이 신뢰로, 미움이 사랑으로, 분노와 억울함이 용서와 화해로 자연스럽게 변화되는 영적인 성장을 이루고 싶다.

상담공부를 시작하면서 내면의 긍정적인 변화들이 많이 생겨났다. 요즘 드는 생각은 그런 변화의 속도가 앞으로 점점 더 빨라질 것이며, 깊어질 것이라는 확신이 든다. 그러기 위해서 스스로 나 자신을 잘 살펴보고, 과거의 실수를 되풀이 하지 않고, 하루하루 단순하고 편안한 삶을 살도록 노력을 해야 할 것이다. 그런 노력이 바탕이 되어 약 2년 뒤에 산티아고에서 산고를 겪고 태어난 신생아처럼 새로운 나로 다시 태어날 것이다. 그 아이는 세상의 모든 즐거움과 고통을 알면서도 수용하되 빠지지 않고, 그것들의 본질을 잘 바라보고, 그 속에서 평온함을 유지하며 자신의 길을 묵묵히 가는 가장 평범하고 평안한 아이가 될 것이다.

추천사

"Walking is not only to go from one point to another. It is as well to go towards people, because on the trail, everybody meet lots of new friends.

Thanks to the walk who permit me to meet my friend HwiJ. Lee."

— Bernard Ollivier

"걷는다는 것은 단순히 한 곳에서 다른 곳으로 가는 것만은 아닙니다. 길 위에 있을 때 우리는 많은 친구들을 새로 만납니다. 그래서 걷는다는 것은 새로운 사람들에게 다가가는 것이기도 합니다.

나의 친구 이휘재를 만나게 해 준 걷기에 감사하며"

— 베르나르 올리비에

PART 01

왜 산티아고를?

나는 걷는다

약 10년 전으로 기억됩니다. 우연히 베르나르 올리비에의 『나는 걷는다』라는 책을 읽고, 걷기에 관심을 갖게 되었습니다. 그때는 사업을 하면서 가장 힘든 시간이었고, 재기를 위해 몸부림치는 시점이었습니다. 힘든 것을 풀어낼 방법이 없어서 택한 것이 무리한 등산과 마라톤이었고, 군대에서부터 상태가 좋지 않았던 무릎의 무리한 사용으로 결국 연골이 파열되어 수술하고 나서 실의에 빠졌던 시간이었습니다. 뛰지도 못하고, 걷기도 불편하고, 사업은 마음대로 되지 않았던 그 시간을 달래주었고, 제게 그나마 희망을 주었던 것이 이 책이었습니다. 걸을 수 있게 되자, 등산이나 마라톤을 포기하고 혹시나 하는 마음에 걷기 동호회를 알아봤더니 많은 동호회들이 있었고, 지금의 카페 '걷기마당'에 가입하여 활동을 하게 되었습니다.

오늘 후배가 이 책을 제게 선물해 주었습니다. 예전에 읽었던 책은 아마 제가 누군가에게 준 것 같고, 최근에 산티아고 준비를 하면서 다시 한 번 읽어보고 싶다는 생각을 하고 있었는데, 저의 계획을 알고 있는 후배가 적절한 시간에 제게 선물을 하였습니다. 고마운 일입니다. 제가 하는 일에 관심을 두고, 그 관심에 대한 마음의 표시로 이런 선물을 해주는 그런 마음과 행동이 고마울 따름입니다. 요즘처럼 각박하고 이기심이 팽배한 시점에 지인의 마음을 읽고 적절한 시점에 적합한 선물을

새로운 나로 태어나는 길, 산티아고

할 수 있는 그런 마음을 배우고 싶습니다. 아직도 저 자신에게서 벗어나지 못하고, 주변 사람들에게 진심으로 다가가서 마음을 읽어주기에는 저의 이기심이 너무 크게 자리 잡고 있어서 쉬운 일이 아닙니다. 그 후배를 통해 감사함을 느끼고 아름답게 사는 방법을 배워나가고 있습니다.

베르나르 올리비에는 기자 생활을 정년퇴직하고 우울증에 빠져 고통 속에 시달릴 때, 걷기를 계획하여 약 4년간 12,000㎞를 걷고 나서 이 책을 쓰게 되었습니다. 자신의 우울에서 벗어나기 위해 이런 무리한 일을 감행하는 그분의 용기에 찬사를 보내면서, 다른 한편으로는 얼마나 힘들었기에 죽음을 각오하고 걸었으며, 그런 상황에서부터 벗어나려 했을까 하는 절박함이 느껴지기도 합니다. 이 분은 책을 출판한 후에, 쇠이유(불어로 '문턱'이라는 뜻)라는 프로그램을 기획하여 정부에 제안하였고, 지금 쇠이유는 잘 운영되고 있습니다. 쇠이유 프로그램의 요지는 범죄를 저지른 청소년들을 감옥으로 보내는 대신에 4,000㎞ 정도를 멘토와 함께 걷고 나면 실형을 면제해주는 프로그램입니다. 법무부, 심리학자, 지역 위원, 가족, 선생님, 정부가 하나가 되어 한 명의 청소년이 범죄자로 살지 않고 정상적인 삶을 살 수 있도록 이끌어 주는 의미 있는 프로그램입니다. 이 프로그램을 통해 실형을 면제받은 분들의 재수감률은 일반 수감자에 비해 1/4 정도밖에 되지 않는다 하니, 아주 성공적인 프로그램이라는 생각이 듭니다.

『나는 걷는다』라는 책은 제게 삶의 방향을 제시해 주었습니다. 단순한 걷기가 아닌, 걷기를 통한 심신통합힐링 프로그램을 기획하여 심신의 고통을 받는 많은 분께 제공하여, 그런 고통으로부터 조금이나마 벗어날 수 있도록 도움을 드리며 살고 싶다는 그 방향을. 제가 상담을 공부하고, 명상을 공부하고, 걷기를 하는 모든 것들이 결국은 그 길을 위한 준비 과정이라는 느낌을 받기도 합니다. 제가 걷기 동호회 활동에서 사용하고 있는 별칭인 '걷고'도 이 책에서 힌트를 얻어 지은 것입니다. 제가 이 카페에 가입한 후에 지은 첫 번째 별칭은 '바보'였습니다. 살아온 제 모습이 바보 같기도 했고, 제가 알고 경험한 것이 너무나 미미한 것이고, 그간 못난 놈이 잘난 척하고 살아온 것에 대한 반성의 마음으로 바보라고 지었습니다.

맨 처음 걷기에 참석하였을 때, 어느 분께서 제게 "왜 걸으러 오셨습니까?"라는 질문을 하셨고, 갑작스러운 질문에 "산티아고 가고 싶어서 열심히 걸어 보려고요."라고 대답했던 기억이 납니다. 그 말이 씨가 되어 드디어 산티아고를 가게 되었습니다. 또 다른 회원 분께서는 뒤풀이 장소에서 다른 회원 분들이 '바보님'으로 부르기 불편하니 별칭을 바꾸는 것이 어떻겠느냐는 말씀을 듣고, 이 책 제목이 생각나서 '걷고'로 짓게 되었습니다.

참으로 제게 고마운 책입니다. 언제 기회가 되면 이 저자 분을 만나 쇠이유에 대한 말씀도 듣고, 걷기에 대한 말씀도 나누는 시간을 갖고 싶습니다. 생각을 하고 마음을 내었으니, 언젠가는 이것이 씨가 되어 만날 날이 있으리라 생각됩니다. 지금 79세인 이 저자 분께서는 약 3년 전에 연인과 함께 2,900㎞를 넉 달간 걸었던 경험을 『나는 걷는다 끝』이라는 제목으로 책을 발간하였습니다. 이 두 권의 책을 권해드리고 싶습니다.

문턱

쇠이유, SEUIL

60세에 정년을 맞이한 한 남성이 있습니다. 퇴직으로 인한 불필요한 존재라는 실망감에 부인을 잃은 상실감이 더해져 자살을 생각하던 중, 조카가 며칠간 집으로 놀러 오겠다는 얘기를 듣고는 집 정리를 하며 마음을 추스른 후에 산티아고로 떠납니다. 콤포스텔라 대성당 앞에서 두 가지를 다짐합니다. 하나는 자신이 사회로부터 청산된 불필요한 존재가 아니고, 경험 많고 존재 가치가 충분한 사람으로 사회에 기여를 하겠다는 약속입니다. 이런 약속이 범죄를 저지른 청소년들에게 4,000㎞ 이상을 멘토와 함께 걸으면 실형을 면제시켜주는 쇠이유라는 청소년 교정 프로그램으로 발전하였습니다. 또 다른 하나는 실크로드 12,000㎞를 걷겠다는 약속입니다. 그 약속을 4년에 걸쳐 완주를 한 후에 『나는 걷는다』(총 3권)라는 책을 출간하였습니다. 그 책은 전 세계에 번역되어 걷기 열풍을 불러일으켰고, 지금도 도보 여행자에게는 필독서로 알려져 있습니다. 그의 걷기에 대한 열정은 여전히 식지 않고 75세의 연세임에도 불구하고 2013년과 2014년 두 번에 나눠 실크로드의 걷지 못한 나머지 구간을 연인과 함께 2,900㎞를 걷고, 『나는 걷는다, 끝』이라는 책을 출간하였습니다. 그분은 다름 아닌 지금 79세인 베르나르 올리비에 씨입니다.

지난 약 30년의 세월을 직장생활과 개인사업을 운영하며 지내다가, 회사를 정리하고 앞으로 어떤 삶을 살 것인가, 어떤 삶이 보람 있고 의미 있는 삶인가에 대한 고민을 하고 있는 한 남성이 있습니다. 사회생활로 인한 스트레스로 힘든 시간을 보내던 중에 『나는 걷는다』라는 책을 읽고 감명을 받아 걷기에 관심을 갖게 되어 열심히 길을 걸으며 마음의 안정을 찾기도 하였습니다. 또한, 우연한 기회에 심리상담을 접하게 된 후 상담의 중요성과 필요성을 느끼고 50대 중반에 대학원에 입학하여 공부를 하였고, 드디어 상담심리사가 되었습니다. 상담 공부를 통해 자신의 문제가 어느 정도 해결되고 마음의 안정을 찾아가게 되면서, 주위 사람들의 고통이 들리기 시작하였습니다. 이를 계기로 그분들을 위한 자그마한 도움이 될 수 있는 일을 하면서 삶의 의미와 보람을 찾고 싶다는 생각을 하게 되었습니다. 구체적인 계획이 수립되지는 않았지만, 심리상담, 걷기와 명상을 접목한 프로그램을 기획하여 심신이 지친 분들에게 도움을 드리고자 꾸준히 노력하고 있는 이 사람은 바로 다름 아닌 올해 환갑을 맞이하는 저, '걷고' 이휘재입니다.

저 역시 베르나르 올리비에 씨처럼 걷기를 통해 자신을 찾고 미래를 계획하고 싶었습니다. 환갑을 기념하기 위해, 그간의 삶을 돌아보고 앞으로의 삶을 계획하기 위해, 그리고 사회적으로 다양한 역할을 해 왔던 자신의 페르조나를 벗어버리고 그 안에 감춰져 있던 자신을 되찾기 위해 산티아고 여행을 준비하게 되었습니다. 이번 여행은 제게 참으로 의미 있는 여행이 될 것입니다. 이번 여행을 준비하는데, 아내는 걱정을 하면서도 옷가지와 필요 물품을 챙겨주었고, 딸아이는 모든 항공편, TGV 및 호텔 예약, 환전, 간단한 선물 등 여행에 필요한 많은 것들을 도와주었습니다. 제 계획을 알게 된 선배님들과 친구들은 여행에 필요한 모든 경비를 지원해주시며 축하해주시기도 하셨고, 어떤 후배들은 여행 관련 서적을 사서 보내주기도 하였습니다. 참 고마운 분들입니다. 그분들의 그런 모습을 보면서, 한편으로는 제가 지난 60년이라는 세월을 그래도 잘살았다는 뿌듯함을 느끼기도 하였습니다.

최근에 『나는 걷는다』 책을 다시 한 번 읽었고, 얼마 전에는 그 작가의 자서전인 『떠나든, 머물든』이라는 책을 읽었으며 지금은 『나는 걷는다 끝』을 읽고 있습니다. 그 책들의 내용이 너무나 마음에 와 닿았고, 제게 많은 감동을 주었기에 그분을 만나고 싶다는 생각이 강하게 들었습니다. 그 책들을 번역 및 발간한 출판사에 정중한 메일을 보내서 작가분의 이메일 주소를 물어보았고, 친절하게도 그 출판사에서 다음 날 제게 주소를 알려 주셨습니다. 용기를 얻어서 바로 베르나르 올리비에 씨에게 메일을 발송하였습니다. 왜 만나고 싶어 하고, 어떤 얘기를 하고 싶은지에 대한 장문의 메일을 발송하였습니다. 간절함과 진실성이 느껴지셨는지, 파리 외곽에 살고 계시지만, 파리에 있는 쇠이유 사무실까지 오셔서 기꺼이 만나시겠다는 이메일과 함께 쇠이유 주소와 개인 휴대전화 번호를 알려 주셨습니다. 저는 너무 기뻐 춤을 추고, 노래를 부르고, 소리를 지르고 싶었습니다.

산티아고 여정을 모두 마친 후에 편안하고 즐거운 마음으로 파리에서 그분을 만나 대화를 나누며 의미 있는 시간을 보낼 생각에 마음이 많이 설렙니다. 아직 무슨 말씀을 드려야 할지, 어떤 만남이 될지, 만난 후 어떤 생각이 들지는 모르겠지만, 한 가지 확실한 것은, 산티아고 여정과 그분과의 만남은 제 삶에 아주 중요한 계기가 될 것이라는 점입니다. 또한 이번 여행을 전환점으로 하여 제 삶의 방향이 어느 정도 확립될 수 있으리라 믿습니다. 티베트 말로 '사람'은 '걷는 자'라고 한다는 말을 듣고, 이번 여정은 삶의 과정에서 잃어버린 저 자신을 찾고, 사람이 되어가는 문턱을 넘는 중요한 기회라는 생각이 듭니다. 제가 이번 여행을 간절히 기다리는 이유입니다.

영화
'오베라는 남자'

오베, 나이 59세, 철도 기술자로 43년간 근무하다 해고. 부인은 교통 사고로 유산, 두 다리를 잃고 최근에 암으로 사망, 매일 부인 묘소 방문, 자살을 여러 번 시도하나 실패. 정부, 관료, 와이셔츠 입은 행정직 사람들을 극도로 혐오함. 자신이 정한 규칙을 이웃들이 어기는 것을 못 참고, 스스로 고립된 생활을 하며 만사에 불평불만이 많음.

자동차 브랜드에 대한 선호도의 차이로 인해 오랜 친구와 등을 돌리고, 길고양이를 쫓아내고, 젊은이들의 자유로운 언행을 질타하고, 이웃들의 모습들을 보며 못마땅해하며 점점 더 자신만의 성을 높게 쌓은 오베. 그런 오베가 이웃들의 귀찮고 반갑지 않은 부탁을 통해 이웃과 소통하는 법을 배우며 자신만의 고집이나 편견을 버리고 세상을 향해 닫혔던 마음의 문을 열고 사람으로 인해 받았던 상처를 사람을 통해 치유받게 됩니다. 그런 내면의 변화를 통해 자신만이 아닌 주위 사람들에 대한 연민과 애정을 느끼고 함께 사는 세상의 아름다움을 볼 수 있는 눈을 뜨게 됩니다.

오베라는 사람을 보며 요즘 우리나라에서 퇴직을 앞둔 분들, 혹은 퇴직 후 심리적, 신체적으로 고통을 받는 분들이 떠오릅니다. 우리 역시 그런 상황이 되면 오베와 별반 다르지 않게 생각하고 행동하며 속에는 부정적인 감정으로 가득 쌓여 가족, 친구, 주위 사람들과 벽을 쌓고 살아 갈 것 같습니다. 이 영화는 인생 후반기를 준비하는 분들에게 많은 교훈 을 안겨 주는 좋은 영화라고 생각합니다.

반백 년 이상 살아오면서 우리는 알게 모르게 많은 실수를 하였을 것 이고, 그로 인해 많은 사람들이 마음의 상처를 받았을 것입니다. 그분들 에게 일일이 찾아가 용서를 구할 수는 없겠지만, 과거를 회상하며 그런 일이 떠오를 때마다 그분들에게 용서를 빌며, 그분들의 행복을 위해 기 도해 주는 것도 좋은 방법일 수 있습니다. 어쩌면 그것보다 더 중요한 것 은 자기연민의 시간을 통해 자신에게 용서와 화해를 구하는 것입니다. 자신을 용서한 뒤에야 주변 사람들에게 시선을 돌릴 수 있는 힘이 생기 고, 용서와 화해를 구할 용기가 생길 수 있기 때문입니다.

『용서』(달라이라마, 빅터 챈 지음)란 책에 이런 글이 있습니다.

우리가 자신만을 생각하고 타인을 잊어버린다면 우리의 마음은 매우 좁은 공간만을 차지한다. 그 작은 공간에서는 작은 문제조차 크게 보 인다. 하지만, 타인을 염려하는 마음을 키우는 순간, 우리의 마음은 자동적으로 넓어진다. 이때는 자신의 문제가 설령 아무리 큰 것이라 해도 별로 크게 느껴지지 않는다. 그 결과 마음의 평화가 훨씬 커지는 것이다. 따라서 만일 당신이 자기 자신만을, 자신의 행복만을 생각한 다면 실제로는 덜 행복해지는 결과가 찾아온다. 당신은 더 많은 불안, 더 많은 두려움을 갖게 된다. 당신이 타인에 대해 생각할 때 당신의 최대의 이익을 얻는 첫 번째 사람이 될 것이다.

한평생 산다는 것은 사람과 사람의 만남으로 이루어집니다. 가정, 회사업무, 친구관계 등 모두 사람과의 관계에서 이루어집니다. 삶의 과정에서 겪었던 많은 경험을 통해 우리는 행복에 이르는 길을 만나게 됩니다. 그 길은 바로 자신과 타인을 용서하고 화해하며, 자신의 틀을 부수고 마음의 문을 열어 세상 밖으로 나가는 것을 의미합니다. 물고기가 물을 떠나 살 수 없듯이, 사람은 사람들을 떠나 살 수 없습니다. 타인의 삶과 나의 삶이 결코 분리되어 있지 않고 서로 연결되어 있다는 것을 알게 되는 순간 우리 앞에 행복의 문은 저절로 열릴 것입니다.

저는 살아오면서 불편한 사람들과의 관계가 싫어서 연락을 끊고 지낸 적도 있었습니다. 그만큼 저의 마음이 좁아졌던 것이고, 그런 방식으로 사람들을 대한다면 언젠가는 나 자신을 수용할 마음조차도 없었을 것입니다. 달라이라마의 말씀처럼 적이라 생각하는 사람조차 스승이라 생각할 수는 없어도, 내 삶의 활기를 만들어주는 고마운 사람이라는 것을 알게 되는 순간 적이 친구로 변하고 불행이 행복으로 변하게 됩니다.

약 30년 이상 직장인으로, 가장으로, 자식으로, 부모로, 그 외의 여러 역할을 수행하느라 많은 고생하셨던 분들이 자기연민, 용서와 화해를 통해 지난 세월의 흔적인 마음의 상처로부터 자유로워지시고, 이제부터는 자신의 역할을 위한 페르조나를 벗어버리고 사람들 속에서 자신만의 삶을 찾아 행복한 하루하루 맞이하시길 진심으로 바랍니다.

새로운 나로 태어나는 길, 산티아고

영화
'뚜르, 내 생애 최고의 49일'
_ 암이 내게 준 기회

　산티아고를 꿈꾸고 있는 시기에 '뚜르, 내 생애 최고의 49일'라는 영화 평을 신문에서 본 후 그 영화를 보게 되었다. 주인공은 희귀암 말기 판정을 받고 20여 회의 항암치료를 받은 후에 별 차도가 없자, 병상에서 뚜르드프랑스라는 지옥의 자전거 경기에 참석할 제안서를 만들어 병원 문을 박차고 나와 꿈을 이루기 위해 스폰서를 만나고, 팀을 꾸려 긴 여정을 향한 출발을 하게 된다. 총 9명으로 구성된 팀원, 의사, 자전거 기술자, 페이스메이커, 현지 코디, 촬영팀들은 첫날부터 힘든 난관을 만나지만, 시간이 지나면서 드림팀으로 변해가며 49일간 3,500㎞의 여정을 마치는 내용을 크게 꾸며내지 않고 소박하고 진솔하게 화면에 담았다.

　죽음을 목전에 둔 젊은 청년의 꿈을 이루기 위해 모인 팀원들이지만, 준비하는 과정에서 서로 마음이 맞지 않자 불평불만을 늘어놓는 사람들을 보며, 중생의 어쩔 수 없는 모습을 보기도 했다. 몸을 지니고 있기에 몸의 불편함은 마음의 불평으로 쌓이고, 원래의 취지는 어느새 사라져버린 채 자신의 불편한 심기를 드러내며 중생심을 나타낸다. 몸은 객이고 몸을 움직이는 주인이 따로 있는데, 우리는 어느 순간 주객이 전도된 상황이 되어 객의 뜻에 따라 주인이 움직이고 있다. 어쩌면 주인을 잊고 살아가고 있는지도 모른다.

　힘든 경사로를 오를 때 군가를 부르며 페달을 밟는 모습은 너무나 처절하였고, 부모님보다 먼저 세상을 떠날 생각에 눈물을 흘리는 모습을 보며 함께 가슴이 저리기도 했고, 완주한 후에 감동에 젖어 우는 모습을 보며 가슴이 먹먹해지기도 했다. 피레네 산맥을 올라가는 모습을 보며 앞으로 걸어갈 산티아고의 첫 번째 고비를 미리 느껴 보기도 했으며, 동시에 멋진 경치에 마음을 빼앗기기도 했다. 그 친구는 자전거로, 나는 두 발로 같은 길을 가고 있었다.

그 주인공은 왜 죽음을 앞두고 그 힘든 여행을 하고 싶어 했을까? 영화 대사의 한 장면이 생각난다. "암이 내게 준 기회입니다, 암이 없었더라면 아마 이런 힘든 여행을 생각하지도 못했을 겁니다." 죽음이 삶의 기회를 준다는 것은 어쩌면 우리에게 주어진 크나큰 신의 선물이고 축복일 수 있다는 생각이 든다. 정반대의 모습이 실은 동전의 양면처럼 하나라는 사실. 잘 죽기 위해서는 잘 살아야 한다는 기막힌 역설.

아마 주인공은 자신의 존재감을 남기고 싶지 않았을까? 살아있다는 느낌을 받고 싶고, 죽어도 죽지 않았다는 모습을 우리에게 남겨주고 싶지 않았을까? 모든 존재는 사라지는 것에 대한 두려움을 지니고 있다고 한다. 하지만 주인공은 그 두려움을 삶으로 이겨내고 우리의 기억 속에 영원히 남아있다. 특히 내게는 산티아고 여정에 불을 붙여주는 용기와 힘을 주었고, 다녀온 뒤의 느낌은 글로 표현되어 다른 사람들의 가슴에 길에 대한 열정을 불어넣어 줄 수 있을 것이다.

어찌 보면 삶과 죽음은 단절이 아니고 순환 고리를 지니고 있는 연결 선상에 있다는 생각이 들었다. 비록 주인공은 지금 이 세상에 존재하지는 않지만, 부모님, 팀원들, 관객들 속에 남아있기에 여전히 존재하고 있다. 모든 존재는 다만 그 모습만 바뀔 뿐이지 결코 사라지지 않고, 늘 상존(常存)해 있는 것이다. 우리 마음 속에, 자연 속에, 기억 속에, 유전자에 남아있기에 죽음도 삶과 마찬가지로 여전히 존재하는 것이다.

나는 왜 산티아고를 꿈꾸게 되었을까? 단순히 걷는 것이 좋아서 가는 것은 아닐 것이다. 가끔 나 자신을 생각하면 사막을 외롭게 홀로 걷고 있다는 느낌이 든다. 그 고독감과 외로움은 우리 모두가 지닌 실존적인 문제일 수도 있다. 아마 그런 감정들이 우리 인생을 좀 더 성숙하게 해주고, 죽음이라는 선물은 삶을 좀 더 충실하게 살아갈 수 있게 해주지 않을까? 아직도 나는 왜 산티아고를 가는지에 대한 답을 찾을 수 없다. 하지만 가야만 한다는 생각은 점점 더 확고해진다. 다녀온 후에 알 수 있을지, 아니면 또 답을 찾기 위해 다른 여정을 시작할지 모르겠다.

우리나라에서 뚜르드프랑스를 완주한 사람은 이 영화의 주인공인 이윤혁 님밖에 없다고 한다. 고인의 명복을 진심으로 빌며, 많은 사람에게 삶과 죽음의 연결성, 죽음을 대하는 삶의 모습을 보여준 그분에게 감사의 말씀을 전하고 싶으며, 동시에 관람을 권해드리고 싶다.

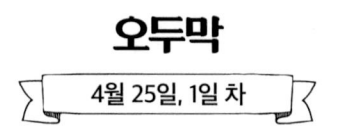

오두막

4월 25일, 1일 차

출국

　출발 전날 아내와 함께 매장에 가서 기내에서 신을 수 있는 편한 슬리퍼를 구입했고, 배낭 무게를 최소화할 수 있도록 짐도 다시 한 번 점검을 했으며, 배낭 내에 어떤 물건을 어디에 두었는지도 다시 한 번 확인하였다. 총 무게는 약 10kg. 이제 모든 준비는 끝났다. 떠나서 무사히 도착하여 길을 걷기만 하면 된다. 이번 여행을 위해서 가족, 친척, 선후배, 친구들이 필요 경비의 약 두 배에 달하는 기금을 만들어주었고, 어떤 분들은 여행에 필요한 물품을 구입하여 보내주시기도 하였다. 전혀 예상도 못 했던 반응이다. 그분들의 응원과 격려가 너무나 고맙다.

　아침 이른 시간에 출발이라 일찍 일어나 서둘러 출발 준비를 했다. 아내는 4시부터 일어나 아침 식사를 차려 주며 이별의 아쉬움을 달래고 있었다. 따뜻한 밥과 국을 차려주며, 추위를 많이 타는 나를 위해 난방과 온풍기도 가동을 해 주었다. 드디어 이별의 순간. 결혼 후 한 달 이상 떨어져 지내본 적이 없기에 뭔가 목에 걸린 느낌이 들고 어색한 기분도 들면서 말로 표현하기 어려운 감정이 복합적으로 올라왔다. 둘이 나란히 서서 헤어지는 것에 대한 슬픔과 걱정이 교차하는 얼굴을 감추고 억지 미소를 지으며 사진을 찍었다. 아내는 자신의 가까운 친구들에게 내가 산티아고에 간다는 애기를 하지 않았다고 했다. 말을 하면 친구들이 집에 오고 싶어할 것이고, 그렇게 될 경우 상대적으로 집안 형편이 궁색한 것을 친구들에게 보여주기 싫어서 그랬을 것이다. 그런 얘기를 들으니 마음이 아프다. 비록 경제적으로는 주변 친구들에 비해 부족하지만, 그래도 자긍심 있는 남편의 모습을 유지하며 의미 있는 여행을 당당히 다녀오겠다고 마음으로 약속을 했다. 문을 나서는데 아내가, '잘 다녀오고, 힘들면 언제든 돌아와, 꼭 끝내려 하지 말고.'라며 인사를 했다. 그 말을 들으니 가슴이 더욱 아리고, 고맙고, 미안하다.

비행기 내에서 최소한 10시간 이상을 머물러 있어야 하기에, 고민을 하다가 지루하다고 생각되는 책을 한 권 선택해서 들고 갔다. 윌리엄 폴 영의 소설인 『오두막』. 기내에서 영화도 두 편을 관람했고, 식사도 두 번 먹고, 와인도 마시며, 중간중간 그 책을 읽어 내려갔다. 읽다 보니 종교 적인 색채가 강하긴 하지만, 이 책은 보이지 않는 누군가가 이번 여행을 위해 내게 선물로 주는 책이라는 생각이 들 정도로 이번 여행과 깊은 관련이 있는 책이었다. 그 책에서 저자는 모든 인간은 자신의 판단을 내려놓고 재판관의 역할을 하지 않는 것이 무엇보다도 중요하다고 강조를 한다. 인간의 영역과 신의 영역이 엄격히 구별되어 있고, 판단과 재판은 신의 영역이고, 인간은 주어진 소명에 최선을 다하며 신의 뜻을 따라야 한다는 것이다.

살아오면서 사람들이나 상황과 마주치며 스스로 판단하고 재판하는 재판관의 역할을 많이 해 왔다. 나 스스로 남을 판단하고, 내 판단과 부합되는 부분만 인정하려는 옹졸함도 많이 있었고, 주어진 상황도 스스로 판단하여 시비를 결정하기도 하였다. 그 결과는 참혹하게도 내게 인간관계의 어려움으로 나타났고, 상황을 수용하지 못하고 저항하고 거부하는 태도는 그 상황을 악화시키기도 하였다. 반면에 타인이 나를 판단하고 재판하는 것에 대해서는 강한 부정과 비난, 불만을 표출하며 저항을 하기도 하여서 결과적으로 나를 고립시키기도 하였다. 재판관의 마음을 내려놓고 있는 그대로 바라볼 수 있는 시각을 유지하는 것이 무엇보다도 중요한데, 그렇게 살아오지 못한 자신을 많이 반성하게 해 주는 책이었다. 저자는 오두막을 자신의 상처로 스스로 지은 집이라고 하였다. 맞는 말이다. 집이라는 틀만 없으면 온 세상이 집이 되는데, 자신이 만든 틀 속에 갇혀 지내며 우리 모두 각자의 오두막을 짓고 그 속에서 살아가고 있다. 상처받은 경험으로 인한 두려움 때문에 더욱 높고 두껍게 벽을 쌓으며 살아가고 있다. 사람과의 참다운 관계를 형성하기 위해서는 그 벽을 허물어야만 한다.

공항에 도착해서 아내의 목소리를 한 번 더 듣고 싶어서 전화를 하고 싶었지만, 아내가 이별의 슬픔을 다시 한 번 느낄 것 같다는 생각이 들어 연락을 하지 못했다. 이 역시 아내의 마음을 내가 판단하고 재판한 것이다. 가만히 내 마음속을 살펴보니 아내의 슬픔 때문에 나의 슬픔이 커질 것 같은 두려움을 아내에게 전가하고 있었다. 그것은 아내를 배려하는 것이 아닌 나의 슬픈 감정을 마주치고 싶지 않은 비겁함이 만들어낸 자기합리화와 판단이었다. 아내에게 많이 미안했다.

이번 여정 중에도 많은 사람들과 상황들과 만날 것이다. 그때마다 이 책의 내용과 오늘 느낀 점을 상기하여 자기합리화에 빠지지 않는 노력을 할 필요가 있다. 오랫동안 쌓인 습관 때문에 쉽게 바뀌지는 않겠지만, 그래도 반복적인 연습을 통해 사고의 변화를 이끌어낼 필요가 있다. 우리는 사람들과의 관계 속에서 살아가고 주어진 상황 속에서 살아간다. 그 속에서 행복하게 살아가는 방법 중 하나는 자신의 판단을 내려놓고, 주어진 상황에서 최선을 다하는 태도이다. 이번 여행이 그것을 직접

새로운 나로 태어나는 길, 산티아고

실천하고 연습하는 좋은 훈련장이 될 것이다. 이런 과정이 나 자신을 담금질하는 좋은 계기가 되고, 새로운 나로 다시 태어날 수 있게 만들 것이다. 기대가 된다.

긴 여정의 시작

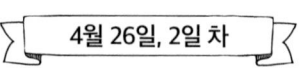

PARIS에서 ST. JEAN PIED DE PORT

호텔 객실요금에 조식이 포함되어 있다는 사실을 안 순간 갑자기 횡재한 느낌이 들었다. 지금부터는 준비해 온 경비를 아껴 쓰며 그 경비 안에서 모든 일정을 마쳐야 하기에 비용관리를 잘해야만 한다. 그래서 여행은 의식주는 물론 그 외의 모든 상황들을 스스로 판단하고 선택하고 해결하면서 문제해결 능력이 개선될 뿐 아니라, 독립성과 계획성을 키울 수 있는 좋은 기회이다. 과일, 빵, 요구르트, 진한 커피 한 잔으로 충분한 아침 식사를 한 후에 30분 정도 걸어서 몽파르나스 역으로 이동했다. 긴장된 모습으로 역사에 들어가서 커피숍에 앉아 차를 한잔 마시며 앞으로의 여정에 대한 기대와 불안감을 온몸으로 느끼고 있었다. 책을 통해서 역사에서 소매치기를 조심하라는 내용을 읽었기에 혹시나 그런 일을 당할까 신경을 곤두세우고 배낭과 손가방을 챙기며 주의를 하고 있었다. 내 몸과 눈으로 직접 확인을 하지 않은 채, 책에 나와 있는 어떤 개인의 경험을 바탕으로 기술한 내용을 믿는다는 것이 너무나 어리석었다는 생각이 들었다. 결과적으로 전혀 그런 일이 발생하지 않았다.

역사에는 수학여행 온 중학생 또래의 아이들이 신나게 떠들고 있었고, 개를 데리고 여행을 다니는 사람도 눈에 띄었으나, 생각보다는 한산한 느낌이 들 정도로 사람들이 별로 없었다. 탑승 안내판은 우리에게 익숙한 전광판이 아니고 글자가 넘어가는 예전 방식의 회전식 안내판으로 고풍스럽고 여행의 향수를 자극하기도 하였으며, 오래된 영화의 한 장면을 보는 느낌이 들기도 하였다.

우리나라의 역사는 매표 공간, 대기 공간, 플랫폼 등이 분리되어 있는데, 이곳은 역사에 들어가자마자 바로 왼쪽에 기차가 즐비하게 서 있는 플랫폼만 있어서 낯설었다. 마치 우리나라의 고속버스터미널 같은 분위기이다. 4번 플랫폼에서 탑승 수속이 진행된다는 안내판이 나오자 갑자기 사람들이 여기저기서 몰려 들어오며 역사가 붐비기 시작했다. 모두 어디 있다가 나오는지 신기할 정도였다. 플랫폼에는 KTX와 비슷한 모양의 열차 두 대가 연결된 상태로 우리를 기다리고 있었다. 열차의 길이가 족히 100m는 넘을 정도로 길다. 모든 안내 방송은 불어로만 하여서 조금 불친절하다는 생각이 들었다.

길가에서는 사람들에게 길에 대한 문의를 하면 친절하게 알려주는 편인데, 호텔이나 커피숍, 식당 등에서 종업원들의 태도는 우리나라 서비스 종사자들의 태도와는 사뭇 다른 모습이다. 문화 차이일까? TGV 열차는 e-ticket의 QR 코드로 검표를 한다. 군이 출력해서 들고 갈 필요가 없었다. 어떤 젊은 친구는 자신의 휴대전화를 보여주며 검표를 받는다. 해외 여행이 오랜만이라 내심 걱정을 많이 하였고, 강박적인 성향도 있어서 가능한 한 모든 자료를 출력하였고, 휴대전화에도 저장을 하여 만일의 경우에 대비를 한 내 모습과는 너무나 대비되었다.

기차 안에서 노부부를 우연히 보게 되었다. 할머니는 치매를 앓고 계시는지 얼굴에는 짜증이 가득하고 의미 없는 소리를 자꾸 지르시고, 할아버지는 조용히 '쉿'라고 하시며 화도 내지 않으시고, 웃음도 잃지 않으시며 어린애 달래듯 하신다. 할아버지의 얼굴은 평화롭고 자애롭고 맑고 순수해 보였다. 팔순 정도 되어 보이시는 노부부가 서로 의지하고 도와 가며 사는 모습이 정겹고, 부부로 한평생 살아간다는 것은 좋은 것만 함께하는 것이 아니고, 불편함도 함께 나누며 사는 것이라는 것을 깊게 느낄 수 있는 아름다운 장면이었다.

아무리 기차가 빨리 달려도 평원은 끝이 보이지 않고, 하늘에는 황사나 먼지층이 존재하지 않고 맑고 푸르다. 부럽다. 산도 보이지 않는 드넓은 목가적인 풍경은 마음을 평화롭게 만들어 주며, 이런 땅 위에서 사는 사람들은 복 받은 사람들이라는 생각이 들기도 하였다. 같은 풍경만 계속되니 밖을 쳐다보는 것도 금방 지루해졌다. 심심해서 사위가 준비해 준 휴대전화에 글을 쓸 수 있는 자판을 꺼내어 생각나는 대로 글을 쓰기 시작했다. 마치 내가 여행작가가 된 기분 좋은 착각이 든다. 또한 기차 내부 및 외부의 모습과 풍경을 사진에 담으려고 휴대전화로 사진을 찍고 있으니 사진작가가 된 착각도 든다. 나는 졸지에 여행작가 겸 사진작가가 되었다.

서울에서 떠난 지 이틀 만인데, 벌써 서울에서의 생활은 까마득히 잊어버렸다. 아내에게 미안할 정도로 가족들에 대한 걱정을 포함하여 모든 걱정이 저절로 사라졌고, 아침에 눈 뜨고 출근하고 사람들 만나고 하는 일상으로부터 해방이 되니 가슴에 늘 남아있던 통증이 어느 순간 사라졌다. 다만 목 뒤쪽의 근육이 긴장되어 굳어진 느낌과 좌우로 움직이면 통증이 느껴진다. 그 정도의 통증은 내가 살아있다는 것을 느끼게 해 주고 전혀 나를 불편하게 하지 않는다. 그 외에는 어떠한 신체적 불편함이나 심리적인 긴장감이 전혀 없다. 하고 싶은 여행이라 그런지, 아니면 나이가 들어서 웬만한 주변의 변화에 마음의 동요가 없어서 그런지, 일상과 떨어져 아무 할 일이 없어서 그런지, 낯선 곳에 와 있는데도 너무나 마음이 편안하고 한가롭다.

출발 후 다섯 시간 후에 바욘역에 도착했다. 시간이 두 시간 정도 여유가 있어서 버스 승차장 근처의 바온 시내를 한 바퀴 돌며 구경도 하고 점심식사도 하였다. 도시가 너무나 아름답다. 우리나라와는 다른 강가의 풍경, 고풍스러운 건축물, 역사 앞에 위치한 오래된 성당, 길가에 즐비한 카페의 모습 등 모두 낯설지만 아름답고 평화스럽다. 버스가 도착하자 짐을 버스 아래 화물칸에 싣는데, 꺼내기 편하게 하기 위해 입구 쪽에 배낭을 올려 놓았지만, 바로 뒷사람이 내 배낭을 안쪽으로 밀며 자신의 배낭도 깊숙한 곳으로 밀어 넣었다. 약 100여 명의 사람들이 배낭을 버스 화물칸에 싣는데, 나만의 편함을 위해 입구에 짐을 싣는 나 자신의 이기심을 보며 너무나 창피했고 다른 순례자들에게 미안했다.

버스 안에는 다양한 국적의 다양한 사람들이 타고 있었다. 한 시간 정도 버스를 타고 이동한 후에 생장에 도착했다. 도착하자마자 각자 자신의 배낭을 짊어지고 순례자 사무실로 이동하는 긴 행렬이 저절로 만들어졌다. 군이 사무실 위치를 물어볼 필요조차 없었다. 사무실에는 생각보다는 적은 약 스무 명 안팎의 사람들이 줄 서서 기다리고 있었고, 네댓 명의 한국인들이 눈에 띈다. 차례가 되어 등록을 한 후에, 자원봉사자께서 숙소에 대한 자세한 안내와 함께, 첫 번째 스탬프를 찍어 주시며, 알베르게 리스트와 다음날 론세스바에스(Roncesvalles)까지 가는 일정에 대한 안내를 친절하게 해 주셨다. 5유로를 기부하며 800㎞ 내내 배낭에 달고 다닐 조개비도 들고 나왔다.

숙소에서는 따뜻한 물이 나오지 않아 첫날부터 찬물로 샤워를 해야만 했지만, 긴장감으로 불편함을 표현할 여유도 없었다. 저녁 식사 시간에 한국인 부부를 만났다. 45세의 남성과 36세의 여성. 10년 전 산티아고 길에서 우연히 만나 3년 전에 결혼을 한 이 부부는 만난 지 10주년이 된 것을 기념하기 위해 함께 왔으며, 장기 휴가가 어려운 남편은 과감히 퇴직하고 왔다고 했다. 남편은 지난번 산티아고 길을 통해 자존감을 회복했던 좋은 경험을 바탕으로 앞으로의 삶의 방향에 대한 길을 찾기 위해서, 부인은 이번이 네 번째 산티아고 순례로 자신의 삶을 되돌아보고 싶어서 왔다고 했다.

내일부터 산티아고 순례가 시작된다. 첫 번째 코스인 생장(St. Jean Pied de Port)에서 피레네 산을 넘어 론세스바에스(Roncesvalles)까지 27㎞를 걸어야 하는 이 길이 이번 여정 중에 가장 힘든 코스라고 한다. 아침에 일찍 출발하기 위해 잠자리에 들었지만, 여러 가지 상념과 기대와 걱정 등으로 쉽게 잠을 이룰 수가 없었다. 하지만 걷기 위해 먹듯이, 걷기 위해 잠을 자야만 한다. 내일 아침 출발을 위해 짐을 다시 한 번 챙기며 억지로 눈을 붙였다.

PART 02
산티아고 길

출정

ST. JEAN PIED DE PORT에서 RONCESVALLES, 27KM

다행히 아침에는 따뜻한 물로 샤워를 할 수 있어서 몸의 한기를 어느 정도 가라앉힐 수 있었다. 다른 사람보다 추위를 많이 타는 편이라 어젯밤에도 따뜻하고 편안하게 잠을 잔 것 같지도 않고, 앞으로의 일정에 대한 걱정과 기대 등으로 잠을 제대로 자지 못했던 것 같다. 찬물로 샤워를 했던 기억, 좁은 방에 둘이 자야 하고, 거실에도 간이용 침대가 있어서 다른 순례자가 진을 치고 있고, 옆방에도 순례자들이 가득하고. 좁은 공간에 많은 사람들이 몰려 있고, 각자 메고 갈 배낭과 손가방 등으로 주변이 정돈되지 않아 정신이 사납고 마음 속에 불편함이 올라왔다.

내가 생활했던 곳과는 너무나 다른 환경, 그것도 외국에서, 하룻밤만 자면 끝나는 것이 아니고 앞으로 약 40여 일을 계속해서 이런 상황에서 지내야 한다는 사실이 나를 심리적으로 무겁게 만들었다. 게다가 어제 받은 알베르게 리스트는 어딘가로 사라졌고, 아침에 배낭을 꾸리는데 뭔가 정신이 없고 마음은 조급해지고, 익숙하지 않아 시간이 많이 걸렸다. 아침 일찍 출발하기 위해 5시에 기상하여 정신없이 긴장된 상태로 짐을 싸며 준비를 하니 순조롭지 못한 여정이 시작되는 불안한 마음과 괜한 조급한 마음으로 몸과 마음은 점점 더 굳어만 갔다.

짐을 싸서 먼저 밖으로 나온 후에 배낭을 내려놓고 몸을 풀며 주변을 가볍게 산책하였다. 마음을 가라앉히고 몸 상태도 점검하기 위한 나만의 방식이다. 천천히 호흡에 집중하며 걸으면 마음이 안정된다. 주위를 걸으며 내가 왜 왔는가를 생각해 보았다. 나는 단순한 여행이나 관광을 온 것이 아니고 순례를 하기 위해 온 것이다. 비록 가톨릭 신자는 아니지만, 앞으로 삶의 방향을 점검받기 위해 간절하고 절박한 마음으로 왔다. 따뜻한 물이 안 나온다고, 사람들이 북적거려 불편하다고, 음식이 내 입맛에 맞지 않는다고, 잠자리가 불편하다고 평상시 습관대로 마음속으로 불평을 쏟아내는 나 자신을 발견하고는 이 순례의 목적에 대해 다시 한 번 차분히 생각해 보았다. 비와 바람을 피할 수 있는 잠잘 곳이 있고, 먹고 마실 수 있는 물과 음식이 있고, 씻고 용변을 해결할 수 있는 공간이 있으면 더 이상 순례에 필요한 것이 무엇인가? 이미 모든 것은 다 갖추어져 있었다. 다만 내가 평상시에 생활했던 환경과 다를 뿐. 나의 사고방식이 바뀌지 않는 한 어떤 곳에 어떤 사람과 있어도 불편함은 계속해서 올라올 것이다. 그로 인해 화도 날 것이고, 짜증과 갈등이 생길 것이고, 결국 순례를 성공적으로 마치지 못하고 중도포기 할 수도 있을 것이다. 주어진 환경을 그대로 받아들이고 순응하여 순례를 잘 마치거나 아니면 포기하고 돌아가는 것 외에는 다른 대안이 없다.

지금부터는 지금까지 살아온 나 자신이 아닌 순례자의 모습으로, 또한 참다운 순례자가 되기 위한 수행자의 마음으로 생활을 하여야 한다. 주어진 모든 상황을 받아들이고 감사를 하며 순례를 시작하여야 한다. 나를 내세워 할 수 있는 것은 아무것도 없고, 그런 태도는 오히려 갈등과 번민으로 나 자신을 힘들게 만들 것이다. 내가 할 수 있는 것은 딱 한 가지. 나 자신을 내려놓고 주어진 상황을 받아들이고 고마워하며 단지 걷는 것밖에 없다. 나머지는 신이 알아서 해 주실 것이다. 기내에서 읽었던 책 『오두막』에서 내게 준 메시지, '모든 판단을 내려놓고 자신에게 주어진 역할에 최선을 다하는 것이 사람의 일이고, 나머지는 신이 알아서

아이와 함께 피레네 산맥을 넘는 부부　　　피레네 산맥의 아름다운 풍경

하신다.'는 말씀이 떠올랐다.

맞다. 내가 할 일은 걷는 것밖에 없다. 나는 내 역할, 즉 걷기에만 충실하면 된다. 내게 걷기는 곧 순례이다. 생장에서 론세스바에스까지 27㎞, 산티아고 순례 구간 중 가장 힘든 코스라고 한다. 아침에 숙소에서 제공하는 샌드위치를 다른 순례자들과 함께 먹고 7시 10분 전에 출발하였다. 해발 163m인 출발지에서 시작을 하여 1,057m인 피레네 산맥을 넘으며 프랑스에서 스페인으로 넘어가는 구간이라 기대가 되며 동시에 잘해낼 수 있을까 하는 불안감도 있다.

긴장감을 풀어주는 것은 이국적이며 목가적인 정취가 물씬 풍기는 피레네의 경치와 날씨. 피레네 산을 이렇게 아름다운 날씨에 오를 수 있는 날이 일 년에 며칠 되지 않는다고 한다. 한국에서 보던 미세먼지나 황사의 띠가 없는 맑은 창공은 산의 능선을 선명하게 그려냈고, 구름의 움직임에 따라 구름 밑에 있으면 춥고 쌀쌀하지만, 구름이 사라져 버리면 따스한 온기를 느낄 수도 있었다. 드넓은 평원을 마음껏 돌아다니며 한가롭게 풀을 뜯어 먹는 말, 소, 양 떼 등을 보며 우리나라의 축생들에 대한 연민의 마음이 들기도 하였다. 높이 올라갈수록 날씨는 더욱 추워지고 바람은 거세지며, 마지막 언덕에서는 진눈깨비도 만났다. 산을 넘으며 자연스럽게 국경을 넘는 것도 낯설지만, 하루를 걸으며 사계절을 모두 만난 것도 낯설고 신선한 경험이다. 산 정상 부근에는 나뭇가지에 서린 상고대를 보며, 산 아래에서 바라보았던 설산의 정체를 알아낼 수도 있었다. 산 정상 바로 밑에 위치한 푸드트럭에서 마셨던 따뜻한 코코아는 지친 심신을 달래기에 충분했다.

산길을 오르며 다양한 사람들의 모습을 볼 수 있었다. 돌 갓 지난 아이를 카트에 태우고 젊은 부부가 사랑의 힘으로 앞에서 끌고, 뒤에서 밀며 걷고 있다. 그 아이가 나중에 성장하여 움직이기 힘든 부모님을 모시고 다시 산티아고에 올 수 있다면 아름다운 보은이 될 것이다. 칠순 정도 되어 보이는 남아공 부부는 짐은 배송서비스로 맡기신 후, 남편은 물을 주머니에 꽂고 아내는 괴나리봇짐 같은 가방에 바게트 하나 달랑 메고 즐겁게 걷고 있다. 살아가는 데 필요한 것은 의식주, 옷은 등산복을 입고 계시고, 그날 드실 빵과 물이 있고, 잠을 잘 수 있는 알베르게가 있다. 뭐가 더 필요할까? 50대 여성분은 보행 보조 장치를 양다리에 장착하시고 몸은 왼쪽으로 조금 구부린 불편한 상태로 친구와 함께 천천히 걷고 계셨다. 무슨 재활치료를 받고 계신 듯한데 그 모습이 인상적이다.

약 9시간 정도 걸은 후 오후 4시경 알베르게에 도착했다. 론세스바에스 알베르게는 마법 영화에서나 볼 수 있을 것 같은 크고 오래된 성이나 요새 같은 느낌이 든다. 저녁 식사, 침대, 아침 식사 포함하여 21.5유로. 밖에서 대기하던 자원봉사 어르신들이 공용 화장실과 샤워실 바로 옆에, 오르내리기 불편한 2층 침대를 배정해 주셨다. 샤워하고 빨래하고 짐 정리하고, 잠 잘 준비하고 할 일이 많다. 빨래는 대충 비누칠과 손으로 짜서 건조대에 올려놓았으나 내일 아침 출발 전까지 마를 가능성은 없다. 앞으로 빨래하고 말리는 일이 걷는 것과 식사하는 것 외에 제일 중요하고 성가신 일이 될 것 같다. 여기서 할 수 있는 일은, 걷고, 먹고, 씻고, 빨래하고, 잠자고, 그 외에는 없다. 한국인이 참 많다. 지금 내가 머무는 방에는 이층 침대 구조로 총 16명이 잘 수 있는데, 그중 한국인이 7명 정도 된다. 심지어 알베르게 사무실에는 간단한 한국어로 된 안내문도 있다. 왜 이렇게 많은 분들이 산티아고를 찾아올까?

조가비

RONCESVALLES에서 ZUBIRI, 23KM

어젯밤에는 알베르게에서 빨래를 세탁기에 돌리고 건조기를 사용하는 법을 배우기 위해 시도를 했지만, 잘 배우지 못했다. 워낙 기계를 잘 못 다루고, 새로운 것을 배우는 것에 대한 울렁증 같은 것이 있어서 선뜻 나서 시도를 하지 못하는 성격 때문에 그렇게 된 것 같다. 다행스럽게 한국인 여성 한 분이 발 벗고 나서서 자신이 준비해 온 세제를 사용하여 빨래를 도와주셨다. 사용 시간에 제한이 있어서 건조를 다 할 수 없게 되자, 다른 곳에 가서 말려다 주시겠다고 하셨는데 내 속옷을 다른 여성이 들고 다니며 말린다는 것이 조금 거북하여 어렵사리 과한 친절을 물리쳤다. 그분은 그 후에 길에서 여러 번 만났는데, 늘 같은 친절을 보여주셨으며, 산티아고에서도 만나 서로의 완주를 축하해 주기도 하였다. 전생에 인연이 있었던 분인가 보다.

아침에 일어나보니 전날 밤에 눈이 와서 온 세상이 하얗게 변해있었다. 날씨가 푸근해서 길이 얼어붙지 않아 다행이었고, 요새 같은 성은 흰 눈으로 덮여있어서 마치 영화에 나오는 마법의 성에 들어온 듯한 느낌이었다. 전혀 기대하지도 않았던 눈이 와서 놀라기도 하였고, 눈이 만든 하얀 세상은 우리를 위한 자연의 선물이라는 생각이 들기도 하였다.

어제 힘들게 피레네산을 넘고 여기까지 잘 도착하여 다소 불편하지만, 하룻밤 보낸 것을 보상해주고, 앞으로 산티아고까지 건강하고 행복하게 걸으며 순례를 잘 마치라는 선물. 그 선물은 많은 사람들의 마음을 기쁘고 설레게 해주었다. 기쁨이 가득한 얼굴로 순례자들은 눈으로 덮여있는 자연의 아름다운 풍경을 담기 위해 연신 사진을 찍고 있었다. 알베르게 바로 앞에 있는 양 목장은 또 다른 평화로운 풍경을 연출하였고, 그런 환상적인 장면들 때문에 목장 펜스를 따라 조성된 카미노를 걸으며 못내 아쉬워서 자꾸 뒤돌아보며 눈 덮인 요새 같은 성을 감상하기도 하였다. 마치 꿈을 꾸고 있다는 생각이 들 정도로 그 풍경은 너무나 환상적이었다. 전날 아침에는 뜨거운 태양 아래를 걷고, 시원한 바람을 맞기도 하였으며, 산 정상 부근에서는 진눈깨비도 만났고, 오늘 아침에는 흰 눈으로 덮여있는 세상을 만나니, 내가 살고 있는 세상이 아닌, 다른 세상 속에 와있다는 착각이 들 정도였다.

오늘 코스는 마치 서울의 산길을 걷는 느낌이 들 정도로 친숙한 느낌이 들었다. 다만 눈에 보이는 광경이 서울의 산과 다르게 목가적인 풍경과 여유로운 말들이 많이 보이는 것이 차이점이다. 추운 날씨 때문에 손을 주머니에 넣고 몸을 움츠리며 걸었다. 다른 사람들은 털모자와 장갑을 준비해 온 분들도 많았지만, 나는 우리나라 날씨와 비슷하다는 정보만 갖고 와서 아무런 방한용품을 준비해 오지 못했다. 사전 준비가 소홀했던 것이다.

1800년 후반에 지어진 오래된 건축물이 많은 지역을 통과하였다. 우리는 걸으며, 자전거 순례자들은 산악자전거를 타고 순례를 한다. 서로 방식은 다르지만, 순례를 하는 목적은 같다. 서로 방해되지 않도록 배려하며 '부엔카미노'로 간단한 인사와 격려를 하며 지나간다. 계속 같은 느낌의 길을 걷는데도 조금도 지루하지 않다. 많은 사람들이 길 중간에 있는 슈퍼마켓에서 점심식사용 음식을 구입하고 있었다. 얼마나 더 가야 음식을 먹을 수 있을지, 또는 음식을 살 수 있는 곳이 있는지 전혀 감이 없기에 기회가 되면 최소한 한 끼 정도의 음식을 준비하는 것이 좋다고 판단되어 나 역시 빵과 바나나를 구입했다.

길을 걷다가 우연히 50대 중반의 홀란드 여성과 같이 걷게 되었다. 숲길에 들어서자 한 중년 외국인 여성이 앉아서 뭔가 깊은 고민에 빠진 얼굴을 하고 몸을 수그린 상태로 앉아있었다. 그 모습을 본 순간 홀란드 여성은 아무 소리 없이 다가가더니 그녀의 어깨를 조용하고 따뜻하게 토닥거렸다.

그 광경이 너무나 감동적이었다. 어떤 고민을 하는지 물어보지도 않았고, 아무런 얘기도 하지 않았으며, 마치 당신의 고통을 충분히 알고 있고, 같이 느끼고 싶고, 존중하고 있다는 느낌이 들었다. 나는 혹시나 우리가 오면서 떠들었던 것이 침묵에 방해되지 않았나 하는 우려의 질문을 했고, 그분은 가벼운 미소로 괜찮다는 마음을 보내왔다. 나도 뭔가를 해드리고 싶어서 다가가 홀란드 여성을 흉내 내듯 그녀의 어깨를 다독거려주었다. 아뿔싸, 내 손에는 장갑이 끼워져 있었다. 깜짝 놀라 손을 얼른 떼었다. 순간 민망함과 미안함이 올라왔다. 그분의 침묵을 존중해 주고 싶었고, 뭔가 모를 고민에 대해 위로를 해드리고 싶은 성급한 마음으로 손에 장갑을 끼고 있었다는 사실을 망각하고 있었다. 그것은 내 생각에는 일종의 무례함이었다. 좀 더 신중했어야 했다. 그리고 그분의 마음을 같이 느끼고 존중해 주기 위해서 나 자신도 잠깐의 여유를 갖고 차분하고 안정된 마음으로 다가갔어야 했다.

젊은 한국인 남녀 네 명을 우연히 길에서 만났다. 졸업 후 미래를 계획하기 위해 온 여성, 대학 중퇴 후 소방사 시험을 보기 전 자신의 길에 대해 확신을 얻기 위해 온 남성, 파리에서 패션 디자인을 공부하고 귀국 전 자신의 미래를 설계하기 위해 온 여성, 산티아고를 다녀온 어떤 분의 말씀을 듣고 과감히 퇴사하고 길을 나선 여성. 모두 개인마다 사정은 다르지만, 하나의 이유 때문에 왔다. 과거의 삶을 돌아보고, 미래를 계획하기 위해. 산티아고 순례길의 상징인 조가비는 겉면에 여러 갈래가 한 곳으로 모이는 문양이 있다. 산티아고 길은 각자 다른 사정으로 왔지만, 모두 한곳을 향해 간다. 콤포스텔라와 자신의 미래를 향해서.

　사막에서 오아시스를 만난 것처럼 수비리 도착하기 전에 발견한 카페에서 스탬프를 받고 맥주와 간단한 음식을 먹는 즐거움은 말로 표현할 수가 없다. 뜨거운 태양을 맞으며 몇 시간 길을 걸은 후 마시는 맥주의 맛은 어떻게 설명할 방법이 없다. 맥주가 목으로 넘어가는 소리, 쌉쌀하고 진한 맥주의 맛과 향기, 처음 한 모금의 상큼한 느낌, 한 잔을 다 마신 뒤의 행복감과 또 다른 맥주를 부르는 갈증. 신발과 양말을 벗고 시원한 바람을 맞으며 카페에 앉아 맥주를 마시는 기분은 산티아고 길을 걷는 이유가 되어버릴 정도이고, 길을 걷는 모든 힘든 고통을 단 한잔의 맥주로 날려 버리는 행복바이러스이며, 그 자체가 하나의 목적이라는 착각이 들 정도로 매력적이었다. 사설 알베르게에서 숙박을 하며 6유로에 어제 못한 빨래와 오늘 빨랫감을 한꺼번에 해결할 수 있는 세탁 서비스를 받았다. 지금까지 전혀 나를 귀찮게 하거나 힘들게 만들지 못했던 빨랫감이 앞으로 계속해서 나를 성가시게 만들 거 같다. 아내는 30년 넘게 이 일을 묵묵히 해 오고 있었다. 고맙고 미안할 뿐이다.

참다운 배려

ZUBIRI에서 PAMPLONA, 20.5KM

어제 가족단톡방으로 소식을 보냈는데, 아이 내외가 서울 시간으로 밤 12시가 다 되었는데도 답을 보내주어 고마웠다. 아내는 따로 카톡을 보내왔다. 아마 늦은 시간에 카톡을 보내면 아이 내외가 잠을 설칠 수 있으니 단톡방에 소식을 전하지 말라는 뜻인 것 같았다. 실은 나도 그 부분이 신경이 쓰여서 앞으로는 블로그를 통해서 소식을 전하겠다고 미리 카톡을 올렸고, 가능하면 단톡방 이용을 자제하려고 생각하고 있었다. 아이들이 상전이다.

아내와 둘이 카톡을 하자 목소리가 듣고 싶어서 보이스톡을 했는데, 연결이 잘되지는 않았지만 아주 짧은 시간 동안 아내의 목소리를 듣는 순간 보고 싶어서 울컥 눈물이 날 뻔해서 간신히 참았다. 그 이후 감정의 출렁거림과 먹먹함이 5분 이상 지속되었다. 이상한 일이다. 불과 며칠 되지도 않았는데, 아내가 보고 싶은지, 아니면 아내가 홀로 지내는 것이 안쓰러웠는지, 이유는 잘 모르겠지만, 눈물이 나려 했고 가슴이 먹먹했다. 아내가 요즘 들어 물건을 어딘가에 두고 깜빡 잊고 찾아 헤매는 일이 많아졌는데, 내가 없어서 불편하지는 않은지 걱정이 되기도 했다. 우리는 가끔 물건을 어디에 두었는지 기억을 못 해 집 안에서 보물찾기를 하며 혼자서는 아무것도 할 수가 없다고 얘기하곤 한다. 그만큼 서로의 존재에 고마움을 느끼고 있고, 서로 의지하고 도우며 살고 있다.

6시에 기상을 하는 것이 보통이나, 화장실이나 샤워실이 붐비는 것이 싫어서 30분 정도 일찍 기상하였는데, 화장실 문이 열리지 않았다. 아마 아내가 봤으면 웃었을 것이다. 안에서 새는 바가지 밖에서도 역시나 샌다.

문고리를 잡고 씨름을 하자 한 외국인이 문을 열어 주며 으스댄다. 짜식. 별거 아닌 것 같고 으스대기는. 요령을 익혀서 그 다음부터는 손잡이를 앞으로 슬쩍 당긴 후 손잡이를 돌리니 열린다. 일상생활에서 요령이 없는 나의 치명적인 약점이다. 일찍 서두른 덕분에 조금 편안하게 샤워를 하고 짐을 꾸릴 수 있었다. 다른 사람들의 수면을 방해하지 않기 위해 짐을 대충 싸서 아래층 거실로 내려와 짐을 정리하였다. 매일 배낭을 풀고 꾸리고 하는 일이 반복되며 어떻게 짐을 꾸리는 것이 효율적이고 편한지 고민이 되었다. 거실로 나와 넓은 테이블 위에 배낭 속 모든 물건을 풀어놓고 다시 한 번 정리를 하였다.

모든 것은 원칙이 중요하다. 원칙보다 순간적인 편리함을 추구하면 결국은 더 불편해진다. 원래대로 약은 약봉지 안에, 거의 매일 쓰지 않는 무릎보호대와 샌들, 패딩 점퍼 등은 배낭 맨 아랫부분에, 세면도구도 한 묶음으로 만들어 넣었고, 간식거리도 편히 꺼내 먹을 수 있게 배낭 옆 주머니에 넣었다. 이틀간 걸어보니, 점심식사는 가게에서 사거나 아니면 카페에서 먹기에, 걸으면서 마시는 물 외에는 별로 먹을 일이 없다. 물은 세면대에서 받아서 배낭 양쪽 주머니에, 헤드랜턴과 휴지, 휴대폰자판은 배낭 위 주머니에 넣었다. 가장 중요한 여권과 돈은 걸으며 중간에 꺼낼 필요가 없다고 판단되어 배낭 안쪽에 깊이 넣었다. 하지만 중간 카페에서도 스탬프를 받아야 하기에 그 이후에 꺼내기 쉽게 여권은 배낭 위 주머니에 넣었다. 배낭 속 물건들은 그 이후에도 수시로 위치를 바꾸었고, 나중에는 결국 더 혼동되어 대충 쑤셔 넣어 빨리 출발하고, 알베르게에서 모두 꺼내어 사용하는 방법을 썼다. 이런 일은 내가 가장 못하는 일이지만, 걷는 데 불편하지 않기에 별 문제가 되지 않았다.

새로운 나로 태어나는 길, 산티아고

로비에서 짐을 정리하는데, 약 70대 중반의 순례자 한 분이 요구르트와 빵 한쪽으로 아침 식사를 마치신 후, 채 어둠이 가시기도 전에 출발하시며 자신은 속도가 느리기에 일찍 출발하여 천천히 걷는다고 웃으시며 말씀하셨다. 웃는 얼굴은 천진난만한 동자의 웃음이고, 걸음걸이는 세상의 모든 풍파를 견뎌낸 영락없는 노인네 모습이다. 나도 곧 저렇게 되겠지. 오늘 걸을 거리는 20.5㎞이며 해발 528m에서 해발 446m로 평지로 이루어진 길이기에 별로 어렵지 않은 코스였다.

25세의 구직 준비 중인 한국 여성을 길에서 만났다. 그 여성은 짐 무게가 7㎏ 정도라고 했다. 나보다 3㎏ 정도 더 가볍다. 그만큼 준비가 철저하다는 것이다. 그분이 이번 여정을 마친 후에 취업이 되고, 원하는 삶을 살면서 삶의 무게를 적게 느낄 수 있다면 좋겠다. 실은 삶에는 무게가 없다. 다만 우리가 살면서 걱정, 욕망, 불만들이 쌓이면서 삶의 무게가 늘어간다고 느끼는 것뿐이다. 웃기는 것은 삶의 무게를 내려놓기 위한 순례를 하면서도 짐을 잔뜩 무겁게 들고 온다는 것이다. 내가 들고 온 짐 중에도 약 4분의 1 정도는 한 번도 사용하지 않은 물건이었다. 괜한 걱정과 불안 때문에 이것저것을 모두 챙겨온 것이다.

내리막길에서 50대 중반의 외국 여성이 미끄러지려는 소리가 뒤에서 들려서 얼른 손을 잡아주었다. 몸이 조금 뚱뚱한 그분의 나무 지팡이 끝은 이미 모두 닳아서 뭉개진 상태로 얼마나 힘들게 걷고 있는지 쉽게 알 수 있었다. 조금 후에 보니 아래에서 신랑이 쳐다보며 웃고 있었다. 순간 실수를 했다는 생각이 들었다. 참다운 배려는 내가 원하는 것을 해 주는 것이 아니고, 상대방이 필요로 하는 것을 해주는 것이며 상대방의 요청이 있기 전까지는 기다려주는 것이다. 내 판단으로 상대방을 위한 배려를 하는 것이 아니고, 전적으로 상대방의 판단과 의사에 따라 결정이 되어야만 참다운 배려가 되는 것이다. 지금 이 상황도 상대방의 의사를 무시한 채 전적으로 내가 판단한 것이다. 송구스럽고, 그 남편의 참다운 배려에 감동을 받았다. 참다운 배려는 자기 중심이 아니고 전적으로 타인 중심이 되어야 한다.

팜플로나에 도착했는데 알베르게가 모두 만실이 된 상태였고, 이슬비가 조금씩 내리기 시작하여 상황이 심각했다. 한 코스 더 가면 숙소가 있을 수 있다는 얘기도 있었지만, 길동무 발목 상태가 좋지 않아 걱정이 되었다. 심지어는 값비싼 호텔도 만실이었다. 순간적으로 어찌해야 하나 당황스럽고 고민이 되었다. 결국 관광 안내소를 찾아서 택시를 타고 외곽으로 나가 호텔에서 숙박을 하려고 예약을 부탁하려 했는데, 운 좋게 마지막 순간에 펜션이라는 사설 숙박시설을 찾을 수가 있어서 조금 비싸긴 하지만 호텔 같은 트윈룸에서 편안한 휴식을 취할 수 있었다. 내일은 팜플로나에서 하루 휴식을 취하고 모레부터 걷기로 결정을 하였다. 나중에 들어보니 그날 숙소를 잡지 못한 분들 중 상당수는 외곽으로 나가서도 호텔 방을 잡지 못해 많은 비용을 지불하고 다른 곳으로 다시 이동했다고 한다.

길을 걷다 보면 혼자 걷는 구간이 많다. 가끔 표지석이나 노란 화살표가 보이지 않으면 불안할 때도 있다. 하지만 카미노에서는 길이 갈라지거나 어디로 가야 할지 헤매는 순간에도 주변을 차분히 둘러보면 반드시 어떤 표시가 나타나서 길을 안내한다. 안내가 나오기 전까지는 전적으로 그 이전의 안내판과 자신을 의지해서 걷기만 하면 된다.

신이 우리를 맞이하기 위해 기다리고 계시는데, 우리는 불안해하거나 머뭇거리며 신이 계신 곳까지 가기를 두려워한다. 신 역시 우리가 거기까지 가기 전에는 해 주실 수 있는 것이 없다. 가톨릭 교리를 잘 모르지만, '신은 마지막 순간에 손을 잡아 주신다'라는 글귀를 들은 적이 있다. 그 의미가 무엇인지 어렴풋이 알 것 같다. 방향을 잡을 수 없고 앞도 보이지 않는 우리의 삶도 우리가 불안해하고 두려워하고 머뭇거린다고 해결이 되지 않는다. 그 시간과 에너지를 오늘 할 일에 최선을 다해 쏟으면 우리 할 일은 끝이다. 나머지는 우리의 영역이 아니다. 우리는 단지 우리가 할 일만 하면, 나머지는 신이 우리를 이끌어 주신다. 그것이 우리 옛 현인들께서 말씀하셨던 진인사대천명의 의미일 것이다. 또한 그것이 불교에서 얘기하는 득력의 의미일 것이다. 득력은 힘을 얻는 것이 아니고, 굳이 고민하고 힘쓸 일이 없으니, 세상사를 편안하게 맞이할 수 있는 힘을 얻는다는 뜻이다.

함께 사는 방법

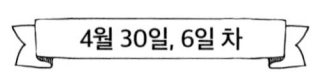

PAMPLONA에서 휴식

어젯밤 내 아래 침대에서 주무신 나이 드신 외국 여성분에게 혹시나 내가 코를 골아서 주무시는 데 방해가 되지 않았는가를 여쭸는데 코골이는 의식적으로 하는 것은 아니기에 괜찮은데, 기상 시간인 6시 이전에 움직이며 핸드폰 빛으로 잠을 방해한 것이 편하지 않았다고 하셨다. 미안했다. 나름 다른 분들의 취침에 방해되지 않으려 최대한 모든 주의를 기울였는데, 결과적으로 그분을 불편하게 했던 것이다. 내가 주의를 기울이는 것과 다른 분들이 불편함을 느끼는 부분이 반드시 일치하지 않는다. 앞으로는 좀 더 다른 순례자의 입장에서 주의를 해야 할 필요가 있다.

함께 어울려 지내는 알베르게는 서로 습관과 문화가 다른 다양한 국적의 사람들이 모여 사는 곳이기에 지켜야 할 묵시적인 예의가 있다. 한국인에 대한 잘못된 인식이 생길까도 두렵다. 또한 남보다 조금 일찍 서두르는 습관도 고쳐야 할 필요가 있다. 그 이면에는 조급한 마음이 자리 잡고 있고, 다른 사람들과 혼잡한 상황이 벌어지는 것에 대한 불편함이 있어서 그런 것 같다. 이 세상은 다양한 사람들과의 관계를 통해서 살아가며, 그런 관계를 벗어나서는 살 수가 없다. 그러려면 대중과 함께 어울려 잘살 수 있도록 나 자신이 변화해야만 한다.

오늘은 팜플로나에서 휴식을 취하는 날이다. 아침에 늦잠을 자고 일어나 여유롭게 글을 쓸 수 있어서 편안하다. 와이파이를 사용할 수 있어도 사진을 올리기가 어렵다. 아마 이런 분야는 우리나라가 스페인에 비해 많이 앞서고 처리 시간도 많이 짧은 것 같다. 나는 계속 가고 싶었으나, 길동무와 길에서 만나 같이 걷고 있는 순례자 한 분인 최 선생도 좀더 머무르며 사진을 찍고 싶어 해서 하루 쉬기로 했다. 최 선생은 국내 대기업 임원 출신이자 사진작가의 꿈을 키우고 있는 분으로 아주 여유롭게 이 여정을 즐기고 있는 분이다.

내게도 이런 휴식이 도움이 될 수 있다. 앞으로 약 36일 정도를 매일 걸어야 하는데, 몸 적응을 위한 휴식이 필요하다. 몸은 걷는 데 많이 적응된 듯하고, 배낭 무게도 그다지 부담이 되지 않는다. 걷는 것도 무리 없이 걸을 수 있고, 발바닥에 물집도 잡히지 않았고, 걱정했던 베드버그 문제도 없다. 잠자리도 어떻게든 해결할 수 있을 것 같다. 제일 신경 쓰이는 것은 빨래! 평소에는 신경도 쓰지 않았던 빨래가 제일 신경이 쓰인다. 내가 전혀 생각하지도 못했던 사소한 일이 지금 이 순간에는 가장 힘들고 신경 쓰이는 일이 되었으니, 그간 말없이 나의 모든 것을 보살펴준 아내에게 다시 한 번 미안함과 감사함이 올라왔다.

아침 식사를 카페에서 하며 아내에게 보이스톡을 했다. 마침 장모님과 처남, 처남댁이 있어서 모두 돌아가며 통화를 했다. 반갑고 고마웠다. 박 서방이 회사 업무로 조금 신경 쓰이는 일이 발생해서 식구들이 걱정을 하고 있었다. 모든 선택은 본인이 하는 것이다. 성인이 되어서 가정을 이루었고, 자신의 길은 스스로 결정해서 가면 된다. 우리가 아이 부부의 생활에 간섭을 하거나 부모라고 해서 우리의 경험을 바탕으로 섣부른 조언을 해 주는 것조차 하지 말아야 한다. 그들은 그들 나름대로 살아가는 방법이 있다. 부모가 할 수 있는 유일한 일은 아이들이 어떤 판단과 결정을 내리든 그 판단을 존중해주고 잘되기만을 바라며 기다리는

황소축제로 유명한 팜플로나 거리   팜플로나 성곽 위의 망루

것이다. 그러다가 만약 먼저 어떤 문제에 대해 상의를 해 오면 그때는 신중하게 의견을 나누며 현명한 판단을 내릴 수 있도록 도움을 주면 된다.

식사 후 팜플로나의 성곽길을 천천히 걸으며 편안한 휴식 시간을 보냈다. 가게에 들러 필요한 물품도 구입했다. 나는 모자와 장갑을, 길동무는 모자와 간단한 가방을 구입했다. 여기 날씨가 서울보다 한 10도 정도는 낮은 것 같아 아침에 걸으면 손이 시리고, 머리에 차가운 기운이 느껴진다. 다행스럽게 방한 용품인 모자와 장갑을 구입하였으니 이제 날씨 걱정을 하지 않아도 된다. 또한 최 선생의 도움으로 유심 카드도 구입했다. 서로 통화하고 연락을 하는 데 필요하기도 했고, 자료를 올리기 위해서도 필요했다. 서로 걷는 속도가 맞지 않고, 연락할 방법이 없어서 답답했는데, 이제는 그런 걱정이 없어졌다. 코스를 결정한 후에, 내가 먼저 출발하고, 알베르게 예약을 한 후에 그리로 오라고 하면 된다.

새로운 나로 태어나는 길, 산티아고

비가 오지만 나는 오늘도 계속해서 걷고 싶어서 아침에는 약간 불편한 마음이 올라왔다. 하지만, 길동무와 같이 출발했기에 같이 마치고 싶은 마음도 있었다. 속도가 다르더라도 같이 마무리를 하고 싶었다. 불편한 마음은 조금만 참고 기다리면 방법이 나온다. 조급한 마음으로 참지 못하고 바로 언행을 하게 되면 결과적으로 후회할 일만 남는다. 산책과 쇼핑을 마치고 돌아오는 길에 와인과 먹을거리, 햄버거와 닭 날개 등을 구입하여 비 오는 날 펜션에서 음악을 들으며 와인과 음식을 먹고 편안한 낮잠을 자며 휴식을 취했다. 오후에는 헤밍웨이가 자주 찾아와 글을 썼다는 카페 '이루냐'를 둘러보았다. 생각보다 넓은 카페 내부와 외부에는 많은 사람들이 모여 음식을 즐기고 있었다. 저녁 식사 후에 내일 아침식사 대용으로 바나나와 사과, 그리고 초코바를 샀다. 내일 코스가 이번 전 구간 중 힘든 코스 중 하나라고 하지만, 오늘의 휴식과 충전으로 무난히 넘을 수 있을 것이다.

'왜 산티아고에 왔느냐? Just walking!' 최 선생이 다른 사람의 말을 인용하여 우리에게 얘기했다. 단순하고 명쾌한 답이다. 나는 왜 왔을까? 미래를 구상하기 위해, 아니면 걷기를 좋아하니까 그냥 끝없는 길을 오랜 기간 걷고 싶어서. 둘 다일 것이다. 목적을 위한 삶도 있지만, 과정을 위한 삶도 있다. 우리는 그동안 목적을 위한 삶(doing mode)만을 살아왔다. 앞으로는 매 순간을 느끼고 즐기는 과정의 삶(being mode)을 살고 싶다. 길동무는 사람들에 대한 기본적인 배려심이 남다른 사람이다. 오늘 낮잠을 자고 일어났는데, 먼저 깬 후에 나의 잠을 방해하지 않기 위해 화장실에서 불을 켜고 글을 쓰고 있었다. 배울 점이다.

용서의 언덕

5일 1일, 7일 차

PAMPLONA에서 PUENTE LA REINA, 25KM

어제는 비바람이 불더니 오늘은 날씨가 청명하여 걷기에 아주 좋은 날씨다. 이른 아침에 걷는 마음 역시 맑고 깨끗하고, 몸은 하루의 충분한 휴식으로 가볍다. 용서의 언덕을 오르기 위해 일찍 기상하여 서둘러 준비를 하였고, 아침 6시에 어둠을 깨고 출발하였다. 어젯밤에 그렇게 많은 사람들이 밤새 먹고 마시고 떠들어서 들떠 있던 팜플로나 도심은 오늘 이른 아침에는 너무나 조용하고 한적하다. 마치 강한 태풍이 몰아친 다음 날의 느낌처럼 너무나 고요하고 적막하다. 어제 내린 비로 바닥과 주변은 많은 습기를 머금고 있으나, 그 습기는 길을 떠나는 사람들의 마음을 평온함으로 감싸주고, 길가의 가로등은 따뜻하고 은은한 불빛으로 길을 밝혀주며 안내해 준다.

순례자들과 산티아고 관련 서적은 이 언덕이 힘든 코스 중 하나라고 하여서 조금 긴장을 하였는데, 한 걸음, 한 걸음 꾸준히 내딛는 발걸음으로 어느새 그 언덕에 힘들지 않게 도착하였다. 한 성자께서 그 언덕 위에 순례자를 위한 병원을 운영하셨던 것을 기념하기 위해 그 위치에 성경 구절을 새겨 놓은 비석이 서 있는 언덕이다. 문득 수월 스님이 떠올랐다. 산 정상에 오두막집을 짓고 산을 오르는 모든 분들에게 주먹밥과 짚신을 만들어 나눠 주셨던, 무주상보시를 직접 몸으로 실천하셨던 분. 아마 그 성자께서도 이 높은 언덕을 오르는 순례자들을 위해 병원을 운영하시고, 음식을 준비해 주셨을 것이다. 자신을 철저하게 내려놓으시고,

용서의 언덕

오로지 이 언덕을 지나는 모든 분들을 차별 없이 정성스럽게 모시고 대접하셨을 것이다. '용서의 언덕'을 오르는 길에 용서를 빌 것이 있나 조용히 생각하며 걸었다. 살면서 알게 모르게 많은 잘못을 저지르며 살아왔다. 이 언덕에서 한 번의 용서를 구한다고 모든 죄가 사해지지는 않을 것이다. 다만 실수를 기억하고, 죄를 고백하고, 스스로 참회하고 성찰하며, 앞으로 반복되는 실수를 하지 않겠다는 마음으로 살아가는 것이 용서를 구하는 방법이다. 언덕을 한걸음, 한걸음 오르며 지나온 삶 속의 많은 실수를 떠올리며 용서를 구했다.

사람이 사람을 용서할 수 있을까? 용서를 구할 수는 있지만, 용서를 해줄 수는 없다. 인간이 인간을 용서한다는 것은 지나친 교만이다. 자기의 주관이 남아있고, 내부에 '자기'라는 자아상이 있는 한 이기심으로부터 완전히 벗어날 수가 없다. 그런 이기심이 존재하는 용서는 참다운 용서가 될 수 없다. 용서는 인간의 영역이 아니다. 부처님이나 하느님은 자신을 버리고, 나와 남을 구분하지 않는 무분별심과 무차별심이 있기에 참다운 용서를 하실 수 있다. 우리가 할 수 있는 최선의 방법은 용서를 구하고, 상대방의 용서에 대한 화답으로 이해하며, 함께 화해하고 살아가는 것이다. 상대방의 어떤 언행과 감정에 대한 책임은 온전히 상대방에게만 있는 것이 아니고, 반드시 내게도 있다. 그래서 모든 인간관계는 쌍방관계인 것이다. 용서의 언덕에서 그간 나 자신의 죄에 대한 용서를 구하고, 모든 존재들이 행복하고 건강하길 기원하였다.

오늘 아침에 침묵 속에서 걸으며, 길동무와 이 여정을 함께하는 것에 대해 생각하였다. 누군가와 함께 긴 기간 여행을 한다는 것은 쉬운 일은 아니지만, 서로 이해와 배려를 한다면 그다지 어려운 일도 아니며, 동시에 상대방이라는 거울을 통해 자신의 모습을 볼 수 있는 좋은 계기가 되기도 한다. 굳이 상대방이 내게 맞추길 기다릴 필요가 없이, 내가 상대방에 맞추면 되는 것이다. 걷는 데 무슨 이해할 일이 그다지 많은가? 습관적인 사고나 행동 패턴으로부터 자유롭기 위해 여행을 하는 것이다. 여행에서조차 평상시의 방식을 고집한다는 것은 어리석은 일이다. 이런 과정이 자신의 틀을 부술 수 있는 좋은 계기이다. 방법은 오히려 간단하다. 내가 바뀌면 되는 것이다. 속도를 길동무에게 맞추고, 나 자신의 방식을 고집하지 않고, 그냥 편하게 걸으면 된다.

오후 3시경 알베르게에 도착해서, 세탁기에 빨래를 넣어 돌리고 널었고, 등산화를 말리며, 휴식용 탁자에 앉아 맥주 한잔하며 즐거운 대화를 나눴고 지금은 자판으로 글을 쓰고 있다. 이런 나의 모습이 영락없는 여행작가의 모습이어서 길동무가 사진을 찍으며 즐거워하기도 하였다. 지금 상황이 너무나 편안하고 고맙다. 걷고, 먹고, 자고, 씻고, 빨래하고, 그 외에는 할 일이 없다. 너무나 단순하고 단조로운 생활이 나를 풍요롭고 여유롭게 만들어 준다. 다른 사람들 역시 빨래를 넌 후에 외부에 있는 탁자에 앉아 먼 산을 바라보기도 하고, 대화를 하거나 글을 쓰며 하루를 정리하고 있다. 그 정경이 너무나 아름답고 평화로워 보였다.

그분들은 모두 오늘 용서의 언덕을 오르며 자신들이 알게 모르게 저질렀던 많은 죄를 용서받기 위한 기도를 하셨을 것이다. 그 기도가 받아들여져서 모두 행복하고 평화로운 삶을 영위하시길 바란다. 소화도 잘되고, 걷는 데 몸도 적응했고, 음식도 아무거나 잘 먹고, 잠도 코를 골며 잘 자고, 빨래도 잘하고, 글로 매일의 일상을 편안하게 정리도 하며 걷고 있다. 나는 길을 걷기 위해 태어난 사람 같다. 물집도 생기지 않고, 다리는 탄탄해지고, 가슴의 통증은 사라졌고, 뇌가 없어진 느낌을 받을 정도로 머리는 아무 생각도 나지 않고 가볍다. 다만 목 뒤의 통증은 아직 조금 남아있지만, 여기서 걸으며 일상생활을 하는 데 전혀 방해가 되지 않는다. 이 길은 나를 위해 준비된 길 같다는 생각이 들 정도로 너무나 편안하고, 나는 그 길을 걸으며 행복을 느끼고 있다. 앞으로는 매일 아침 6시에 출발하기로 하였다. 천천히 걸으면서 길동무와 속도도 맞추고, 일찍 알베르게에 도착해서 편안한 휴식과 하루를 정리할 수 있는 시간을 갖기 위해서.

아내와 가족들은 내가 고생하고 있다고 생각할 수도 있는데, 식구들에게 미안할 정도로 편안하게 잘 지내고 있다. 건강하게 돌아가서 아내에게, 또 나와 관계된 모든 사람들에게 좋은 인연을 잘 이어 나가도록 노력할 것이다. 여보, 고맙습니다.

용서

PUENTE LA REINA에서 ESTELLA, 23KM

어제 '용서의 언덕'을 지날 때는 별생각이 들지 않았는데, 오늘 길을 걸으며 용서에 대해 생각하게 되었다. 어젯밤 꿈을 꾼 것이 계기가 되었다. 여행 오기 며칠 전에 지인들과 저녁 식사를 했는데, 그 자리에서 후배가 실수를 하여, 함께 있었던 지인들 역시 많은 실망으로 더 이상 그 후배를 보고 싶어 하지 않았고, 나 역시 마음이 무거웠던 상태였다. 그 꿈은 많은 것을 기억나게 하였다.

그 후배는 어려운 환경을 극복하고 사회의 지도자가 된 친구로 나는 그 후배를 늘 자랑스러워하며 주변 사람에게 '의지의 한국인'이라고 소개를 하였고, 15년 이상을 좋은 관계로 잘 지내온 후배였다. 그 친구의 지위가 상승하면서, 또 내가 경제적으로 어렵게 되면서 상황이 이상하게 변하기 시작했다. 가끔 모임에서 자신의 입장을 강하게 주장하고, 말도 거칠어지기 시작했으며, 어떤 때에는 나를 무시하는 태도를 보이기도 하여서 일정 기간 거리를 두기도 하였다. 물론 그 후배의 모습을 그렇게 느낀 것은 전적으로 나만의 주관적인 느낌일 수도 있다. 다행스러운 것은 어떤 변화가 있었는지, 최근에는 조금씩 나를 대하는 태도가 예전의 부드러운 모습으로 변해서 마음을 놓기도 하였는데, 이번에 그런 일이 발생한 것이다.

근데 그 친구가 그것도 '용서의 언덕'을 넘은 그날 밤 꿈에 나타나 그날 함께 있었던 친구를 통해 내게 사과를 하고, 용서를 구한다는 꿈을 꾸었다. 그 꿈이 계기가 되어 오전 내내 걸으며 많은 생각을 하였다. 내가 다른 분들에게 용서를 구할 것은 없는지를. 회사에 다니면서 협력 회사들에게 '갑'질 했던 모습, 회사를 운영하며 직원들에게 '갑'질 했던 모습, 아내와 아이에게 권위적으로 대했던 모습, 대학교 서클생활을 하면서 후배들에게 권위적으로 대했던 모습, 또 나보다 약자라고 생각되는 사람들에게 못되게 굴었던 모습이 떠올라 얼굴이 화끈 달아오르며, 그 후배가 내게 대했던 모습이 업보라는 생각이 들기도 하였다. 사업을 하면서 고객사의 '을'로서 약 20년 이상 불합리하고 불편한 상황을 많이 겪으며 어느 정도 업보를 받았다고 생각을 했는데, 아직도 그 업보를 받고 있다는 생각을 하니 업보의 무서움이 끔찍하게 느껴졌다.

나는 그 후배를 용서할 자격이 없다. 아니 인간이 인간을 용서할 수가 없다. 그것은 말도 안 되는 소리이고 교만이고 오만이다. 다만 그 친구를 이해하고 시간을 기다려 줄 뿐이다. 어쩌면 관계가 단절될 수도 있다. 하지만, 그렇다고 내가 용서할 수는 없다. 어려운 상황을 견뎌내며 지금의 위치에 오르는 과정에서 많은 상처가 있을 수도 있다. 하지만 지금은 자리가 안정되었으니, 예전의 상처를 스스로 보듬고, 좀 더 마음의 여유를 갖고 주변을 대하기를 바랄 뿐이다. 또 만약 그런 변화가 없다면 나도 굳이 그 후배에게 이런저런 조언을 하면서 관계를 억지로 유지하고 싶은 마음도 없다. 인연이 다한 것이라고 생각할 것이다. 이제는 불편한 관계를 억지로 유지하며 지내고 싶지는 않다. 지금 맺고 있는 좋은 인연을 잘 유지하며, 또 새로운 인연을 잘 이어가며 살고 싶을 뿐이다.

다행스럽게도 내 주변에는 내가 어떠한 상황에 처하든 늘 같은 마음으로 대해주고 있는 분들이 몇 분 계신다. 가족, 대학 동아리 선배님들, 고객에서 친구가 된 분들, 후배들, 사업 파트너 등. 그분들의 그런 마음 씀씀이에 감사를 드린다. 또한 '용서의 언덕'이 꿈을 통해 그 후배와의 인연을 잘 이어가라는 선물을 주신 것 같아 감사함을 느낀다. 대기업에서

용서의 언덕을 오르며

중역으로 최근에 퇴임한 최 선생님을 이번 여행에서 만나 많은 도움을 받고 친구처럼 같이 지내고 있다. 특히 길동무와는 영화, 음악, 사진 등 공통분모가 많아 대화가 잘 통한다. 매우 적극적인 사람으로 경험도 많지만, 다양한 분야에서 학식도 뛰어나다. 또한 유머감각이 있고, 상대방에 대한 배려도 잘해서 절대 앞서가거나 자신을 내세우는 법도 없는 멋진 친구이다. 이번 길에서 만난 첫 번째 좋은 친구이다. 앞으로 인연이 어떻게 이어질지는 모르겠지만, 지금 만남에 감사를 드린다.

　길동무, 최 선생과 나의 생각이 각각 달라 불편한 경우도 있었다. 가만히 살펴보니 내가 다른 사람에게 통제받는다는 생각이 들면, 그런 상황이 나를 힘들게 만드는 것 같다. 조금 지나서 맥주 한잔하며 얘기를 하면 그 감정이 바로 사라진다. 결국 내 속이 좁고, 그 감정은 내가 만들어 낸 허상에 불과하다는 점을 알게 되었다. '상상을 하지 말라'는 말이 있다. 확인과 점검을 하지 않고 어떤 상황에 대한 상상을 키워 그 허상에 속고, 그로 인해 힘들고 괴로워한다. 앞으로도 이런 마음을 잘 살펴서 불편한 일이 없도록 노력할 필요가 있다. 내가 속이 좁고, 너그럽지 못하다는 생각을 다시 한 번 하게 되었다. 앞으로 여행 내내 이런 감정들이 떠오를 것이다. 좋은 공부거리이다. 지금까지 인간관계에서 느꼈던 어려움도 같은 패턴이라는 생각이 든다. 마음을 조금 여유롭게 갖고, 상대방의 생각과 감정을 스스로 상상하고 판단하지 말고, 조금의 불편함 정도는 감수할 수 있는 여유로움을 키워보자. 물론 나는 어떤 상황에서도 혼자라도 완주를 할 것이다. 내가 완주를 할 수 있는 상황만 보장이 된다면 다른 부분은 얼마든지 양보하고 이해하며 같이 걸을 수 있을 것이다.

오늘 길을 걸으며, 매 순간 걷는 데 충실하지 못하고, 과거와, 일어나지 않는 상황에 대해 생각하며 혼자 불편해하고 상대방을 원망하는 마음이 많이 올라왔다. 이번 여행은 결국 지금-여기에 충실하고, 자신의 모습을 확인하고, 앞으로의 꿈을 준비하기 위한 기간이다. 모든 것 내려놓고 지금-여기에 충실하자. 그 유일한 방법은 오직 걷는 것뿐이다.

신발끈

ESTELLA에서 LOS ARCOS, 22KM

추위를 다른 사람보다 많이 탄다는 것을 이번에 다시 한 번 확실하게 알 수 있었다. 다른 분들은 간단한 등산복이나 가벼운 재킷을 입고 장갑도 끼지 않은 상태에서 스틱을 손에 쥐고 걷는데, 나는 방한모 같은 따뜻한 모자에 따뜻한 장갑을 끼고, 재킷을 입어도 추워서 몸을 움츠리며 걷는다. 해가 나기 전까지는 늘 이런 자세로 걸으니 자세가 편하지 않아 몸이 경직되어 조금 불편함을 느낀다.

나는 추위로 조금 힘들어했지만, 걷기 시작한 지 약 일주일 정도 지난 오늘 다른 순례자들은 발과 무릎의 통증을 느끼고, 그리고 몸이 걷기에 적응하느라 힘들어 하는 모습을 볼 수가 있었다. 발뒤꿈치가 벌겋게 벗겨져 양말과 등산화를 더 이상 신을 수 없을 정도가 된 여성, 발에 물집이 생겨 걷기도 힘들어 하는 분, 발을 절며 스틱에 의지하며 걷는 분들도 있다. 그래서 산티아고 길은 처음 2주는 몸이 적응하느라 힘들고, 다음 2주는 마음속에서 올라오는 여러 감정들 때문에 힘들고, 마지막 2주는 그것들을 비워낸 후에 영적인 체험을 하게 되어 그간의 모든 고통을 잊어버리고 행복감을 느낄 수 있다고 한다. 우리는 일상 속에서 점점 더 걷기를 멀리하고 교통수단에 의지하며 바쁘게 살아가고 있기에, 이런 걷는 여행에서 제일 처음으로 겪는 것은 몸이 걷기에 적응하기 위한 고통이다. 지금까지 살아왔던 익숙한 방식에서 원래의 모습으로 돌아가는 회귀의 과정이 필요하다. 익숙한 것은 덜 익숙하게 만들고, 덜 익숙한 것을 익숙하게 만드는 작업의 과정에는 그에 따른 시간과 고통이 수반된다.

다행스럽게도 나는 꾸준히 걷는 것을 생활화해서 그런지 무릎이나 발에는 전혀 어떤 이상 징후도 발견할 수 없다. 신기할 정도로 너무나 정상이다. 하지만 등산복 위에 점퍼를 입고도 늘 아침에는 추워서 몸은 잔뜩 웅크리고 손이 시려 장갑을 끼고도 주머니에 넣고 걷기도 하였다. 아침에 등산화 끈을 매는데 손가락이 아리고 쓰라렸다. 특히 추위로 손이 많이 시렸는데, 이른 아침에 그 상태에서 등산화를 잘 챙겨 신으려 신발 끈을 조이니 그런 고통을 느꼈던 것이다.

갑자기 그 순간 아내와 딸아이가 생각났다. 아이가 초등학교 시절 스케이트를 배우기 위해 아이스링크 장에 다녔는데, 어느 날 함께 갔던 적이 있다. 링크 장은 춥고 아이는 자신의 스케이트를 제대로 신을 줄 모르기에 아내가 쇠꼬챙이처럼 생긴 고리로 끈을 꽉 졸라매어 발목 부상이 생기지 않도록 챙겨주었다. 그 당시에는 아내도 추위를 많이 타고, 손가락 관절이 그다지 좋지 않은 상태였는데 한 번도 힘들다는 내색을 하지 않고 추운 링크 장에서 아이를 챙겨주고 있었다. 그날 아내가 했던 것처럼 아이의 스케이트 끈을 매어 주었는데, 그때 손가락이 얼얼하고 아팠다. 관절도 좋지 않은 아내는 얼마나 힘이 들었을까. 한술 더 떠서, 그날 레슨을 마치고 집에 돌아오는 길에 차 안에서 어떤 이유인지는 모르지만, 아내에게 화를 냈던 기억이 떠올랐다. 아침에 등산화 끈을 조이면서 갑자기 그 생각이 떠올라 아내에게 너무나 미안한 마음이 올라왔다. 정말 철없고 못된 남편이었고, 못난 아이 아빠였다. 지금 이 글을 쓰면서 미안한 생각과 아내를 힘들게 했던 기억을 떠올리니 눈물이 나려 한다. 여보, 미안합니다. 용서해 주세요. 소연아, 미안하다.

오늘은 석가탄신일이다. 최 선생이 자신의 생일이라 얘기하며 어머니를 절에 모시고 가지 못해 미안한 마음이 많이 든다고 하였다. 어릴 적

MAY THE STARS CARRY
YOUR SADNESS AWAY
MAY THE FLOWERS FILL
YOUR HEART WITH BEAUTY
MAY HOPE FOREVER WIP
AWAY YOUR TEARS
AND ABOVE ALL,
MAY SILENCE MAKE
YOU STRONG.

알베르게 벽에 있는 멋진 시(詩)

부터 매년 어머니께서 절에 데리고 다니셨는데, 성인이 된 이후에는 자신이 매년 어머니를 모시고 다닌다고 한다. 또한 가족 단톡방에서 가족 구성원 12명이 서로 안부를 전하며 즐거워하는 모습을 보았다. 사랑이 가득한 가정이다. 부친께서 그런 환경을 만들어 주셨고, 자신도 아이에게 그런 아버지가 되기 위해 노력하고 있다는 그를 보며 많이 부러웠다.

사랑, 가정교육, 가족 간 우애 등도 모두 자연스럽게 대물림이 된다. 그것이 가정의 문화이고, 그런 이유로 자녀들을 결혼시킬 때 가문을 보는 것이라는 생각이 든다. 석가탄신일이고 공휴일이지만, 산티아고에서는 적용되지 않는다. 다만 불교 신도로서 길을 걸으며, 전법활동을 하셨던 부처님의 모습을 떠올리며 걷는 것이 오늘 내가 할 일이다. 또한 불자로서 어떤 마음가짐으로 살아가는 것이 바른 것인지에 대한 생각을 하고, 자신이 저지른 모든 죄업에 대한 참회의 시간을 갖는 것이 순례자로서 오늘 하루를 의미 있게 보내는 것이다.

출발은 세 명이 같이 하였지만, 사진을 찍기도 하고, 속도를 자신에 맞게 조절하기도 하며 걷다 보면 저절로 혼자 걷게 된다. 오늘은 거의 평지로 푸른 초원과 농경지가 가득한 길이다. 가도 가도 끝이 보이지 않는 길을 걷는 것은 생각과 행동을 단순하게도 하지만, 또한 많은 생각을 하게도 한다.

그런 끝이 없는 길을 출발은 같이하지만, 결국은 혼자 간다. 학교동창생, 회사입사 동기, 친구들도 일정 기간을 함께 지내지만, 시간이 지나면서 이합집산이 되며 뿔뿔이 흩어지기도 하고, 다른 인연을 만나기도 한다. 나이가 들어가면서 저절로 만나는 사람의 수가 줄어들고, 죽음의 문턱에서는 가족들과도 헤어져 홀로 죽음을 맞이하게 된다. 결국 삶이란 홀로 살다가 홀로 가는 것이다. 그래서 굳이 너무 사람과의 인연에 연연할 필요가 없다. 회자정리(會者定離), 만난 사람은 헤어지는 것이 정한 이치이다. 우리는 사람들과의 관계를 통해 행복감을 느끼기도 하지만, 집착을 하고 그로 인해 힘들어하기도 한다.

어떤 관계도 영원한 것은 없다. 관계의 무상함을 알게 되면 모든 만남의 순간에 최선을 다하고 다음을 기약하지 않고, 기대도 하지 않는다. 지금, 이 순간에 만나는 모든 사람들에게 정성을 다해 대하고, 그 기억과 추억을 잡으려 하지 말고, 물 흐르듯 흘려보내면 된다. 기대와 실망, 사랑과 미움, 탐착과 혐오의 마음으로 인해 우리는 스스로를 괴롭힌다. 양변을 모두 여의고 중도를 지키며 균형을 유지하는 것, 그것이 부처님 가르침의 핵심이고, 삶을 현명하게 살아가는 방법이다. 쉽지는 않겠지만, 연습을 하고 노력을 하면, 그런 마음의 근육이 생성되어 어느 순간 굳이 애쓰지 않아도 저절로 중도의 삶을 통해 행복한 삶을 살 수 있게 된다.

동행

> 5월 4일, 10일 차

LOS ARCOS에서 VIANA, 19KM

어제 오후에 길동무와 함께 앞으로 어떻게 걷는 것이 좋은가에 대한 얘기를 나눴다. 두 명 모두 걷는 것을 좋아하는 공통점이 있지만, 그 외의 것, 개인적인 취향, 관심사, 산티아고에 온 이유 등은 확연히 다르다. 나이 들어서 걷기동호회에서 만난 동갑내기 친구와 이 길을 같이 걷기로 약속을 하고 전지훈련도 하면서 같이 왔다. 하지만 같이 걷다 보니 불편한 일들이 제법 생긴다. 제일 큰 차이는 속도이고, 그다음에는 관심사의 차이로 의견이 다른 경우가 있다. 길동무는 경치가 좋거나, 멋진 건축물, 사진에 담을 풍경이 있으면 하루 이틀 정도 쉬면서 사진을 찍고, 주변의 유명한 곳이나 음식을 즐기고 싶어 했으나, 나는 걷는 것 외에는 아무런 관심사도 없었다. 그런 이유로 인해 아침에 출발을 하면서 자연스럽게 따로 걷는다. 아침에 출발을 한 후 첫 번째 카페에서 만나 아침 식사를 같이하고, 다시 따로 걷는다. 둘이 같이 걷고 있지만, 실은 따로 걷는 거와 별반 차이가 없다. 속도 차이도 있고, 특히나 사진 찍는 것을 좋아하는 길동무는 주변을 살피며 천천히 걷기에, 둘의 거리는 점점 더 멀어져 간다.

아침에 일어나니 어제 얘기했던 걷는 방식에 대한 의견 차이로 불편한 마음에 서로 약간의 어색함을 느꼈다. 나는 먼저 출발을 하였고, 길동무는 최 선생을 기다렸다 만나서 같이 가겠다고 하였다. 오전에 걷는 내내 마음이 편하지 않았다. 길을 걷는 것이 아니고, 길동무와 어떻게 잘 마무리를 할 수 있을까에 대한 고민으로 마음이 무거워서 고민거리만 잔뜩 짊어지고 걷고 있었다. 나는 혼자 걷는 것이 편하다, 누군가와 함께 걷는 것은 그 나름대로 재미와 멋진 추억을 만들 수 있지만, 며칠 걷다 보니 길은 홀로 걷는 것이 훨씬 편하다는 생각을 하게 되었다.

카페에서 잠시 쉬면서 이 문제에 대한 얘기를 나눴다. 길동무의 뜻을 따라 유람하듯 길을 걸으면 내 계산에는 피니스테라와 묵시야는 물론이고, 콤포스텔라까지 주어진 기간 내에 도착하는 것이 어렵다고 판단했다. 길동무는 따로 걷자고 하면서도 불편한 심기를 드러냈다. 나는 지금 헤어져 따로 걸어도, 콤포스텔라에서 만나자는 약속을 하자고 하였고, 길동무는 그것조차도 의미가 없으니, 바로 여기서 헤어지자고 하였다. 충동적인 감정을 표현하는 모습을 보고, 나도 순간적으로 기분이 나빠져서 그렇게 하자고 하였지만, 그 이후에 걷는 내내 마음이 편치 않았다.

비야나에 도착할 때쯤, 마음을 바꿔서 내가 피니스테라와 묵시야를 양보하고, 같이 콤포스텔라까지 가는 것이 좋겠다고 결론을 내렸다. 제일 신경 쓰이는 것은 길동무의 발목 상태이다. 최악의 경우 다리 상태가 나빠지고, 최 선생과도 헤어질 경우, 그 친구는 도움을 받기 어려운 상황이 될 수도 있다. 그리고 같이 출발하였기에, 같이 마무리를 하며 콤포스텔라에서 웃으며 행복한 순간을 같이 느끼고 싶었다. 비야나에 도착해서 맥주 한 잔을 하며, 내가 피니스테라를 양보할 테니, 매일 걷는 거리를 조정하면서 같이 마무리를 짓자고 하였다. 길동무는 진심으로 감사의 인사를 하였고, 그런 감사의 인사를 받는 것이 어색하여 대충 얼버무리며 웃음으로 화답을 하였다. 그새 그 친구는 딸아이에게 연락하여 앞으로의 모든 알베르게 예약을 별도로 부탁하였다고 하였다. 그만큼 그 친구도 부담을 느꼈던 것이다. 내가 양보를 하고 같이 가기로 한 것은 잘 내린 결정이었다. 앞으로 매일 걷는 거리에 대해 상의를 하며 같이 걷고 같이 마무리를 할 것이다. 약 4일간의 여유가 있다.

팜플로냐에서 하루를 소비하였기에, 3일간의 여유가 있다. 그 여유 시간을 잘 활용하면 정해진 기간 내에 콤포스텔라에 도착할 수 있을 것이다. 그 친구는 나름대로 회계 업무를 보고, 열심히 뒤처지지 않으려고 노력을 하였으며, 나에게 피해를 주지 않기 위해 발목이 좋지 않은 상태에서도 아픈 티를 내지 않으려고 노력을 하기도 하였다. 이미 그 친구는 나름대로 힘든 과정을 겪고 있는 것이다. 내가 양보한 것은 잘 내린 결론이다. 앞으로도 욕심내지 말고 같이 마무리를 잘하기 위해 노력을 할 것이다.

비야나 카페에서 만난 네덜란드 젊은 아들은 부모님을 모시고 카미노를 걷고 있다. 말이 없고 조용히 부모님을 모시는 모습이 인상적이었다. 지친 부모님을 위해 연신 카페에 드나들며 주문하신 음식을 날라 드리고, 짐도 재정비해 드리는 모습은 참으로 보기 좋은 광경이었다.

미국에서 홀로 오신 69세의 머셔리 여사는 발에 심한 물집이 생겼고 며칠 전 넘어져서 손가락을 다치셨다. 하지만 대수롭지 않게 여기시며 계속 걷고 계셨다. 그분의 배낭을 보면 머리 위로 짐이 가득하고, 한쪽으로 기울어있고, 짐 정돈도 제대로 되지 않아 보기에도 불안해 보였으며, 걸음걸이도 불편해 보였다. 배낭 꾸린 모습과 걷는 모습에서 그분의 마음을 어느 정도 읽을 수 있다. 그분의 삶은 불안하고 무척이나 무겁고 버겁게 보였다. 저녁에 그분과 얘기를 나눌 시간이 있었다.

어머니께서는 알츠하이머병으로 요양원에 계시고, 아들은 아프고, 손녀는 아스퍼거 증후군으로 가족 모두가 힘든 시간을 보내고 있다고 하셨다. 간호사 출신으로 미국의 시골에 살고 계시지만 열심히 바르게 살

어느 알베르게의 아름다운 벽

아왔는데, 왜 자신에게 이런 힘든 시간이 왔는지 받아들이지 못해 더욱 힘이 들었다고 하셨다. 이번 산티아고 길 순례를 통해 자신의 인생을 재정비(reset)하고 싶다고 하셨다. 다행스럽게도 남편이 잘 이해를 해 주서서 홀로 올 수 있었다고 한다. 나중에 들으니, 콤포스텔라까지 완주를 하셨고, 많이 밝아지셨다고 한다. 그분에게 산티아고 길은 인생 재정비의 좋은 방편이었을 것이고, 앞으로는 주어진 삶을 적극적으로 수용하며 힘든 과정 속에서 행복함을 느끼며 살아가실 것이라 믿는다.

요즘은 아침에 카페에서 빵 한쪽과 에스프레소 한잔 마시는 즐거움에 빠져있다. 진한 에스프레소에 설탕을 넣은 후, 스푼으로 한두 번 젓고, 조금 있다가 마신다. 첫 번째 한 모금은 씁쓸하고, 두 번째 모금은 조금 달콤씁쓸하고, 마지막에 찻잔 밑에 깔려있는 설탕을 스푼으로 떠먹으면 입안에 남아있는 씁쓸한 느낌과 설탕의 달콤함이 어우러져 묘한

맛을 자아낸다. 아침에 마시는 에스프레소 한잔은 몸에 활기를 넣어주고, 중독성이 있다. 이 맛에 아침마다 카페를 찾는다. 여행의 즐거움 중 멋진 하나를 발견했다.

관계

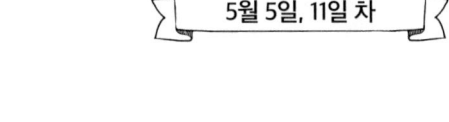

VIANA에서 LOGRONO, 9.5KM

아침에 비를 몰고 올 것 같은 습한 바람이 불어서 배낭 커버를 씌운 후에 걷기 시작하였다. 오늘은 로그로뇨까지 약 9㎞를 걷는 짧은 일정이다. 이곳에는 볼 것이 많아 많은 순례자들이 하루 머물며 구경하다 가는 곳이라고 하여 오전에 걷고 오후에 휴식을 취하며 시내를 둘러보기로 하였다. 내가 생각했던 순례와는 다소 다른 방향으로 가는 것이 편하지만은 않지만, 어제 길동무에게 콤포스텔라까지 같이 가고, 피니스테레를 포기하겠다고 선언을 한 만큼 나의 불편함을 조금 접고 길동무의 뜻을 따르기로 하였다. 또한 아직 일정이 다소 여유가 있어서 별 무리가 없다.

아침에 걸으면 우리를 제일 처음 반갑게 맞이해 주는 것은 이름 모를 새들의 다양한 새소리이다. 그런 새소리는 우리 같은 도보순례자들에게 기분 좋은 활력을 넣어준다. 또한 어제 길동무와의 갈등이 해결되어 오늘의 새소리는 더욱 더 즐겁고 행복하게 들렸고, 그런 만큼 마음도 편안하여 경쾌하게 걸을 수 있었다. 최 선생과 내가 앞장을 서고 길동무가 뒤에 천천히 따라오고 있다. 걷는 모습을 봐서는 발목 상태도 괜찮아 보이고, 전보다 편안하게 걷는다. 다행이다.

길 위에 70대 정도 되어 보이시는 분들이 즐겁게 웃으시며 걷고 계셨다. 그분들의 모습을 보며 나도 10년 후에 다시 한 번 오면 좋겠다는 생각을 하기도 하였다. 설사 오지는 않더라도 그런 건강과 마음을 유지할 수만 있어도 좋을 것 같다.

중간쯤 지나니 자연스럽게 혼자 앞서 걷게 되었다. 늘 그렇듯 걷기를 같이 시작하여도 가다 보면 저절로 혼자 걷게 된다. 삶 역시 이렇게 같이 살다가 혼자 가는 것이다. 그래서 누구랑 같이 걷든 결코 처음부터 끝까지 같이 걷겠다는 생각을 하거나 기대를 하면 불편한 상황이 일어날 수밖에 없다. 그런 것이 자연스러운 현상이라는 것을 미리 이해하는 것도 좋은 방법이다.

또한 사람과의 관계는 일정한 거리를 유지하는 것도 오랜 관계를 유지하는 데 필수적이다. 너무 거리가 멀어지면 out of sight, out of mind라는 말이 있듯이 저절로 관계가 소원해지기 쉽다. 반대로 너무 가까워지면 자신과 타인의 경계가 허물어지며 불편을 겪는다. 일정한 간격을 유지하는 것은 오랜 관계를 지속시키는 데 필수적인 요소이다.

길을 걷다가 머서리 여사를 또 만났다. 165㎝ 정도의 약간 뚱뚱한 69세 아주머니이다. 배낭의 무게는 내 것보다 약 5kg 정도 더 무겁다고 하였고, 발에는 물집이 심하게 잡혀있었고, 손가락은 삔 상태인데도 늘 웃음을 유지하고 있다. 내가 지금까지 걸으면서 가장 많은 대화를 나눈 사람이다.

이런 곳에 나와 보니 내가 그다지 사교적이지 못하다는 것을 알게 되었다. 홀로 조용히 걷고 싶고, 혼자만의 시간을 갖고 싶기에 먼저 말 거는 것을 삼가기도 하였고, 가능하면 말을 하지 않고 걷는 것에 집중하려 마음을 먹었기에 많은 사람들과 얘기를 하지 않았는데, 유독 그분하고는 자주 만나게 되고 대화를 많이 하게 되었다. 그의 순례 목적은 한 마디로 표현하면 인생 재정비(reset)이다. 왜 자신의 인생이 이렇게 힘들게 되었는지, 자신만의 시간을 갖고 인생을 재정비하고 싶어서 산티아고에 오셨다. 사는 곳은 미국의 댈라웨어로 미국의 도시 중 가장 오랜 도시로 아주 시골에 해당한다고 하였다. 가까운 친구 2명이 있는데, 한 분은 수녀로 살고 있고, 다른 한 분은 이혼을 한 후에 사회봉사 활동을 하고 있어서 모두 먼 타지에 나가 있어서 같이 얘기를 나눌 친구도 없다고 하셨다.

유독 그분께 마음이 쓰이는 것은 웃음 뒤에 슬픔과 외로움이 느껴지기도 하고, 뭔가 내면의 힘든 벽을 극복하고자 자신과 치열한 투쟁을 하고 있다는 느낌이 들어서였고, 많은 얘기를 하게 되었다. 내가 할 수 있는 것은 없다. 다만 옆에서 같이 걸으며 서로 얘기를 나누는 것이 내가할 수 있는 최선이다. 비록 서로 모르는 사람이지만, 이런 마음을 갖고서로에게 마음을 열고 사는 사람도 있기에, 세상은 살 만하다는 것을 보여주고 싶었는지도 모르겠다. 오늘 아침에 자신이 그동안 불필요한 물건들을 너무 많이 지니고 살아왔다고 느껴져서 그것들을 버려야겠다는 생각을 하게 되었다고 하셨다. 지금 입고 있는 셔츠도 25년 된 가장 아끼는 것인데, 이번 여행을 끝으로 버리겠다고 하시면서 동시에 아쉬움을 보이시기도 하셨다. 나는 새 한 마리가 먼 길을 날아가기 위해 스스로 몸무게를 줄인다던 얘기를 말씀해 드렸다. 그분의 마음에 평화가 찾아오길 기원한다.

로그로뇨 순례자 안내소에 도착하니 비가 내리기 시작했다. 안내소 직원이 막 도착하여 문을 열고 우리를 맞이해주었다. 밖에는 비도 오고 날씨도 쌀쌀하여 손이 시렸고 몸에 한기도 느껴졌는데 다행스럽게 안에는 난방이 설치되어 몸을 따뜻하게 녹일 수 있었다. 친절한 안내를 해주시는 분은 60대가 넘으신 할머니로 웃음을 내내 잃지 않으시고 서툰영어로 열심히 설명해 주셨다. 봉사활동을 행복하게 하시는 모습이 너무나 인상적이었다. 일찍 알베르게에 도착하여 샤워를 한 후에 낮잠을 자고 나서 준비해온 빵과 요구르트로 점심식사를 하고, 시내 구경을 하였다. 오후 시간이라 다른 곳은 모두 한적하였는데, 최 선생이 찾아낸 식당 주변은 사람들로 붐볐다. 처음 맛보는 신기한 음식들과 와인을 먹으며 도심 속에서 우리도 자연스럽게 현지인화이 되어 가고 있었고, 시내를 벗어나 길을 걸으면 순례자가 되어 가고 있었다.

나와 다른 관심사를 갖고 있는 사람과 함께 여행하는 것은 쉬운 일은 아니다. 하지만 사람들과의 관계가 늘 내가 원하는 상황이 되지는 않는다. 그런 관계를 통해서 나와 다른 생각과 감정을 갖고 있는 사람들과 화합하는 방법을 배울 수 있다. 이번 여행이 그것을 위한 준비과정이나 수련과정이 될 수 있다.

카미노 친구

5월 6일, 12일 차

LOGRONO에서 VENTOSA, 21KM

오늘 아침에 기상하여 사람들과 인사를 하는데 사람들의 표정이 쌀쌀했다. 출발하기 위해 밖에서 몸을 풀고 일행이 나오기를 기다리고 있는데, 두 분의 외국 여성이 오셔서 우리들의 코골이가 너무 심해서 잠을 이룰 수가 없었고, 오늘 아침에도 일찍 서둘러 움직이는 소리 때문에 많은 사람들이 불편을 겪었다고 항의를 하였다. 어제 로그로뇨 시내에서 와인을 많이 마셨던 것이 결국 이런 사태를 초래한 것이었다. 사과 외에는 할 말이 없었다. 출발하기 전에 코골이 때문에 혹시나 다른 분들에게 피해를 줄 수 있다는 생각에 약 3주간 금주를 하였고, 코골이를 신경 쓰며 자고, 매일 아침에 아내에게 전날 코를 골았는지 확인하곤 했는데 다행스럽게 골지 않는다고 하여 마음을 놓았다. 근데 전날 과음으로 인해 코를 심하게 골았던 것 같다.

여기에서의 생활은 너무나 단순하다. 오전에 걷고, 점심시간에 바에서 식사 겸 맥주 한 잔, 그리고 그날의 일정을 모두 마친 후에는 빨래를 하고, 저녁 식사를 겸해 와인을 마시는 것이 일상이 되었다. 오늘 최 선생과 나바레타에서 헤어져야 했기에, 어제 저녁에는 평상시와 다르게 과음을 하였다. 이런 모습, 사람들 만나 술 마시고 떠들고, 잠에 취하고 하는 생활은 서울의 생활과 전혀 다르지 않다. 나 자신이 실망스럽고, 다른 순례자 분들에게 미안했고, 창피했다. 또한 아내와 나의 여행을 지지

해 준 많은 사람들에게 볼 면목이 없었다. 시내에 들려 구경하고 맛있는 음식을 먹는 것도 여행의 재미이기는 하지만, 이번 여행은 관광이 아닌 순례이기에 앞으로 그런 생활은 지양하려 한다.

순례의 목적을 잘 새겨보자. 떠나기 전에는 지금까지의 생활을 정리하고 앞으로의 삶을 계획하기 위한 의미 있는 여행인데, 음식과 술에 취하며 서울의 일상과 다르지 않은 삶을 살고 있다는 것은 너무나 원래의 취지와는 다르다. 앞으로는 이런 점을 경계하며, 원래의 취지에 맞게 걷기에 집중하자.

최 선생과 헤어져야 할 시간이 다가왔다. 만남도, 헤어짐도 서로에게 부담을 주지 않고 물 흐르듯 자연스럽게 하는 것이 카미노의 매력 중 하나이다. 맥주와 샌드위치를 대접하며 이별의 아쉬움을 서로 달랬다. 마음이 따뜻한 친구이다. 물론 길을 걸으며 앞으로 다시 만날 수 있겠지만, 만약 중간에 다시 만나지 못한다고 하여도 모두 완주를 하여 6월 6일에 콤포스텔라에서 만나 이번 여행의 대미를 장식하자고 약속을 하였다. 우리는 걸어 올라갔고, 최 선생은 밑에서 우리를 바라봤다. 서로 발걸음이 떨어지지 않는 느낌이었다. 비록 짧은 시간 동안 같이 있었지만, 그래도 많은 정이 들었나 보다. 헤어지면서 포옹을 하는데 마음이 짠하다. 남성끼리 이런 감정을 느낄 수 있는 것도 카미노의 매력 중 하나일 것이다.

알베르게에 도착하니, 많은 사람들이 줄을 서 있었다. 이곳에는 알베르게가 한 곳밖에 없다. 예약도 되지 않고 오는 순서대로 침대를 배정받을 수 있다. 줄을 서서 기다리는데, 독일인 부부가 자신의 순례자 여권을 보여주며 4년간 독일에서 여기까지, 매년 한두 달씩 걸으며 2,500㎞를 걸어왔다고 자랑스럽게 말씀하셨다. 군이 왜 걷는지 물을 필요성을 느끼지 못했다. 그 부부의 걸음걸이가 나날이 행복으로 이어지기만을

새로운 나로 태어나는 길, 산티아고

바랄 뿐이다. 길동무와 속도를 맞추며 걸으니 편하기도 하고 불편하기도 하다. 속도가 내 페이스보다 느려서 조금 힘이 들기도 하나, 같이 얘기를 하며 걸으니 심심하지 않고 사진도 찍을 수 있어 좋다. 또한 알베르게 예약을 위해 서두를 필요도 없이 천천히 걸으며 주변을 즐길 수도 있어서 좋다. 혼자 걷다 보면 늘 걸음걸이가 빨라진다.

어젯밤에 만난 캐나다 여성 두 분이 앞서서 걸어가고 있었다. 그분들도 처음부터 같이 걷지 않았고, 오리손 알베르게에서 만났다고 하였다. 길에서 만나 카미노 친구가 된 두 분의 모습을 보니 서두르는 것 없이, 서로의 걸음 속도에 보조를 맞추고, 사진을 찍을 때에는 기다려 주며 편안하게 걷고 있다.

나 역시 길동무와 그렇게 걸으면 될 것이다. 다행히 둘 다 발에 물집 하나 잡히지 않았고, 몸도 잘 적응되고 있어서 걷는 데 전혀 어려움이 없다. 걷는 속도도 조금씩 빨라지고 있고, 어떤 사소한 불편함이 없이 편안하게 걸을 수 있다. 어제의 걸음으로 인해 오늘의 걷기가 전혀 방해되지 않는다. 오히려 오늘 걷는 데 좋은 에너지원이 되기도 한다. 이렇게 걷다 보면 콤포스텔라에 예정된 날짜에 편안하게 도착할 수 있을 것이다. 알베르게에 도착했더니, 최 선생이 안부 카톡을 보내왔다. 따뜻함이 묻어나는 카톡에 감사의 답을 보냈다. 오늘은 여기서 머물며 편안한 휴식을 취할 것이다.

업보

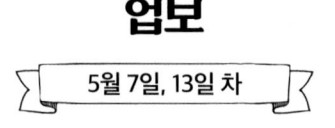

VENTOSA에서 CIRUENA, 25.5KM

아침에 일출을 보았다. 너무나 찬란하여 눈을 뜨고 볼 수가 없었다. 하늘이 맑아서 그런지 더욱 일출의 광경이 강하고 장엄했다. 해는 내가 걸어가는 오른쪽에서 나를 비추고 있었다. 왼쪽에 나지막하게 내 키 정도의 붉은 언덕이 있는데, 그 언덕에 비친 나의 그림자와 나무가 잘 어울려 멋진 풍경을 만들어냈다. 사진을 한 컷 찍었다. 길가에 작은 자갈들이 햇살을 받으며 한쪽 면은 노란빛을 발하고, 그 이면에는 그림자가 드리워져서, 마치 황금가루를 바닥에 뿌려놓은 느낌이 들었다. 빛과 그림자가 만들어낸 멋진 그림이다. 이 모습도 사진에 담았다.

시내 중심을 통과하는데 오래된 피아트 자동차를 보았다. 갑자기 예전 생각이 났다. 회사에서 광고 업무를 담당하고 있을 때, 광고 업체 대표가 피아트 자동차를 몰고 와서 업무 얘기를 하기도 하고 술을 한잔하기도 하였다. 지금 생각하면 너무나 창피한 '갑'질을 하기도 하였다. 그 차를 보는 순간 그 사장님에 대한 미안한 마음과 창피한 마음이 동시에 떠올랐다. 그 업보를 갚기 위해 약 20년간 인테리어 사업을 하면서 많은 접대를 하고, '갑'질을 당하기도 했고, 문전박대를 당하기도 하였나 보다. 한번 만든 업은 절대로 사라지지 않는다. 반드시 그에 상응하는 과보를 받고 업장소멸이 되어야만 사라진다. 선업선과이고 악업악과이다. 그때 '갑'질 3년 정도 한 것을 갚기 위해 20년간 고생을 한 것 같다. 업은 참으로 무섭다. 결국 잘살기 위해서는 베풀고 선한 마음으로 사는 것 외에는 없다. 많이 베풀고 선한 마음을 유지하며 살수록 편한 삶을 살 수 있다. 일종의 인생 적금인 셈이다.

오늘 걷는데 많은 얼굴들이 떠올라 보고 싶다는 생각이 들었다. 서울에서 출발 전 엽서를 보내려고 가까운 지인의 주소를 적어오기도 하였는데 아직 어느 누구에게도 보내지 않았다. 전체 여정의 반 정도인 400㎞ 이상 걸은 이후에 엽서를 보내려고 마음을 먹고 있었다. 그 전에 엽서를 쓰면 괜히 마음이 약해질 것 같아서였다. 그런 생각을 하며 걷는데 갑자기 엽서를 쓰는 것이 불편하다는 생각이 들기 시작했다. 엽서를 사서, 쓰고, 우체국을 찾아서 우표를 구입한 후에 붙이는 과정이 번거롭고 귀찮다는 생각이 들기 시작했다. 원래는 가족과 가까운 지인들에게 감사의 뜻으로 보내려 했는데, 귀찮고 불편한 것이 싫어서 메모를 쓴 후에 카톡으로 보낼까 하는 이기적이고 자기중심적인 사고방식이 다시 튀어나왔다.

그것을 합리화하기 위한 방편이었는지, 우체국 생각을 하면서 내면에 늘 자리 잡고 있었던 관공서에 대한 불편한 마음이 올라오기도 하였다. 관공서, 윗사람, 기관, 상사, 선배 등 내가 통제할 수 없는 사람이나 기관에 대한 불편한 마음이다. 그런 조직과 사람들이 내게는 권위적으로 느껴져서 만나거나 방문을 하면 괜히 불편한 마음과 함께 화가 나기도 한다. 불편한 감정을 표현하지도 못하고, 앞에서는 순응하는 척하지만, 내면에는 분노와 불만이 가득한 나의 모습이 보였다.

그런 이유 때문인지, 사업을 하면서도 관공서 관련 업무를 준비하는 단계와 과정이 내게는 너무나 불편하고 힘들게 느껴져서 포기한 적도 많았다. 복잡한 서류 제출도 힘들었고, 고객 회사나 기관에 근무하는 사

그림자 친구

람들의 고압적인 태도도 보기 싫었고, 그들의 업무 진행 과정도 명확하지 않고, 피드백에 대한 무관심이나 일방적인 태도 역시 나를 많이 불편하고 화나게 했다. 엽서 한 장 쓰는 것을 생각하다가 기관에 대한 불편한 마음을 보게 되었다. 어떤 사람들은 전혀 개의치 않고 윗사람이나 기관 상대를 너무나 편안하게 하고 좋은 관계를 유지하고 지낸다. 사람들이나 상황을 대하는 시각은 각각 다르고, 그 시각은 삶의 경험 속에서 만들어진 하나의 허상에 불과하지만, 여전히 우리에게 많은 영향을 미치게 되어있다.

오늘 길을 걷는 내내 사람들을 거의 만나지 못하고 홀로 걸었다. 길동무는 뒤에서 천천히 오고 있어서 이미 오래전에 내 시야에서 사라졌다. 내 앞에도, 뒤에도 아무도 보이지 않는다. 끝없이 이어지는 길, 끝이 보이지 않는 길, 가도 가도 같은 풍경이 반복되는 길을 홀로 걸으며, 길을 걷는 것이 행복하고 그 길 속에서 마음의 위안과 편안함을 느끼고 있었다. 길은 끝이 없다. 우리네 삶도 역시 끝이 없다. 죽음은 끝이 아니고 삶의 연결선상에 있는 다른 삶의 시작일 뿐이다. 마치 순환 고리에 달린 여러 개의 매듭처럼. 목적지에 도착한다는 것은 더 이상 갈 곳이 없는 길의 끝이 아니고, 거기는 바로 다른 길의 출발점이 된다. 길을 걸으며 사람들을 만나고, 헤어지고, 결국 홀로 걷게 된다. 하지만 알베르게에 도착하면 어디서 나타났는지 각국의 남녀노소들이 몰려들어 많은 얘기를 나눈다. 다음 날 출발을 하며 또 서로 각자 혼자가 된다. 그게 삶인 것 같다. 그래서 만남을 너무 즐거워하지도 말고, 헤어짐을 너무 슬퍼하지도 않게 된다. 만남과 헤어짐 역시 시작과 끝이 아닌 과정에 불과한 것이라는 것을 체득하게 된다.

또한 길 위에서는 모든 사람이 평등하다. 나이, 남녀, 국적, 직업, 명예, 권력, 재력 등이 무용지물이다. 길 위에서는 길을 걷는 자만이 주인이 될 수 있다. 길을 직접 걷지 않고, 책을 보거나 영상물을 보고 길에 대해 얘기하는 것은 음식 사진이나 영상물을 보고 맛을 평가하는 것처럼 어리석은 일이다. 길을 알기 위해서는 길을 걸어야만 알 수 있다. 또한 같은 길을 걷고 있지만, 실은 각자 다른 길을 걷고 있다. 그래서 한 길 속에 천 개의 길이 있다. 오늘은 조금 일찍 목적지인 시루에나에 도착하여 둘이 머물 수 있는 알베르게를 구했다. 일반 숙소는 인당 7유로인데, 둘만이 머물 수 있는 숙소는 인당 10유로. 조금 비싸긴 하지만 코골이 신경 안 쓰고 편히 잘 수 있으며, 아침에 남들보다 조금 일찍 서두르며 짐을 꾸리는데 다른 순례자들을 신경 쓰지 않아도 되니, 그 정도의 부담으로 편함을 구한 것은 좋은 결정이었다.

가족 1

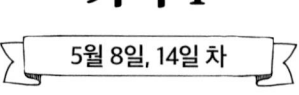

CIRUENA에서 BELORADO, 29KM

어젯밤에 길동무와 또 코스를 정하는 것 때문에 논쟁을 했다. 내가 가고자 하는 목적지까지의 거리를 길동무는 무리라고 생각하고 있고, 길동무의 생각대로 가게 된다면 목적지에 기간 내에 도착하지 못할 가능성이 있다고 생각한 나와 충돌이 발생한 것이다. 여러 얘기가 오갔고, 결론은 이제부터 헤어져서 각자 걷기로 하고, 여행경비도 나누어 가졌다. 잠자리에 들었지만 내내 마음이 편하지 않아 많이 뒤척이다 잠에 들었다. 아침에 일어나 길을 걸으며 별말 없이 앞뒤로 걷기 시작했다.

한 시간 반경 지난 후 첫 번째 카페에서 만나 조식을 하며 서로의 일정에 대한 얘기를 하다가 일단 가는 데까지 같이 가기로 했다. 오늘 코스가 조금 길어 힘이 들겠지만, 한 번 잘 극복하면 앞으로의 일정에 별문제가 없을 것이고, 그렇게 진행하다 보면 전체 일정 중 하루, 이틀 정도의 여유로운 휴식을 취할 수도 있다고 하였다. 길동무도 흔쾌히 시도해 보겠다고 웃으며 화답을 하였다. 이로써 다시 모든 문제는 해결되었다. 약 2주간 같이 생활하며 별문제 없이 지내다가 걷는 속도와 서로 하고 싶어 하는 것의 차이로 불화가 있었지만 참고 견디며 같이 마무리를 하겠다는 생각이 있기에 가능했던 것이다.

속도가 다르니 따로 걷되, 그날의 목표지점만 설정하면 된다. 길동무는 다리가 조금 불편하여 2층 침대를 사용하는 게 불편하고, 나는 목이 불편하여 1층 침대 사용에 어려움이 있어서 자연스럽게 침대 사용 방법이 결정되었다. 길동무는 꼼꼼하게 자료를 잘 챙기기에 회계를 맡고 있고, 나는 길 안내와 조금 일찍 목표 지점에 도착하여 알베르게 예약을 담당하고 있다. 이렇게 서로 양보하고, 역할을 분담하며 같이 마무리하겠다는 의지만 있다면 시간이 지나며 갈등은 저절로 해결이 된다. 불편한 갈등이 해결되자 발걸음도 가볍다.

카페에서 쉬는데 캐나다 4인 가족을 만났다. 부모와 딸, 아들. 너무 보기 좋아 말을 걸었고 부럽다고 했더니, 나에게 가족들하고 함께 오면 되지 않느냐고 반문을 하였다. 맞다. 근데 아내는 걷기를 싫어하고, 우리 딸과 사위 역시 굳이 힘든 걷기를 하고 싶지는 않으리라는 굳은 믿음이 있다. 어색함을 달래기 위해 우리 가족사진과 딸아이 결혼사진을 보여 주었다. 그 사진도 아내에게 카톡을 해서 받은 것이다. 아내가 왜 필요하냐고 질문했을 때, 외국인에게 우리 가족을 소개하는 데 필요하다고 했고, 그때는 정말로 그 생각뿐이었다. 사진을 보여 준 후, 그 가족과 헤어지고 길을 걷는데 사진이 다시 보고 싶어서 잠시 앉아 사진을 자세히 보았다. 갑자기 가족 생각에 가슴이 먹먹해졌고, 보고 싶어졌다. 지금 이 글을 쓰는 순간에도 가족이 그리워 눈물이 나려 한다. 왜 가족 생각만 하면 눈물이 나려 할까.

아내는 30년 이상을 늘 그 자리에서 자신의 역할에 충실하며 늘 같은 모습으로 나와 아이에게 든든한 버팀목으로 살아왔다. 사업이 힘들어 집에 생활비를 가져다주지 못했을 때에도 아내는 단 한 번도 돈 얘기로 불만을 토로한 적도 없다. 없는 형편에 생활을 하기 위해 아내는 정말로 쥐어짜듯 검소하게 생활하였다. 단돈 일만 원이 아까워 친구들과의 모임을 피하기도 하였고, 취미생활을 위한 모임에 나가기를 포기하기도 하였다. 그러면서도 내가 사회생활 하는 데 필요한 물품은 어떻게든 구입을 하여 밖에서 초라한 모습을 보이지 않도록 배려를 해 주었다.

딸아이 역시 자신의 역할에 최선을 다해 대학을 무용과 수석으로 입학하여 입학금과 1년간 학비를 면제받았다. 그때 실은 나는 경제적으로 아주 힘든 상황이어서 등록금 대기도 빠듯한 상황이었다. 딸아이가 수석의 기쁜 소식을 알리려 얼굴이 벌겋게 달아올라 내게 왔을 때 고마움보다는 아빠로서 미안한 마음과 함께 못난 자신의 부끄러움이 함께 올라왔다. 아이도 표현은 하지 않았지만, 입학금과 등록금에 대한 부담으로 얼마나 마음을 졸였으면 그런 모습으로 내게 달려왔을까.

그런 두 사람에게 너무나 미안하고 고마운 마음이 오늘따라 더욱 가슴 저리게 느껴진다. 오늘은 어버이날이라 딸아이가 카톡을 보내왔다. '아빠, 하이하이~ 오늘도 여전히 잘 걷고 계신가요? ㅋㅋ 오늘은 어버이날이랍니당~ 오늘도 무사히 잼께 걸으시고 사랑하옵니다.' 이 글을 쓰고 있는 지금 가족이 보고 싶어 눈물이 난다. 보고 싶다. 사랑한다. 나는 정작 어머니에게 안부 인사를 드리지도 못했다.

중간 지점에서 등산화와 양말을 벗고 쉬고 있는데, 독일인 아주머니가 물집을 소독하며 고통스러운 소리를 질러서 사람들이 몰려들었다. 한 사람은 진지하게 병원으로 가보라고 조언을 하였다. 그렇게 한 두 사람씩 자리를 떠나는데, 한 젊은 남성이 자신이 배낭을 들어 줄 테니 같이 가자고 용기를 북돋우며 같이 걷는다. 멋진 모습이다. 카미노 정신이란 이런 것이다. 다른 순례자의 힘든 상황을 걱정도 하고 조언도 해 주기도 하지만, 실제로 도움이 되는 행동을 실천하며 어려움에 처한 분들에게 용기를 준다. 그 청년은 그 후에도 그 아주머니와 즐거운 대화를 이어가며 내 앞에서 계속 걷고 있다.

오늘은 무척 더운 날씨 속에서 끝이 보이지 않는 평지를 끝없이 걸었다. 엊그제부터 본격적으로 걷기가 시작된 느낌이다. 길은 끝도 없이 보이지 않고, 햇빛 한 점 가릴 수 있는 쉼터도 없으며, 날씨는 해가 강하게 내리쬐는 더운 날씨이다. 사람들도 지쳐가고 있고, 부상자도 늘고 있으며 서로 밝게 웃는 얼굴도 사라져간다. 나의 몸 상태를 한번 점검해 보았다. 왼쪽 발바닥 앞쪽에 통증과 조이는 느낌이 들어 아침에 걷기를 시작할 때 조금 불편하고, 왼쪽 새끼발가락이 조금씩 아프다. 오른쪽 어깨가 아프고, 목 뒷부분이 뻐근하며 아프다. 가끔 오른쪽 무릎도 통증이 느껴진다. 하지만 그 정도면 양호한 편이다. 충분히 잘해낼 자신이 있다.

　끝이 보이지 않는 길을 홀로 한 달 이상, 아무 생각 없이 단순히 걷기만을 한다는 것은 행복한 일이다. 이런 호사를 평생 한 번이라도 누릴 수 있는 사람이 얼마나 될까? 나 스스로 선택된 행복한 사람이라는 생각이 들기 시작했다. 남들은 이해 못 할 수도 있지만, 나는 이런 길을 걷고 싶었다. 끝도 없는 사막을 홀로 걷고 싶었다. 비록 사막은 아니지만, 사람들이 앞뒤에서 점으로 보이고, 좌우에는 오직 녹색지대만 보이고, 나머지는 길밖에 보이지 않는 이런 길을. 길을 가만히 살펴보면 자동차 바퀴자국처럼 두 갈래로 길이 나 있다. 양 갈래로 난 길은 사람들이 많이 다니며 다져진 비교적 평탄한 길이고, 중간에 약간 두툼하게 올라온 길은 사람들의 발길이 많이 닿지 않은 곳이다. 그 길은 길이 없는 길을 사람들의 발자국이 만들어낸 자연스러운 길 속의 길이다. 길 속에도 험하고 거친 곳이 있는데, 사람들의 발걸음으로 다져져 뒤에 오는 사람들이 편하게 갈 수 있도록 평탄한 길을 만들어 준다. 그래서 어느 곳이나 길이 될 수도 있다. 길 없는 길을 우리가 걸으면서 그 속에 길을 만들면, 그 길을 우리의 후배들이 편하게 걸을 수 있을 것이다.

'나'는 '나'이다

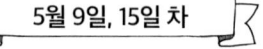

BELORADO에서 AGES, 28.5KM

오늘 길동무에게 이제는 헤어져서 따로 걷자고 얘기를 했다. 길동무도 마치 예상이라도 한 듯 흔쾌히 그러자고 했고, 그 순간부터 각자 걷고 있다. 내가 그렇게 생각하게 된 데에는 두 가지의 결정적인 이유가 있었다. 첫 번째는 어제 다른 사람들과 함께 저녁 식사를 하는데, 길동무는 자신이 끝까지 완주하지 못할 수도 있다는 얘기를 한 것이다. 그 얘기를 듣는 순간 괘씸하다는 생각이 들었다. 내가 피니스테레와 묵시아를 포기하고 그 친구 속도에 맞춰 코스를 조절하며 걷고 있는 이유는 단지 같이 콤포스텔라까지 완주하기 위해서였다. 근데, 그 친구는 경우에 따라서는 완주를 못 할 수도 있다는 얘기를 하고 있었다. 내가 포기한 부분에 대해서는 전혀 생각을 하지도 않고, 나에 대한 배려도 없이 자신은 언제든 포기할 수 있다는 것이다. 그렇게 되면 내가 속도를 조절하며 걷고, 코스 일부를 희생한 부분은 무의미하게 된다. 그 친구의 그런 소극적인 태도와 발목이 성치 않아 길에 대한 두려움 등은 걷는 내내 나를 신경 쓰게 만들었지만, 같이 시작을 했기에 같이 마무리를 하고 싶어서 갈등을 해결해가며 걷고 있었다. 그 얘기를 듣는 순간 뒤통수를 맞았다는 생각이 들었다.

다른 하나는, 늘 아침에 출발한 후 첫 번째 카페에서 아침 식사를 하기에, 먼저 카페에 도착하여 길동무에게 카페 사진을 보내고 거기서 기다리고 있다고 하였다. 카톡을 보낸 지 30분이 지났는데도 답변도 없고, 오지도 않아서 출발을 하였다. 길을 걷는데 길동무는 이미 앞서서 걸어가고 있었다. 카톡에 사진이 뜨지 않았다고 하며, 왜 전화를 하지 않았고, 자세한 안내를 하지 않았냐고, 적반하장격으로 얘기를 하였다. 미안하다는 말은 하지 못할망정, 오히려 내가 좀 더 자세한 안내를 하고 전화를 해야 한다고 얘기를 하는 것이었다. 자신이 먼저 연락하면 안 되고, 내가 늘 먼저 연락을 취해야만 하는가라는 생각에 기분이 좋지 않았다. 오늘 아침에 발생한 이런 상황은 나를 짜증 나게 했다. 자신이 먼저 조금만 더 적극적으로 행동을 했으면 됐는데, 내 탓을 하고 내가 먼저 연락하고 챙겨주기를 바란다. 그 카페는 길에서 조금 안쪽으로 들어가 있고, 길가에는 안내판이 세워져 있었다.

그 두 가지로 인해 오전 내내 걷는 동안 기분이 상했고, 마음이 무거웠다. 엊그제 각자 걷자고 얘기했던 것을 그대로 실행했어야 했는데, 그 결정을 번복한 것도 후회가 되었다. 이번 일을 계기로 이제는 헤어져야겠다는 마음을 굳게 먹게 되었다. 매일 아침 힘들어 하는 모습을 보는 것도, 저녁마다 다음 날 코스 결정하는 것으로 서로 신경을 곤두세우는 일도 이제는 그만하고 싶었다. 출발은 같이했지만, 불편한 마음을 계속 안고 장도를 함께 간다는 것은 의미가 없겠다는 생각이 들었다. 이제는 결정을 내려야 할 시기가 왔다. 굳이 시간을 끌 필요도 없었고, 숙소에 들어가 하룻밤을 자고 나면 마음이 다시 변할 수 있기에 길에서 마무리를 해야겠다는 결정을 하였다. 한 시간 이상을 '카미노 오아시스'라는 길가 휴식 공간에서 기다린 후에, 따로 걷자고 얘기를 꺼냈고, 길동무도 그러자고 했다. 여행경비를 분배하고, 6월 6일 콤포스텔라에서 만나자는 약속을 한 후에 먼저 앞서 나오는데 마음이 편치 않았다.

뒤를 돌아보니 먼 뒤에서 힘없게 걸어오는 것처럼 보여 마음이 더욱 좋지 않았다. 원래 도착 예정지에 먼저 도착하여 쉬려 했으나, 혹시나 그 친구와 마주치면 마음이 다시 약해질 듯하여, 일부러 다음 알베르게가 있는 곳까지 걸음을 계속하였다. 그 친구도 꼭 완주를 하여 콤포스텔라에서 기쁜 재회를 할 수 있기를 바란다.

그간 살아오면서 내가 원하지 않는 일을 한 일이 많았다. 사업을 하면서 원치 않는 접대를 해야 했고, 하기 싫은 일도 억지로 해야 했으며, 상대방이 나이가 어리든, 직급이 낮든 상관없이 '갑'으로 대해야 하는 상황도 많았다. 그러다 보니 내 의지와 상관없이 늘 상대방에게 맞춰 잘 대해 주어야만 하는 습관이 배어있기도 했다. 편안한 친구나 선후배들을 만나 마음이 우러나와 친절을 베푸는 것이야 좋은 일이지만, 굳이 내가 이런 귀한 시간과 장소에서 내 감정을 속이고 표현하지 못하며 길동무에게 맞춰가고 있다는 것이 너무나 불편했다. 과거의 그런 경험들이 이런 상황을 더욱 견디기 어렵게 만들었을 것이다.

이제는 온전히 나 자신으로 살고 싶다. 타인의 시선이나 주변의 상황과 상관없이, 타인과 주변에 피해를 주지 않는 한 내가 원하는 것만 하고 싶다. 나 스스로 독립적인 인간으로 나만의 공간에서 내 뜻대로 살고 싶다. 나와 타인의 경계를 분명히 하고, 나 자신의 삶이 타인이나 외부의 상황으로 인해 피해받거나 방해받거나 좌지우지되는 것은 더 이상 내가 용납할 수가 없다. '나'는 '나'이다. 앞으로는 더욱 더 나 자신으로 살고 싶다. 좋고 싫은 것을 분명하게 표현하고, 내가 원하는 삶을 살고 싶다.

간혹 사람들은 친절을 받는 것에 익숙해지다 보면 당연한 것으로 여기는 경향이 있다. 서로 존중하는 태도가 중요한데, 어느 순간 '갑'과 '을'의 관계처럼 되어 버린다. 나 역시 어느 누구에게도 불필요한 배려를 요구하거나 친절을 원하지 않는다. 그것 역시 내게는 불편하다. 내가 소중하듯, 타인도 역시 소중하다. 서로 존중하는 태도를 유지하길 바

랄 뿐이다. 나는 앞으로 확실하고 분명하게 나의 의사를 밝히며, 내가
싫어하는 것은 절대로 하지 않을 것이다. 물론 내가 맡은 역할 중에 일
부는 수용해야 할 상황이 있을 수도 있지만, 그 경우에도 가능하면 나
자신을 잃어버리지 않은 상태에서 행동을 할 것이다.

헤어지고자 하는 결정을 내리는 데 많이 망설였던 마음을 들여다봤
다. 거기에는 나름대로 이유가 있었다. 나와 길동무를 모두 아는 주변
사람들의 시선을 의식해서 그들에게 좋은 이미지를 남기고 싶다는 생각
이 들어서였다. 같이 힘든 여정을 잘 마무리했다는 좋은 사람이라는 말
을 듣고 싶다는 생각 때문에 여러 번 망설였던 것이다.

주위 사람들의 시선 때문에 나의 불편함을 인내하고 있는 나 자신이
너무나 실망스럽고 안쓰럽고 초라해 보이기도 했다. 참다운 나를 찾기
위한 여정에서조차도 그런 모습을 그대로 유지하고 변화를 두려워하는
나 자신에 화가 나기도 하였다. 숨겨도 '나'는 '나'이고, 포장을 하여도 '나'
는 '나'이다. 그냥 나답게 사는 것이 나를 찾는 가장 좋은 방법이다. 그들
이 어떻게 나에 대해 생각하는가는 이제 더 이상 중요하지 않다. 오히려
그 시선을 나를 위한 시선으로 바꾸어 나 자신을 좀 더 존중하고 배려
해 주는 것이 필요하다.

나를 위한 삶을 사는 첫 번째 단계는 주변에 피해를 주지 않는 선에
서 타인의 시선과 평가를 의식하지 않고 나답게 사는 것이다. 이제 그
첫걸음을 뗀 것이다. 그런데도 여전히 그들의 시선이 조금이나마 부담으
로 느껴지기도 하였다. 그 부담감과 불편함을 그대로 받아들이고 견뎌
내며 나를 위한 힘을 키울 것이다.

칼 로저스는 그의 저서 『진정한 사람 되기』에서 다음과 같은 말을 했
다. '다른 사람의 평가는 내 지침이 될 수 없다는 것을 말할 수 있다. 다
른 사람들의 판단은 귀 기울여 들어야 하고, 그것을 고려해야 하지만,

그것이 결코 내 지침이 될 수는 없다. 이것을 배우는 것은 어려운 일이었다.' 타인의 평가로부터 자유로워지는 것은 쉽지 않은 일이지만, 나는 지금 나 자신을 되찾고, 그런 평가로부터 자유로워지기 위해 카미노를 걷고 있으며, 길 위에 펼쳐진 상황에서 연습을 하고 있는 것이다.

노란 화살표

 **AGES에서 TARDAJOS, 34KM**

어젯밤에는 처음으로 홀로 알베르게에 머물렀다. 우연히 지나가다 들린 곳인데 2인 1실로 샤워실과 화장실이 별도로 있는 아주 정갈한 곳이다. 외국인 순례자들과 저녁 식사를 같이했다. 모두 6명 중 나만 유일한 남성이다. 하긴 이제는 남성, 여성 구별하는 것이 별로 의미가 없는 시기이기도 하다.

돌아가며 카미노를 걷는 이유에 대해서 각자 얘기를 했다. 70대의 미국 여성은 가까운 가족 중 한 분이 암으로 돌아가셔서 힐링을 위해 오셨다 하며 눈물을 흘리셨다. 50대 미국 여성은 17년간 변호사 보조 업무를 했는데, 이제는 상사가 들볶는 것을 더 이상 참을 수가 없어서 퇴직을 한 후에 왔고, 독일 젊은 여성 역시 같은 이유로 왔다고 한다. 브라질 여성은 정년퇴직을 한 후에 앞으로의 삶을 계획하기 위해 왔다고 한다. 그런 면에서 나와 같다. 한마디로 얘기하면 '인생 재정비'를 위해 이 길을 걷는다. 자신의 인생을 한번 돌아보고, 남은 삶을 좀 더 보람차게 보내고 싶고, 그간 살아오면서 받았던 고통을 치유하기 위해서 온다.

아침에 길을 나서는데 모두 비 소식에 긴장하고 신경을 쓰고 있다. 지나가는 다른 순례자에게, '오늘 비가 올 것 같니?'라고 물으니, '자기들 도착할 때까지는 오지 말고, 그 후에 오면 좋겠다'고 말한다. 동서양 모두 남들의 불행은 자신의 행복이라는 등식이 성립된다.

카페에서 아침 식사를 하며, 주인에게 장갑의 검지와 중지 부분을 잘라달라고 부탁을 했더니 고개를 갸우뚱거리며 가위로 잘라주었다. 아마 내 의도를 이해하지 못해서 그랬을 것이다. 길을 걷다가 사진을 찍기 위해서는 많은 과정이 필요하다. 멈춰 서서 스틱을 바닥에 내려놓고, 어깨에 달린 포켓을 열어 핸드폰을 꺼내고, 장갑을 벗고, 사진을 찍는다. 장갑의 손가락 일부를 잘라내면 장갑을 벗는 수고를 덜어낼 수 있다. 사소한 것 같지만, 오랜 기간 종일 걷는 사람들에게는 제법 번거로운 과정이다.

자르기 전에 장갑의 손가락 부분을 살펴보니, 아내가 장갑의 손가락 부분을 바느질로 꿰맨 자국이 남아있었다. 아내는 꿰매고 나는 자른다. 갑자기 아내가 보고 싶다. 길을 걷는데, 왼쪽 복숭아뼈 부근이 뭔가에 자꾸 닿아 쓸린 느낌이 들어 밴드를 찾았는데, 그 밴드는 딸아이가 준비해 준 것이다. 딸아이가 보고 싶다. 물건은 구입할 때에는 단순한 물건에 불과하지만, 사람들과 함께 지내는 동안 그 물건은 추억을 간직하게 된다. 그래서 쉽게 버리지 못하고 애착을 갖게 되는 경우도 많다. 사람들의 삶과 관련된 것은 더 이상 단순한 물건이 아니고, 그 이상의 것이 된다.

사람들이 길을 걸으며 조금이라도 거리를 줄이고 빨리 가기 위해 농경지 중간에 지름길을 만들어놓았다. 한 사람이 겨우 지나갈 수 있는 좁은 길. 누군가가 먼저 그 길로 갔기에 다른 사람들이 따라갔고, 그로 인해 길이 저절로 만들어졌다. 나도 그들을 따라 무임승차를 했다. 문제는 그 이후부터였다. 노란 화살표를 따라가면 혼자서도 길을 잘 찾아갈 수 있는데, 지름길로 이용하면서 방향에 대한 혼란이 생긴 것이다. 조금 편하게 일찍 가려는 생각이 만들어낸 불편함이다. 물론 중간중간에 노란 화살표가 있기는 하지만, 원래 만들어진 정규 루트가 아닌 길이다.

새로운 나로 태어나는 길, 산티아고

중간에 캐나다인 두 분을 만났다. 그중 한 분은 자신이 세 번째 온 것이고, 다른 한 분은 가이드에게 들어서 자신들이 가는 길이 더 좋은 길이라 한다. 이미 들어섰기에 물러날 수도 없다. 무작정 쫓아갈 수밖에. 갑자기 부처님 말씀이 생각난다. '비록 내 말이라 하더라도 직접 눈으로 확인하고, 만져서 확인하기 전에는 믿지 말거라. 그리고 내가 죽거든 법에 의지하지 형상에 의지하거나 하지 말거라.' 원래부터 있었던 진리의 길을 믿고 따라가기만 하면 된다. 하지만 진리의 길이라고 안내하는 사람의 말을 따라가서는 안 된다는 말씀. 지금이 바로 그 격이다. 진리의 표시인 화살표를 따라가지 않고, 편하게 만들어 놓은 길을 따라가거나 사람들을 믿고 따라갔다가 고생을 했다.

부르고스 공립 알베르게에 도착하니 많은 사람들이 배낭으로 줄을 세워 놓고 문을 열 때까지 기다리고 있었다. 그때 시간이 12시가 채 되지 않은 시간이었다. 아마 적어도 한두 시간은 기다려야만 할 것이다. 많은 순례자들은 부르고스가 큰 도시 중 하나이기에 볼 것이 많아 거기에 머물면서 하루를 쉬어 가고 있다.

근데 나는 도심 속에서 머무는 것보다는, 좀 더 한적한 외곽에 머물고 싶어서 걸음을 계속하였다. 나는 여기에 도시를 보러 온 것이 아니다. 길을 걷고 싶어서 왔고, 자신과의 대화와 새로운 사람들과의 만남을 통해 자신의 성찰을 위해 온 것이다. 어느 곳이든 도심의 모습은 거의 비슷하다. 물론 부르고스는 옛날 도시이기에 고도의 느낌이 나는 건축물이 많은 것이 차이이기는 하지만. 큰 도시이기에 벗어나는 데 시간이 걸렸다. 도로에 새겨진 조가비와 노란 화살표를 찾는 것은 마치 어릴 적 보물찾기를 하듯 흥분과 긴장감을 만들어낸다. 못 찾을 경우에는 멈춰서서 주위를 침착하게 둘러보면 어딘가에 안내 표시를 찾을 수 있다. 도심을 통과하다 슈퍼마켓에 가서 치약과 면도기를 구입했다. 무게 때문

돌로 누군가가 만든 화살표

에 면도기를 집에 두고 왔는데, 수염 기른 모습이 별로 보기 좋지 않다는 생각이 들었다. 특히 아내와 페이스톡을 할 경우에 힘들거나 남루하거나 추한 모습을 보면 아내의 마음이 편하지 않을 것 같다는 생각에 면도를 하기로 하였다. 살면서 힘들 때에는 얼굴에 힘든 모습이 저절로 나타나겠지만, 그렇지 않은 경우에 굳이 아내에게 힘든 모습, 지친 모습, 초라한 모습을 보여 주기가 싫다. 결국 그런 모습은 아내를 마음 아프게 할 것이다. 나는 아내를 마음 아프게 만들고 싶지 않다.

부르고스를 지나 외곽으로 빠져나오니 사람들이 보이지 않는다. 정신을 바짝 차리고 노란 화살표와 다른 안내 표식을 찾아 걸어가고 있었다. 앞뒤로 사람들이 보이지 않는다. 갑자기 긴장이 되고 겁이 나서 스틱을 꺼내 들었다. 만일의 경우에 사용할 무기 대용이다. 가도 가도 목적지는 나타나지 않는다. 부르고스에서 8㎞ 정도 가면 내가 생각했던 곳이 나타나야 하는데, 두 시간 이상을 걸어도 나타나지 않았다. 순간 뭔가 잘못되었다는 생각이 들었다. 이미 그 지점을 넘어선 것이다. 지치기 시작하였다. 비상식은 이미 점심 대용으로 부르고스를 지나며 공원에서 모두 먹어 버렸다. 이제 남은 것은 작은 물 한 통 반밖에 없다. 지도를 보니 3.5㎞를 더 가면 된다. 이제야 마음이 안정된다. 아침 먹은 후 8시부터 오후 3시까지 한 번도 쉬지 않고 계속 걸었다. 걸은 거리가 34㎞. 오늘은 무리했다. 앞으로는 좀 더 조심을 해야 한다. 길을 걷다 보면 자꾸 쉬는 것을 잊게 된다. 마땅히 쉴 곳도 없고, 다른 순례자들을 따라 걷다 보면 쉬는 것을 잊고 피로가 쌓인다. 비상식 챙기는 것도 생활화해야겠다. 만약의 경우를 대비해서 물과 비상식은 늘 준비를 하는 것이 좋을 것 같다. 천천히 다치지 않고 꾸준히 걷는 것이 중요하다.

첫 번째 만남

5월 11일, 17일 차

TARDAJOS에서 ITERO DEL CASTILLO, 40.5KM

아침에 출발하는데 평상시와 다른 느낌이 들었다. 속이 메스껍기도 하였고 울렁거리기도 하였으며, 마음이 차분히 가라앉지 않고 뭔가 불안한 상태가 계속되었다. 음식을 잘못 먹은 것도 없고 몸 관리도 잘해서 탈 날 일이 없었는데, 걷는데 자꾸 속이 뭔가 불편하다. 어느새 메세타 평원 위를 걷고 있었다. 고원 지대에는 이미 어제부터 들어섰고, 평원의 일부를 이미 지나왔던 것이다. 메세타 평원은 해발 약 800m에 있는 고원으로 그 길이가 약 180㎞ 정도 된다고 한다. 길 양옆에는 끝없이 펼쳐진 밀밭과 이름 모를 농작물들이 심겨 있다. 잠시 햇빛을 피해 그늘에서 쉬었다 갈 수 있는 나무 한 그루도 없는 곳이다. 여기 오기 전부터 메세타 평원을 걷고 싶었고, 그 평원을 걸으면 왠지 많은 눈물이 날 것만 같았다.

하늘에는 먹구름이 가득하고 조금씩 빗방울이 내리기 시작했다. 배낭커버를 씌운 후에 방수 점퍼를 챙겨 입는 등, 비에 대한 단단한 대비를 한 후 출발을 하였다. 먹구름 속을 걷는 것은 두려움도 있지만, 일종의 경외감이 들기도 한다. 배낭커버가 바람에 날리는 것을 방지하기 위해 아내가 상하, 좌우를 연결하는 고리를 만들어 준 것이 있어서 그 고리를 연결하다 아내의 세심한 배려에 다시 한 번 감사함을 느꼈다.

평원을 지나는데 갑자기 속에서 뭔가 뜨거운 것이 올라왔다. 평원의 가장 높은 곳에 도달하여 내리막길에 들어서는데 울음이 주체할 수가 없을 정도로 쏟아졌다. 꺽꺽 소리 내며 한참을 울었다. 지나가는 자전거 순례자가 걱정이 되었는지 물어보러 와서 손사래로 물리쳤다. 그렇게 가슴을 후벼 파는 서러운 목소리로 크게 울었던 적이 없었던 것 같다. 늘 나 자신을 생각하면 홀로 사막을 끝없이 걷고 있는 모습이 떠올랐다. 그것을 바로 지금 메세타 평원에서 그대로 따라 하고 있는 것이다. 그런 나의 외로움과 서러움이 복받쳐 올라와 울음을 멈출 수 없었다. 스틱에 기대어 서서 큰 소리로 마치 동물이 울부짖듯 울었다. 울음이 조금 진정이 되어 내려오는데 속을 갈고리로 긁어낸 듯 상처가 아리다. 빗속에서 동물처럼 울부짖는 소리를 한 사람의 자전거 순례자 외에는 본 사람이 없는 것이 천만다행이다.

비가 멈추고 거센 바람이 불었지만, 그 거센 바람이 나를 환영하는 온기로 느껴졌다. 밀밭은 바람에 맞춰 춤을 추며 내게 같이 추자고 손짓을 하였다. 나도 흥에 겨워 스틱을 위로 올려 흔들고 몸도 지그재그로 움직이며 같이 춤을 추기 시작했다. 그리고 십여 분 지나 길을 내려가는데 아내에 대한 고마움과 미안함이 올라와 다시 한 번 울기 시작했다. 이번에는 안경을 벗고 울음을 닦지 않고 그대로 빗물과 눈물과 콧물이 하나가 되도록 내버려 두며 계속 걸으며 울었다. 그러면서 '여보, 미안해, 앞으로 더 잘할게. 너무 고마워'라는 소리를 지르니 더욱 눈물이 났다. 그 시간이 흐른 후에 비바람을 즐겁게 맞으며 걸었다. 거센 비바람이 얼굴을 따갑게 때렸지만 웃음을 멈추게 할 수는 없었다. 한바탕 마음의 폭풍우가 지나고 하늘도 조금씩 개면서 나 자신과 대화를 시작하였다.

'왜 그렇게 메세타 평원에 오고 싶었니?'
"나를 생각하면 늘 사막을 홀로 외롭게 걷는 모습이 떠오르는데, 그 모습이 생각나서 끝없는 평원을 걷고 싶었어."

'아까 많이 울던데, 괜찮아?'

"응, 지금은 많이 편해졌어. 나의 서러움, 외로움, 억울함 등이 많이 올라왔나 봐."

'많이 힘들었구나, 어떤 얘기를 듣고 싶어, 사람들한테.'

"힘든 삶을 잘 견뎌내어 대단하다고 칭찬받고, 위로받고 싶어."

'그렇구나, 이번 너 여행하는 데 주변 많은 사람들이 물심양면으로 지원해줬지? 그게 아마 네가 잘살아온 것에 대한 묵언의 보상이 아닐까?'

"맞아, 나도 생각해 보니 그 사람들이 너무나 고마워, 앞으로 그분들은 평생 나와 함께 지내게 될 것 같아." '또 다른 얘기 듣고 싶은 것 없어?'

"바보처럼 하고 싶은 얘기 잘못해서 손해 보고, 욕 얻어먹고, 억울한 일 당하고, 사람들과 관계가 어려워지고, 그래서 억울함이 많았던 것 같아. 이제는 그런 일이 없었으면 좋겠어."

'아, 그런 억울한 일이 많았구나. 그래 이제 다른 사람들 눈치 보지 말고, 네 마음과 생각을 잘 표현하는 사람이 되면 좋겠다. 그것도 실은 연습이 필요할 것 같기도 해.'

"맞아, 그래서 요즘은 가끔 가까운 사람들에게는 속마음과 생각을 얘기하곤 해. 생각보다 사람들이 잘 받아 주는 것 같기도 하고."

'그지, 맞아. 사람들은 내가 생각했던 이상으로 얘기를 잘 들어주고 받아주는 것 같아. 다만 나 자신이 익숙하지 않아서 못했던 것 같아. 아까 많이 울던데 울고 나니 기분이 어때?'

"조금 편해진 것 같은데, 아직도 침전물이 조금 남아있는 것 같아. 그리고 이번에는 너와 함께 걸어서 그런지 외로움이 별로 안 느껴져. 앞으로도 늘 함께 내 곁에 있어주면 좋겠어."

'아, 나와 함께 걸으니 좋았구나. 그래 실은 나는 늘 너와 함께 있었어. 내가 너이거든. 근데 그걸 잘 모르고 있었지. 언젠가는 그 사실을 확인할 수 있는 날이 올 거라 생각해. 어떤 상황이든 나는 늘 네 옆에 있다는 사실 하나만 잘 기억해 주면 고맙겠다.'

"그래, 알았어. 가끔 그런 느낌을 받기는 했어. 너와 하나가 되기 위해 노력해 볼게."

나 자신과 많은 대화를 나누며 걷다 보니 남들이 모두 걷기를 두려워해 점프를 한다는 메세타 평원의 일부 구간을 너무나 쉽게 넘었다. 도착지에 도착하니 시간이 12시도 채 되지 않아 조금 더 걷기로 했다. 비는 계속해서 점점 거세지는데, 마음은 가볍다. 카스트로헤리스에 도착해서 알레르게에 갔더니 모두 만실. 호텔 한 곳에 더블룸이 있는데 가격이 59유로, 너무 비싸다. 고민을 하다 한 구간 더 걷기로 결정했다. 9.5㎞를 더 걸어야 한다. 혼자 언덕길을 올라가는데 먹구름이 몰려오고 천둥 번개가 내리치고 비바람은 더욱 거세졌다. 갑자기 두려움이 몰려왔다. 두려움의 실체를 가만히 살펴보았더니, 번개나 천둥소리가 아니고, 홀로 외딴곳에 남겨지는 것에 대한 두려움이었다. 잠 잘 수 있는 집이 있고, 따뜻하게 맞이해 줄 수 있는 가족이 있다는 것이 얼마나 행복한지 뼈저리게 느낄 수 있었다. 두려움을 떨쳐내려 들숨 날숨에 집중하는 호흡명상을 하였다. 별 도움이 되지 않았다. 발바닥에 의식을 집중해 보기도 하였고, 빗소리에 집중해 보았지만, 역시 도움이 되지 않았다. 두려움의 실체는 파악하였으나, 그 두려움을 떨쳐낼 방법을 찾을 수 없었다. 길고 긴 언덕을 오르는데 좌측에는 공동묘지가 보여서 두려움은 배가 되었다.

산 정상 부근에 다가오자 휴게 공간으로 만들어 놓은 처마 끝이 보였고, 그곳에서 두 분의 여성 순례자들이 쉬고 있었다. 그분들을 본 순간 살았다는 생각이 들면서 두려움이 사라졌다. 두 사람이 먼저 일어나고 나는 한숨 돌리며 어제 준비한 참치 샌드위치로 배고픔을 달랬다. 정상에서 도착지까지 거리는 6.5㎞. 길은 질척거렸고, 등산화 오른쪽 바닥의 일부가 떨어져 덜렁거렸고, 손은 시렸고 온몸에는 한기가 몰려왔다. 등산화 안쪽 창은 아직 이상이 없어서 물이 들어오지는 않은 것이 그나마 다행이었다. 차 한 대가 먼 곳에서 마치 우리를 기다리는 것처럼 멈춰 서 있었다. 그 지점에 가니 운전사가 내리면서 알베르게 명함을 전해주며 3㎞ 더 가면 자신이 운영하는 알베르게가 있다고 하였다. 갑자기 웃음이 났다. 3㎞만 더 가면 쉴 곳이 있다는 것이 나를 행복하고 즐겁게 만들어 주었다. 1㎞쯤 걸어가니 카미노 길과 알베르게 가는 길의 갈림길이 나와서 잠시 고민을 했다. 뒤에 오던 이태리 여성이 자기는 카미노 길로 가겠다고 했고, 앞서가던 두 여성은 차를 타고 알베르게를 향해 가고 있었다. 차를 타고 빨리 알베르게에 도착하여 따뜻한 물에 샤워하고 쉬고 싶다는 유혹을 처음으로 느꼈지만, 유혹을 뿌리치며 카미노 정규 루트를 따라 이태리 여성과 함께 길을 걸었다.

1㎞ 정도 걸어가니 호스피탈(Hospital de Peregrinos)이 나타났다. 나 혼자 갔다면 거기가 알베르게로 사용되고 있다는 것을 몰라서 그냥 지나쳤을 것이다. 전기도 없고, 태양광으로 물만 덥혀 쓰는 곳으로, 네 개의 이층 침대가 전부인 석조 건물인데 숙박과 식사가 제공되고, 정해진 숙박비는 없이 기부금을 받는 곳이다. 또한 그곳에서는 매일 저녁 식사 전에 순례자들을 위한 세족식을 행해 주신다고 하니, 이 의식을 위해 어떤 보이지 않는 힘이 나로 하여금 그 빗속을 뚫고 걷게 하셨다는 생각이 들기도 하였다. 메세타 평원에서의 울음과 두려움과 싸우며 빗속을 뚫고 힘들게 온 오늘이 이번 여정 중에 가장 기억에 많이 남는 날이 될 것이다.

새로운 나로 태어나는 길, 산티아고

세족식

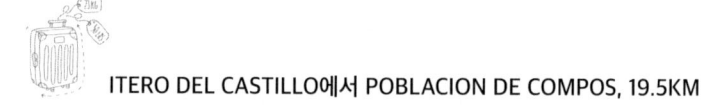 **ITERO DEL CASTILLO에서 POBLACION DE COMPOS, 19.5KM**

어젯밤의 추억은 평생 잊지 못할 추억이다. 빗속을 뚫고 나와 2층 침대가 네 개밖에 없는, 돌로 만들어진 순례자 병원에서 운 좋게 머물며, 저녁 식사 전에 세족식을 영광스럽게 받았다. 순례자들은 제단 위에 마련된 의자에 앉아 오른쪽 양말을 벗고 있으면, 봉사자 한 분이 세숫대야를 들고 오셔서 따뜻한 물을 발에 부어 주고, 그 뒤를 따라 다른 한 분이 하얀 수건으로 발을 닦아 주면 신부님께서 무릎을 꿇으신 상태에서 소리 나게 발등에 키스를 해 주셨다. 옆에 있는 순례자 한 분은 발등에 키스를 받는 순간 오열을 터뜨렸다. 나도 순간 가슴이 뭉클해졌다. 종교를 떠나 자신을 내려놓고 더러운 발을 씻겨주며 발등에 키스를 하는 것은 대단한 의식이고 감명받기에 충분하다. 그런 후 한 사람씩 이름을 거명하며 기도문을 읽어주셨고, 순례자들은 '아멘'이라 하며 화답을 하였다. 순례자들의 세족식이 모두 끝난 후, 함께 손을 잡고 둥글게 서서 기도문을 함께 외웠다. 모든 사람들이 외우는 것으로 보아 아마 잘 알려진 기도문일 것이다.

리투아니아인, 자전거 타고 순례를 하는 스페인 대학생 두 명, 나를 안내해 준 이태리 여성, 이태리 남성 그리고 나, 총 여섯 명의 순례자들이 세족식을 받았다. 그 세족식에는 순례자들과 신부님, 두 분의 자원봉사자님 외에 마을 종교 지도자 네 분이 동참하셔서 축하를 해주셨다.

세족식에 이어 바로 저녁 식사시간에 참석하셨던 모든 분들이 함께 둘러앉아 촛불을 켜놓고 식사를 하였다. 그곳에는 전기 시설이 없고 태양열을 이용하여 샤워를 위한 따뜻한 물을 제공한다. 샐러드, 스파게티, 빵이 순서대로 정성스럽게 서빙이 되었고 와인은 기본으로 나왔다.

어느 정도 분위기가 익어가자 마을 종교 지도자의 사모님께서 천상의 목소리로 우리를 위한 노래를 부르시며 분위기를 띄우셨다. 나는 스페인 청년에게 통역을 부탁하며 감사의 인사 말씀을 드렸다. 잘 못하는 내 영어를, 잘 못 알아듣는 스페인 대학생이, 잘 못하는 이태리어로 통역을 해주었다.

"저는 불자입니다. 제 생각에 부처님과 예수님은 친구 분인 것 같습니다. 그래서 제가 오늘 이 자리에 있을 수 있다고 생각합니다. 영광스러운 세족식을 통해 귀한 경험을 했고, 모든 준비를 해주신 분들께 감사의 말씀을 드립니다. 그리고 저를 이곳으로 안내해준 이태리 여성 오피님께 감사를 드립니다."

인사 말씀이 끝나자 마을 종교 지도자께서 화답으로 허깅을 제안하셔서 허깅을 하였다. 따뜻한 포옹이었다. 사모님께서 노래를 다시 한 곡 부르시더니 내게 한국 노래를 한 곡 부탁하시며 나를 세족식을 거행했던 제단으로 안내를 하셨다. 무슨 노래를 부를까 고민하다가 '아리랑'을 춤을 추며 흥겹고도 서럽게 불렀다. 메세타 평원을 지나며 느꼈던 설움을 밖으로 토해내듯 노래를 불렀던 것 같다. 박수와 앵콜이 이어졌지만, 정중하게 사과를 하고 와인을 취하도록 즐겁게 마셨다. 모두 처음 만난 분들이었는데, 마치 한가족이 된 느낌이 들었다.

다음 날 새벽에 신부님과 봉사자 분들께서 머리에 헤드랜턴을 켜시고 조용히 아침 식사를 준비하셨다. 우리를 깨우지 않으려고 조심스럽게 움직이시는 노인 분들의 모습이 아름답고 인상적이었다. 아침 식사는 빵, 커피, 과일이 제공되었다. 어젯밤의 환상적이고 영광스러운 추억이 되살아나고, 따뜻한 마음과 정이 느껴져서 준비해간 선물을 나눠 드렸고, 기부금을 조금 더 기부함에 넣었다. 출발 전 병원 정문에서 그분들과 함께 기념사진을 찍었다. 출발하려는데, 아주 예쁜 은쟁반에 초콜릿을 정성스럽게 담아 이별의 선물로 준비해 주셔서 한 개를 집어 들었다. 정성스럽게 떠나보내는 느낌에 감동이 밀려왔고, 그분들의 눈을 보니 그윽하며 이별의 슬픔을 표현하지 않으려는 듯 눈물을 머금은 듯하여, 순간 내 마음속에서도 뭉클한 것이 느껴졌다. 순례자들은 하룻밤을 잔 후에는 무조건 떠나야 한다. 그것이 순례자의 운명이다. 또한 순례자들을 위한 봉사자 분들도 순례자들을 잡거나 밀어내지 않고, 시간이 되면 자연스럽게 이별을 해야 한다. 이것이 그분들의 운명이다.

어제 걸었던 메세타 평원과 순례자 병원에서의 세족식을 통해 이제 내가 걸어야 할 이유를 거의 찾은 것 같다는 생각이 들었다. 평원을 걸으며 나 자신을 위한 위로와 정화를 하였고, 세족식을 통하여 다시 새로운 사람으로 태어났다. 월정사에서 삭발식을 했던 기억이 떠오르며, 세족식 역시 불교의 관욕과 같은 의식이 아닐까라는 생각이 들었다. 삭발식 하기 전에 스님들께서 청수를 뿌려주셨을 때 정말로 많은 눈물을 서럽게 울었던 기억이 났다. 과거의 나와의 이별이 그렇게 서러운 것인지 몰랐다. 어제 평원에서 가졌던 자기 연민을 위한 통곡의 시간과 새로운 사람으로 다시 태어나는 세족식은 내게는 너무나 의미 있는 의식이었다. 나는 이것을 위해 여기에 왔던 것이다.

아침에 아내에게 페이스톡을 하며 어제의 감동을 전했다. 아내는 내가 웃고 있는 모습을 보니 안심이 된다고 하면서 형제들에게도 안부를 전하라고 하였다. 또한 다른 사람들에게 조금만 더 너그럽게 대하라는 얘기도 하였다. 그 얘기를 듣는 순간 갑자기 길동무가 떠올랐다. 걷는 내내 그 친구 생각이 많이 났다. 나의 일방적인 결정으로 화가 많이 났

호스피탈의 성자 세 분   머물렀던 호스피탈

을 것이다. 왜 그런 결정을 내렸는지 이제는 알려 주는 것이 좋을 것 같아서 카톡으로 편지를 썼고, 길동무는 각자 지금처럼 걷는 것이 좋겠다는 짧은 답장을 보내왔다.

가족들의 얼굴이 떠오르고, 많은 사람들이 기억이 났다. 저녁 시간에 가족들과 형제, 친구들에게 골고루 안부 인사를 카톡으로 하였다. 반갑게 답장을 주신 분들이 많아 힘이 되었다. 그간 걷기에 방해가 될 것 같아 사람들과 연락을 거의 하지 않고 아내와만 꾸준히 연락을 취해왔다. 앞으로도 계속 이 방식을 유지하며 걷고 싶다. 조용히 걷고, 그날의 생각과 경험을 글로 정리하고, 나만의 시간을 즐기고 싶다. 참으로 귀하고 얻기 어려운 좋은 기회를 얻었으니 잘 활용하여 인생의 전환점으로 만들고 싶다.

새로운 나로 태어나는 길, 산티아고

이 또한 지나가리라

> 5월 13일, 19일 차

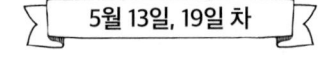

POBLACION DE COMPOS에서 CALZADILLA DE LA CUEZA, 33.5KM

어제는 오랜만에 서울에 계신 친지 분들에게 골고루 연락을 취했다. 답변 내용을 보면 그 사람의 마음이 나타난다. 한 가지 확실한 것은 다른 사람의 삶에 지속적으로 따뜻한 관심을 유지한다는 것은 결코 쉬운 일은 아니라는 사실이다.

어제 저녁 식사 때 스웨덴, 독일, 벨기에, 미국인들과 저녁 식사를 같이했다. 생후 7개월경 우리나라에서 입양된 미국인이 자신의 얘기를 시작했고, 그 이야기를 들은 스웨덴과 독일 사람들이 그 나라에도 한국인 입양아가 많다고 하였다. 괜히 그 미국인 친구를 보는 것이 미안했다. 그 미국인은 학교 관련 컨설턴트 일을 하는데 계약이 끝나서 쉬러 왔고, 엊그제 다른 곳에서 취업이 결정되었다는 연락을 받았다고 한다. 마음으로 축하를 보냈다. 그는 내게 왜 한국인들이 그렇게 산티아고에 많이 오는지 물었다. 잘 모르겠지만, 한국에는 최근에 걷기 열풍이 불고 있고, 대부분의 사람들이 자신의 삶을 점검하고 앞으로의 방향을 잡기 위해서 오지 않을까라고 답변하였다. 저녁 식사가 끝날 무렵 독일 친구가 내일은 스웨덴 아주머니들과 같이 걸을 건데 같이 걷자고 하여서 그러자고 약속을 하였다.

아침에 일찍 일어나 준비를 하다 보니 내가 다른 분들보다 조금 일찍 출발 준비가 끝났다. 그것을 본 스웨덴 아주머니 한 분이 먼저 출발해도 괜찮다고 하셨다. 고마웠다. 카미노에서는 약속을 하는 것은 조심해야 한다. 같이 걷는 것도 좋지만, 그 약속에 자신이 묶이는 경우가 있기 때문이다. 그래서 카미노에서는 가능하면 약속을 하지 않고 만남과 헤어짐을 자연스럽게 하는 것이 오히려 좋다.

조식을 위해 바에 들렀는데, 그제 순례자 병원에서 세족식 때 오열을 토해냈던 리투아니아인인 패트리글을 만났다. 반갑게 인사를 하는데 얼굴 인상이 많이 바뀐 것 같다. 그날 저녁 같이 식사를 할 때에는 군인 같은 강한 인상에 적의를 품은 느낌이 들었는데, 오늘 보니 마치 순한 양 같은 얼굴을 하고 있었다. 너무나 부드러운 미소로 내게 다가와 안부를 전하는데 반갑고 고마웠다. 어디까지 가냐고 물었더니 내가 가는 길보다 17㎞를 더 간다고 해서, 괜한 오기가 발동하여 나도 거기까지 간다고 얘기하는 바람에 결국 33.5㎞를 걷게 되었다. 어제 40㎞ 넘게 걸어서 오늘은 조금 걷고 쉬려 했는데, 쓸데없는 오기와 경쟁심이 결국은 나 자신만 힘들게 했다. 하지만 덕분에 힘든 길을 잘 걸을 수 있었다.

패트리글을 보면서 그저께 머물렀던 순례자 병원의 사람들이 그리웠다. 그분들은 매일매일 다른 사람들을 만날 것이다. 하룻밤 보낸 사람은 길을 떠나야만 한다. 순례자 중에는 마음이 따뜻한 분들도 있겠지만, 성급하고 차갑고 불편한 다양한 사람들도 있을 것이다. 그런데 그분들은 찾아오는 모든 순례자들을 차별 없이 늘 같은 마음으로 정성을 다해 모시고 있다. 종교, 국적, 성격, 나이, 성별 불문하고 똑같은 마음을 가지고 지극정성으로 대하고 있다. 그분들의 태도를 통해서 '섬김'의 의미를 조금이나마 알게 되었다. 또한 불편한 순례자들도 시간이 지나면 떠나듯이, 힘든 시간을 견디고 자신의 역할에 충실하면 역경 역시 저절로 지나갈 것이라는 것을 깨달았다. '이 또한 지나가리라'는 옛 현자의 말씀의 의미를 조금이나마 이해를 할 수 있는 좋은 계기였다. 일반적으로 사람들은 주어진 자신의 역할에 충실하기보다는, 행복은 잡으려 하고 불행은 뿌리치려 하면서 스스로를 들볶는다. 그것이 오히려 불행을 가중한다. 세상만사는 흘러가는 것이기에 무상하다. 무상한 것에 집착하지 말고, 주어진 환경을 받아들이고, 지금-여기 주어진 역할에 충실하면 우리의 할 일은 끝나게 된다. 그 외의 일은 우리가 알 바도 아니며, 우리의 영역을 넘어선 분야이다.

메세타 평원에서의 자기연민과 순례자 병원에서의 세족식을 통해 과거의 힘든 상처를 많이 어루만져 줄 수 있었다. 이제는 미래에 대한 구상을 할 때이다. 외국 친구들과 저녁 식사를 하며 부러웠던 것은 서로 처음 만나도 허물없이 대화를 자연스럽게 하는 것이다. 병원에서 만났던 스페인 젊은 청년들 역시 누구와도 잘 어울렸다. 영어를 잘하든 못하든, 그것은 중요하지 않았다. 그런 문화에 익숙한 환경에서 자라난 그들의 그런 모습이 보기 좋았다. 그들을 보며 후배들을 1년에 한 명씩 선발하여 그들이 젊은 시절에 다양한 외국인들과 지내는 법을 배우도록 산티아고에 보내면 좋겠다는 생각이 들었다. 대학 시절 다녔던 영어회화 서클인 PTC는 내 삶에 큰 도움을 준 서클이었다. 영어와 사회생활을 가르쳐 주었고, 그 덕분에 일류 호텔에 영어 특채로 입사를 할 수 있었고, 외국계 회사로 이직할 수 있었으며, 나중에 사업을 할 적에도 영어를 어느 정도 구사할 수 있어서 외국계 사무실 인테리어 분야에 뛰어들 수 있었다. 뭔가 보답을 하고 싶었다. 지금 이 생각을 잘 발전시켜 나가면 방법을 찾을 수 있을 것이다.

가도 가도 끝이 없는 메세타 평원을 홀로 걷고 또 걸었다. 그 길에는 길 외에는 양옆에 끝도 없이 펼쳐지는 농작물 밭이 있고, 바람과 빗방울과 구름과 햇빛만 있다. 그런 길을 끝없이 가고 싶었는데, 막상 걸어보니 결코 쉬운 일이 아니라는 생각이 들었다. 앞으로 며칠간 계속 그런 길을 걸어야만 한다. 이것 역시 받아들여야 한다. 이 또한 지나갈 것이다. 나는 내 할 일인 걷기만 하면 된다. 그 외에는 아무것도 생각할 필요도 걱정할 필요도 없다.

카미노 길을 생각하면 이합집산이라는 단어가 떠오른다. 헤어졌다 만나고, 모였다 뿔뿔이 흩어지는 이합집산. 그렇게 각자 걷다가 알베르게나 휴게소에서 만나 잠시 얘기를 한 후에는 다시 각자 갈 길을 간다. 눈뜨면 자리를 털고 일어나 나와야 한다. 만나는 사람들도 다양하다. 만나고 싶은 사람이 있는가 하면, 피하고 싶은 사람들도 있다. 억지로 내 곁에 두려 하거나 밀어낼 필요 없이 그냥 받아들이면 된다. 그것을 선인들은 인내라 했는지는 모르겠지만, 점점 더 그것의 의미를 깊게 알게 되었고, 기다리는 힘의 중요성을 알게 되었다. 오늘은 사람들과의 관계에서 이합집산의 중요성과 인내의 미덕을 배운 중요한 날이다. '이합집산'을 이해한다는 것은 '관계의 무상함'을 이해하는 것이다. 사람들의 관계는 영원하지 않고, 그 관계가 더 이상 유효하지 않으면 아무런 의미가 없다. 우리가 할 수 있는 유일한 일은 만나는 그 순간에 그분에게 온전히 집중하고 최선을 다해 대하는 것 외에는 없다. 집착을 하거나 억지로 밀어낼 필요조차 없는 것이다. 불교에서 얘기하는 탐착과 혐오의 양변을 여의는 중도가 바로 이런 의미일 것이다.

만남과 배움

5월 14일, 20일 차

CALAILLA DE LA CUZA에서 SAHAGUN까지, 23KM

어제저녁에 한국인 두 사람을 알베르게에서 만났다. 두 분도 여기에 와서 만나서 같이 걷고 있었다. 한 사람은 대안학교 선생인데 50대 정도로 보이는 차분하고 조용한 사람으로, 이명현상과 체력이 급격히 저하되어 쉬러 왔다고 한다. 다른 한 분은 40대 후반으로 보이는 편의점 사장으로, 죽는 방법을 생각하며 걷는다고 한다. 와인을 한잔하며 서로 카미노에 온 이유에 대해서 얘기를 하는데, 초반부터 얘기가 무겁긴 하지만 서로 마음을 여는 데 별 무리가 없었다. 아마 이게 카미노의 매력일 것이다. 모두 이유가 있어서 카미노를 찾는다. 대부분은 자신의 삶을 되돌아보기 위해, 또는 힐링을 위해 온다. 선생의 태도가 눈에 들어왔다. 와인을 먹는데 필요한 음식을 직접 들고 가서 전자레인지에 덥혀오기도 하고, 소시지를 나이프로 자르고, 과일을 깎으며 먹으라고 권하기도 한다. 남을 위한 배려심이 뛰어나다.

갑자기 그저께 머물렀던 호스피탈의 자원봉사자 분들이 생각났다. 그분들 역시 자신을 낮추고 다른 사람들을 정성스럽게 섬기고 계셨다. 남을 진정으로 모시고 대접하고 섬긴다는 것은 아무나 할 수 있는 일이 아니다. 자신을 잘 닦아 하심을 참답게 할 수 있는 사람만이 가능한 일이다. 갑자기 나 자신이 창피해졌다. 사람들과의 모임에서 대우받기를 원하고, 모임을 주선하면서 사람들에게 연락하거나, 장소를 예약하는 일들

사하군에 진입하며

을 많이 해 왔지만, 기쁜 마음으로 했다기보다는 내가 맡은 역할 때문
에, 또는 사람들과의 관계 때문에 해왔다. 그러면서 늘 마음속에는 약간
의 불만이 쌓였고, 다른 사람들이 가만히 앉아 그런 서비스를 당연하게
받는 모습이 밉기도 했다. 근데 호스피탈에서 만났던 분들이나, 어제 만
난 그 선생의 모습을 보며 나 자신이 부끄럽고, 그렇게 생각을 했던 옹졸
한 내 마음을 볼 수 있게 되었다. 남을 위해 자신을 내려놓고 뭔가를 봉
사한다는 것은 쉬운 일을 아니다.

　　오늘 아침 일찍 기상하여 아침 안개가 가득한 평원을 걷기 시작했다.
주위를 둘러보아도 아득한 평원밖에 보이지 않는다. 하늘에는 별과 달
이 선명하게 떠있는 새벽 같은 아침이다. 어제 만난 분들과 같이 걷고 있
다. 처음에는 각자 침묵을 유지하며 걷다가 첫 번째 카페에서 아침 식사
를 먹으며 말을 하기도 하였다.

어제 죽음 얘기를 했던 분은 오늘은 침묵을 유지하고 있다. 자살하겠다는 이유가 희망이 보이지 않아서라고 했다. 이번이 두 번째로 산티아고 길을 걷고 있는 그 친구는 치열하게 자신과 싸우고 있는 것 같다. 자살을 얘기하며 어쩌면 잘살기 위한 자신과의 투쟁을 하고 있는 것 같기에 자살할 가능성은 없어 보인다. 미혼인 그는 가족 간의 갈등이 가장 큰 요인이며 서로에게 상처를 주고받는 일이 계속적으로 반복되어 희망을 볼 수 없다고 하였다.

선생은 어제 내가 메세타 평원에서 울었다는 얘기를 듣고 공감을 한다며 자신도 제주 올레길을 걸으며 많이 울었다고 한다. 그 이유를 가만히 살펴보니 외로움, 고독감과 공허함이었다고 한다. 밑도 끝도 보이지 않는 공허함이 두렵고 외로워 많이 울었고, 지금은 뭔가 가득한 충만감을 느낀다고 하였다. 좋은 일이다.

내가 울었던 이유를 다시 한 번 점검해보니 홀로 남겨지는 것에 대한 두려움과 외로움, 그리고 억울함이었다. 억울함의 근본 이유는 특히 사람들과의 관계에서 나 자신의 표현을 당당하고 정확하게 하지 못해서 늘 상대방에게 당해왔다고 느끼는 피해의식이었다. 내일도 이분들과 같이 걷기로 했다. 아마 내일까지 걷고 나면, 그 이후에는 나 홀로 걸을 것이다. 하루 이틀 정도 같이 걷는 것은 괜찮지만, 끝까지 같이 걷는다는 것은 다른 불편함을 서로에게 초래할 수도 있다. 만남과 헤어짐에 연연해하지 않고, 자유롭게 지내는 것이 카미노 정신에도 맞고, 나 자신의 성격에도 맞는다. 오늘은 이 친구들이 볶음밥을 해 먹는다고 슈퍼에 들러 이것저것을 구입한다. 나는 요리를 할 수 없기에 대신 와인을 두 병 샀다. 덕분에 오늘 저녁은 즐거운 한국식 식사가 될 것이다.

말뚝과 원숭이

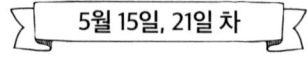

5월 15일, 21일 차

SAHAGUN에서 RELIEGOS, 31KM

아침 6시 조금 지나 길을 나선다. 하늘에는 달이 떠있고 한쪽에는 해가 떠오르는 불그스름한 구름이 있다. 여러 종류의 새 들이 지저귀며 나에게 아침 인사를 한다. 이른 아침 홀로 길을 걸으며 새소리를 듣고 약간 쌀쌀한 날씨를 온몸으로 느끼며 조용히 걷는 이 순간이 너무나 가득하여 더 이상 부족하거나 필요한 것이 없다. 발걸음 소리와 스틱이 땅과 부딪치는 소리, 새소리 그 외에는 어떤 소리도 들을 수 없다. 가끔 물 흐르는 소리가 들리기도 한다. 앞에도 사람이 없고 내 뒤에도 사람이 없다. 나 혼자 길을 걷고 있다. 편안하다.

원래 오늘은 18㎞ 정도 걷고 휴식을 취하려 했다. 걷는 거리와 날짜를 계산해 보니 피니스테레까지 가는 시간이 여유로워서 무리해서 걷지 않고 편안한 걸음을 하고 즐기며 걸으려고 했다. 근데 도착해 보니 10시 20분. 지금부터 알베르게에 들어가 쉬는 것이 무의미했다. 가만히 생각해 보니 좀 더 거리를 늘려 걸은 후에 피니스테레나 묵시아에서 편한 휴식의 시간을 갖고 산티아고 길을 정리하는 시간을 보내는 것이 좋을 것같다. 걸음을 계속하였다. 앞으로 13㎞ 정도를 더 가면 된다.

오늘은 조용히 걸음에 집중을 하며 걸어본다. 생각이 떠오르는 것을 잡지 않고 그냥 흘려보낸다. 그래도 자꾸 생각이 떠오른다. 떠오르는 생각을 빨리 알아차리고 다시 걸음에 집중한다. 걸음은 말뚝이 되고, 생각은 말뚝에 묶인 원숭이가 된다. 원숭이는 계속 날뛰다 말뚝에 묶인 끈

새로운 나로 태어나는 길, 산티아고

때문에 더 이상 움직이지 못하고 숨을 몰아쉰다. 가끔은 원숭이가 가만히 말뚝을 쳐다보기도 한다. 우리는 뭔가를 늘 잡으려 한다. 생각도 잡으려 하다 보면 원숭이가 날뛰듯이 생각에 이리저리 끌려다니기도 한다. 알아차리면 사라지는데 알아차리지 못하고 한참을 끌려다니다 나중에 후회를 한다. 걸을 때에는 할 수 있는 일은 걷는 것밖에는 없다. 그 밖의 모든 생각과 걱정들은 머나먼 이곳에 있는 지금 이 순간에 나 자신이 해결할 수 있는 것은 아무것도 없다. 그럼에도 자꾸 생각이 올라온다. 다시 걸음에 집중한다. 이런 일들을 반복한다. 그러다 어느 순간 아무 생각 없이 걷기만을 한다. 편안하다. 마음도 가볍고 걸음도 가볍다. 아니 가볍다기보다는 단순하다. 단순하니 편하고 신경 쓰일 일이 없다. 흘려보내기만 하면 되는데 자꾸 잡으려 한다. 모든 일들을 그냥 흘려보내고, 자신이 지금 하는 일에 집중만 하면 만사형통인데, 그것이 쉽지 않다.

자신이 지금 할 수 없는 일에 빼앗기는 시간과 에너지를 지금 하고 있는 일에 집중할 수 있다면 충분히 행복하고 그 에너지로 많은 창조적이고 생산적인 일을 할 수 있는데, 그렇게 마음먹고 행동하기가 어렵다. 그래서 중생이다. 걷기 명상을 하며 걷고 있는데, 협회 설립하는 일이 떠올랐다. 어떤 단체를 만들어 사람들이 심신 치유를 위한 일을 하고 싶다는 생각을 해왔고, 그 방법으로 상담, 명상, 걷기를 접목한 프로그램을 기획 및 시행을 하며 사회에 도움이 되는 일을 하고 싶었다. 단체 설립에 대한 생각에 몰두하다가 갑자기 꼭 그렇게 살아야 하는가라는 질문이 들기 시작했다. 왜 나는 그런 단체를 설립하여 그런 일을 하고 싶을까? 이유가 뭘까? 나 자신을 드러내고 싶고, 알리고 싶고, 타인에게 인정받고 존중받고 싶고, 좋은 일 한다는 칭찬을 듣고 싶어서. 순수한 봉사정신으로 하는 것은 아니라는 나의 마음을 볼 수 있었다. 의도가 순수하지 못하다. 마치 기부를 하면서 자신을 드러내는 사람과 다름이 없다. 그런

일출

사람을 가장 멀리하는 내가 그런 생각을 하고 있었다.

물론 남을 위해 좋은 일을 하게 되면 자신의 행복이 배가된다는 것은 사실일 것이다. 자신만을 위한 삶 자체가 주는 행복보다는 타인을 위한 이타심을 발휘할 때가 훨씬 더 행복할 것이다. 내가 그런 생각을 하는 이면에는 행복해지고 싶다는 생각도 있을 수 있다. 근데 가만히 들여다 보니, 스스로 하는 일에 대한 행복을 느끼는 것이라기보다는, 타인의 인정을 통해 행복할 수 있다는 생각이 들어 잠시 머뭇거리게 된다. 그냥 겉으로 드러나는 단체 대신, 지금 하는 헤드헌팅 업무를 하며 주어진 상담에 최선을 다하고, 혼자 걷고 명상하며 조용히 지내는 것도 좋은 삶의 방법이다. 근데 군이 뭔가를 하며 타인의 인정을 받으려 한다. 어리석다. 지금 일에 충실하게 하는 것 자체가 이미 자신과 남을 위한 삶이다. 자리이타이다.

새로운 나로 태어나는 길, 산티아고

헤드헌팅을 통해서 취업을 성사시키며 구직자에게 좋은 기회를, 나에게는 경제적 수입을, 상담을 통해 타인의 정신적 고통을 덜어주며 나는 보람과 경제적 이득을 취할 수 있다. 근데 굳이 단체를 만들어 해야만 하는가? 곰곰이 생각해 볼 일이다. 내가 나를 떠나 순수한 이타심으로 할 수 있을 때 해도 늦지 않을 것이다. 또한 늘 조용히 편안하게 살고 싶어 하지 않았는가? 상담과 헤드헌팅에 충실하고, 여유시간에 걷고 명상하고, 그냥 그대로 살기만 해도 된다. 굳이 애를 쓰며 살 필요가 없다. 그 자체로 이미 다 된 것이다. 그렇게 지내다 보면 저절로 시절인연이 올 수도 있고, 그러면 그때 어떤 일을 천천히 준비해도 늦지 않을 것이다. 서둘러 뭔가를 만들 필요가 없다. 시간에 맡기고, 시간을 기다리며, 내가 지금 하고 있는 일에 충실하고, 지금 만나는 사람들에게 집중하자. 시간이 되면 저절로 열매가 익어 떨어지듯 그런 날이 올 것이다. 그동안 자신의 내면에 충실하고 주어진 일에 충실하며 시절인연이 올 때까지 차분히 기다릴 뿐이다. 아니 기다린다기보다는 그냥 오늘 할 일만 할 뿐이다. 마치 오늘 걷기를 하듯. 그게 전부 다이다. 다른 일들은 괜한 사족에 불과하다.

가족 2

RELIEGOS에서 LEON, 31KM

어제부터 날씨가 많이 따뜻해졌다. 요즘은 해가 뜨기 전인 6시 조금 지난 시간에 출발하여, 가능하면 오후 1시 이내에 알베르게에 도착할 수 있도록 일정을 계획한다. 더위를 피하는 것도 이유이지만, 또 다른 중요한 이유는 그래야만 공립 알베르게에서 숙소를 배정받을 수가 있어서이다. 하루 숙박비용이 5~6유로로 사설 시설의 반밖에 되지 않고, 또한 저녁 식사도 제공되지 않아 별도로 사서 먹으니 다양한 음식을 먹을 수 있고, 비용도 절감할 수 있는 여지가 많다. 지금 상태로 비용을 잘 관리하면 최종 도착지인 피니스테레나 묵시아에 도착한 후에도 약 500유로 이상 남을 것이고, 그 경비로 순례를 마친 후에 편안한 곳에서 참다운 휴식의 시간을 보낼 수 있고, 파리에서도 조금 여유롭게 머물 수 있다.

아침에 길을 걷는데 남녀 한 쌍이 앞에서 가고 있다. 일반적으로 남성이 앞서서 나가는데, 이 팀은 여성이 먼저 앞서가고 있고, 남성은 뒤에서 조심스럽게 여성을 보호한다는 느낌이 들 정도로 걷고 있다. 옆으로 가면서 '부엔카미노' 인사를 했다. 상대방도 내게 인사를 하며 왜 왔느냐고 묻는다. 직접적으로 길에서 그런 질문을 한 사람은 처음이다. 그런 질문은 너무나 개인적인 질문이기에 직접적으로 하는 경우는 많지 않고, 분위기가 형성되면 자연스럽게 묻고 답하는 경우가 대부분이었다. 나는 지금도 그 이유를 나 자신에게 묻고 있고, 제2의 인생을 준비하는 방법을 찾기 위해서라고 얘기했다. 나 역시 같은 질문을 했다. 그분은 '여동생이 최근에 퇴직을 했는데, 함께 가자고 몇 년 전부터 얘기를 했고, 마침 기회가 되어서 왔다'라고 얘기를 했다. 순간 가슴이 먹먹했다. 가족이, 그것도 오누이가 함께 왔다니. 나로서는 상상도 할 수 없는 일이었다. 그러면서 우리 가족에 대한 생각이 떠올랐다.

나는 결혼 전 우리 가족끼리 여행을 가본 기억이 나지 않는다. 아버지는 평생 직업 없이 지내셨고, 어머니는 가족을 부양하기 위해 늘 동분서주하셨다. 누이들도 어린 나이에 생활전선에 뛰어들었고, 형 역시 자신의 앞가림하기에 바빴다. 같은 형제이지만 서로를 걱정하고 서로의 얘기를 듣고 말을 나누고 같이 뭔가를 했던 기억이 없다. 늘 각자 자신의 앞가림하기 바빠서 서로를 돌볼 수 있는 시간적, 정신적 여유가 없었을 것이다. 막내인 내게 어쩌면 누이, 형들은 뭔가를 해주려고 했는지는 모르지만, 내 기억에는 남는 것이 없다.

결혼한 후에도 각자의 삶에 바빴다. 서로의 삶이 너무나 빠듯하고 힘들었기에 형제들과 나눌 여유가 없었을 것이다. 가끔 아내는 내게 '당신은 결혼 전에는 삶이 없었던 것 같다, 가족들과의 기억도 없고, 형제들과 놀던 기억도 없으며, 마치 혼자 동 떨어져 살아왔던 사람 같다'라고 얘기하곤 했다. 맞는 얘기이다. 형이나 누이들이 나와 같이 놀아주거나 내 얘기를 들어 줄 형편이 되지는 못했던 것 같다.

그런 이유 때문인지 결혼 후 처갓집과 어울리는 데 많은 불편함이 있었다. 처갓집은 모든 일을 함께 해결하고 어려운 점은 서로 나눠서 한다. 사소한 일들도 집안 행사가 될 정도로 얘기를 하고, 누군가 무슨 일이 있으면 온 식구들이 달려들어 얘기를 듣고, 고민하고, 토론하며 방법을 찾곤 한다. 그런 분위기가 내게는 어색하고 불편했었다. 그래서 결혼 초반에는 처갓집에 다녀오면 뭔가 기분이 좋지 않고 가끔 아내와 다투기도 했다. 나이가 들어가면서, 또 딸아이가 결혼을 하고 사위를 맞이하면서 가정에 대한 생각이 바뀌기 시작했다. 가족은 서로 나누며 함께 고민하고, 아무리 사소한 일이라도 가족 전체의 일이라는 것을 알게 되었다. 요즘은 비교적 처갓집 분위기에 적응을 잘하는 편이다. 환갑이 다 되어서야 가족과 가정의 의미를 조금씩 이해하기 시작한다. 뭐든 늦게 깨닫는 편이다. 그래도 대신 늦게 깨달으면 확실하게 깨닫는 장점도 있으니 스스로 생각해도 나쁘지는 않다.

오늘은 메세타 평원이 끝나는 지점인 레온까지 가는 길이다. 어떤 사람들은 이 길을 걷기 힘들어하며 버스나 기차를 타고 점프를 한다고 하는데, 내게는 이 길이 끝난다는 사실이 안타깝고 뭔가 허전하다. 나는 계속 걷고 싶다. 지금까지 걸으면서 단 한 번도 길이 힘들다고 느껴본 적은 없다. 걸으면서도 늘 길에 대한 허기를 느낀다. 나는 길을 걸으면 행복하다. 아무리 걸어도 자꾸 더욱 더 걷고 싶다. 물론 나도 사람이기에 몸이 조금 힘들기는 하다. 하지만 그래도 자꾸 걷고 싶고, 걸으면 행복하고 살아있다는 것을 느낀다.

낮은 언덕을 올라갈 때, 앞에 굵은 검은 띠가 움직이고 있었다. 가까이 가서 자세히 살펴보니 개미떼가 폭이 약 5미터 정도 되는 길을 좌측에서 우측으로 대이동을 하고 있었다. 모두 같은 방향으로 무리를 지어 움직이고 있었다. 그것을 보는 순간 개미들도 산티아고 순례를 가고 있다는 생각이 들었다. 아마 하늘에서 우리를 바라본다면 모두 한 방향을 가고 있는 우리의 모습이 개미들의 행진과 같게 보일 것이다. 우리는 왜 걷고 있고, 개미들은 왜 이동을 하고 있을까? 각자 나름대로의 이유는 있겠지만, 한 가지 확실한 것은 살기 위해서라는 것이다. 사람들은 살기 위해, 사는 방법을 찾기 위해, 자신의 상처를 치유하고 인생을 재정비하기 위해 걷고, 개미들은 본능에 따라 살기 위해 대이동을 하고 있는 것이다. 모든 살아있는 존재들은 죽음에 대한 두려움을 갖고 있고, 살려는 강한 본능을 갖고 있다. 그래서 모든 존재들은 죽음을 두려워하며 동시에 살기 위해 몸부림을 친다. 그 개미들이 대이동을 성공리에 마치고 자연에 순응하는 충실한 삶을 이루기를, 그리고 카미노를 걷고 있는 모든 분들께서 산티아고까지 순례를 성공적으로 마치셔서 각자 희망하는 것들을 이루기를 기도한다.

삼인행 필유아사 三人行 必有我師

LEON에서 VILLAR DE MAZARIFE, 20KM

아침에 출발하는데 비가 조금씩 내리기 시작하였고, 내일까지 비가 계속된다고 한다. 배낭 카바를 씌운 뒤에 옷을 챙겨 입고 비에 대한 대비를 충분히 한 후에 출발하였다. 밖은 아직도 컴컴하고 은은한 가로등만 길을 밝혀주고 있다. 비도 내리고 시야도 좋지 않아 화살표를 따라가며 레온 시내를 벗어나는데 제법 헤매기도 했다. 지나가는 주민들이 친절하게 방향을 알려 준 덕분에 카미노 길에 접어들 수가 있었다. 길을 못 찾아 도심을 헤매는 것은 답답하고 불편하다. 도심의 밤은 화려하고 사람들을 유혹하기에는 충분하나, 이른 아침 새벽녘의 모습은 화장이 지워지고 피곤해서 쓰러져 있는 밤 여성의 모습처럼 뭔가 허전하고 외롭고 쓸쓸하고 답답하다. 빨리 벗어나고 싶었다. 큰 도시라 그런지 벗어나는 데 시간이 오래 걸렸다. 한 시간 정도 걸어서 겨우 도심을 벗어나니 가슴이 시원해지고 편안해진다.

도심을 막 통과한 뒤에 만나는 시골의 아침은 편안하고 한적하며 차분하면서 동시에 활력이 느껴진다. 오른쪽 무릎에 통증이 있다. 무릎의 통증을 극복하려 하다 보니 왼쪽 발바닥에 무리가 오고, 오른쪽 허벅지에 근육이 뭉치는 느낌이 든다. 할 수 없다. 약 500㎞를 걸었으니 그럴 수밖에. 그러려니 하고 걸으면 된다. 아침에 길을 나서면 처음 한 시간 정도 걷는데 조금 힘이 든다. 시간이 흐르면서 통증도 가라앉고 걸을 만하다. 가라앉는다기보다는 그냥 통증이 느껴지지 않는다. 오늘은 비가 내렸다.

방수 점퍼의 기능을 시험한 지 오늘이 세 번째이다. 아직까지의 시험 결과 믿을 만하다. 상의는 점퍼가 있어서 상태가 괜찮지만, 바지는 빗물로 흠뻑 젖어 속옷까지 젖었고, 등산화는 비록 방수 기능이 있기는 하지만, 계속되는 빗물을 막아내고 바지에서 흐르는 빗물을 막기에는 역부족이어서 양말은 물에 젖고 신발은 빗물에 젖어 질척거린다. 하지만 점퍼의 모자 위로 떨어지는 빗방울 소리를 들으며 걷는 즐거움은 우중 걷기의 큰 즐거움이다. 빗방울은 굵어지고 바람도 제법 불지만 이미 젖은 몸, 별로 신경 쓸 일이 없다. 그냥 받아들이면 된다. 마치 쾌청한 날을 받아들이듯이 비, 눈, 해, 구름, 어떤 날씨도 우리가 받아들여야만 하는 것이다. 비 역시 맑은 날씨와 같은 날씨의 하나일 뿐이다.

우리가 통제하거나 거부할 수 없는 상황은 받아들이면 편하다. 어쩌면 주어진 모든 상황을 받아들이는 것이 현명한 삶의 방식일 수도 있다. '이 또한 지나가리라'라는 글귀를 들은 적이 있다. 맞다! 이 모든 것은 시간이 지나면 아무것도 없었던 듯 어느새 사라져 버린다.

우리는 그 시간을 기다리는 것을 잘 못하고, 기다리지 않으려 하고, 상황을 통제하려 하며, 자신이 원하는 환경을 만들려 애를 쓴다. 대부분은 아무런 소득 없이 애만 쓰고 고통만 받는다. 그냥 받아들이면 반항하는 데 쓰는 시간과 에너지를 온전히 자신을 위해서 쓸 수가 있고, 그런 노력은 자신의 삶을 밝고 희망적이고 창조적으로 만들어 주며, 주위 사람들에게 나눠줄 수 있는 힘과 여유도 가져다준다.

그동안 며칠간 별말씀 없이 걷고 있는 카미노 친구인 지 선생이 오늘은 기분이 조금 나아졌는지 얘기를 먼저 시작하며 질문을 하였다. "불교

조 수사 신부, 지 선생과 함께

의 극락과 천주교의 천당은 어떤 것인가? 죽으면 어떻게 되는가?" 나는 "불교는 천상에 태어나기 위한 종교가 아니고, 천상에서부터도 벗어나서 참다운 열반에 들어가는 종교이고, 극락은 어떤 장소를 얘기하는 것이 아니고, 우리 마음의 평온을 얘기하는 상징적인 세계."라고 답을 하였다. 함께 걷던 수사신부님은 '천당은 마음의 상태를 나타내는 것이지, 어떤 장소를 얘기하는 것이 아니다.'라고 교황님의 말씀을 전해주셨다. 아울러 '불교에서는 소승과 대승이 있어서 자신의 열반을 추구하는 소승과 하화중생을 추구하는 보살이 있다'라고 추가로 말씀해 주셨다. 그 수사신부님께서 자신의 종교 외에 타 종교에 대한 깊은 이해를 갖고 있는 것을 보고 놀라기도 하였다. 나는 불교 외의 종교에 대해서는 아주 문외한이다.

세 명이 걸으며 서로에게 많은 것을 배우고 있다. 수사신부님으로부터는 배려와 보살심을, 지 선생으로부터는 참다운 휴머니스트의 모습과 자유로운 사고방식을 배운다. 좋은 길동무를 만났다. 가만히 생각해 보

새로운 나로 태어나는 길, 산티아고

니, 앞으로 걸을 날이 17일 정도밖에 남지 않았다. 이제는 홀로 걸을 때가 되었다. 내일이면 아스토르가에 도착한다. 그때부터 산티아고까지는 13일 정도 걸리고, 산티아고에서 묵시아까지는 나흘 정도 예상하고 있다. 내일 아스토르가까지 같이 간 다음에는 오로지 홀로 걸어야겠다. 같이 걸으며 배우고 서로에게 힘이 되는 부분도 틀림없이 있지만, 이제 마무리를 홀로 조용히 걸으며 하고 싶다. 그간 살아오면서 어느 누구에게도 방해받지 않고, 얼마나 온전히 홀로 살고 싶어 했는가? 다시는 이런 기회가 오지는 않을 것이다.

좋은 카미노 친구들과 만나 대화를 나누는 것도 의미 있는 일이지만, 내게는 홀로 자신의 내면과 대화를 하는 시간이 필요하고 의미가 있어 보인다. 타인의 삶을 통해 배우는 것도 중요하다. 하지만 어쩌면 이제 뭔가를 배워야 삶을 더 잘 살 수 있다고 생각할 수 있는 시점은 지난 것 같다. 몰라서 바른 삶을 못사는 것은 아니다. 어떤 것이 바른 삶인지, 또 내가 원하는 것이 무엇인지는 어느 정도 방향성이 나와 있다. 이제는 홀로 그 길을 만들어 가기만 하면 된다. 물론 그 과정에서 필요하면 다른 사람들의 조언이나 자문을 구하면 된다. 여기 오신 분들의 순례 이유는 인생의 재정비, 힐링, 걷기 여행 정도로 압축될 수 있다. 그분과의 대화를 거부하지는 않겠지만, 먼저 다가가 그분들의 얘기를 들을 필요성을 크게 느끼지는 않는다. 이제는 홀로 내 길을 가기만 하면 된다. 그래서 내일까지 지금의 길동무와 같이 걷고, 그 다음날부터는 홀로 걷고 싶다.

슬픈 야경

5월 18일, 24일 차

VILLAR DE MAZARIFE 에서 ASTORGA, 28KM

　어제에 이어 오늘 아침에도 비가 조금씩 내렸다. 어제 비로 인해 신발도 젖었고, 옷도 젖은 상태여서 아예 비를 맞을 생각에 짧은 바지와 맨발에 샌들을 신고 출발하였다. 이른 아침이라 그런지 비바람이 세게 불기 시작했다. 며칠 전 방한용 모자와 장갑을 잃어버려서 손이 많이 시렸고, 맨발에 샌들을 신으니 발도 많이 시렸다.

　스틱을 배낭에 달고 손을 주머니에 집어넣고 걷기 시작했다. 비록 비는 멈추었지만 광활한 들판의 바람은 사정없이 몰아쳤다. 어디 바람 하나 감출 곳이 없는 넓고 넓은 들판. 손이 시려 감각이 없어지고 발도 시려 발가락에 마비가 오는 느낌이 든다. 하지만 할 수 있는 일은 없다. 멈추어서 등산화와 양말을 신는 것 외에는. 하지만 땅은 젖어 있어 앉기가 마땅치 않고, 어제 비로 젖은 등산화를 신는 것도 마음도 내키지 않아, 참고 걸으며 첫 바(Bar)가 나오길 기다렸다. 게다가 배에 신호가 오기 시작했다. 총체적 난국이다. 앞에 마을이 어렴풋이 보이기는 하지만 워낙 넓은 들판과 맑은 하늘로 인해 바로 앞에 있는 것 같은 착각만 줄 뿐, 가도 가도 거리는 좁혀지지 않는다. 마음만 급하니 몸에 긴장도 되고, 조급한 마음은 속을 더욱 불편하게 만든다. 심호흡을 하며 조금씩 안정을 찾도록 노력을 하고, '이 또한 지나가리라'라는 말씀을 새기며, 한 걸음씩 움직이며 급한 마음을 조금씩 추스르자 마음이 안정되고 속도 편안해졌다. 드디어 바가 보였고, 바에서 샌들을 벗고 등산화로 갈아 신은 후,

속도 비우고, 다시 아침 식사로 속을 채웠다.

　오늘 밤이 지나면 며칠간 같이 다녔던 두 분의 길동무와 헤어지게 된다. 어젯밤에는 길동무들과 제법 깊은 얘기를 나눴다. 지 선생은 자살을 생각하는 것이 아니고, 삶을 어떻게 하면 더욱 더 진실 되게 살고, 타인에게 피해를 주지 않고 살아갈 수 있을까에 대한 깊은 고민을 하고 있었다. 그런 모습을 보니 인간적이고 따뜻한 마음이 느껴지며, 심지어 낭만적인 느낌도 든다. 하늘의 별들은 서울에서 보던 별들과는 많이 느낌이 다르다고 하면서 혹시라도 밤에 잠에서 깨게 되면 하늘을 한번 쳐다보라고 하였다. 또한 서울의 야경은 많은 사람들이 밤에도 일을 하고 있는 모습이지만, 스페인에서는 전력 부족도 이유가 되겠지만, 가정으로 돌아가서 가족들과 대화를 하기에 서울에서와 같은 야경을 볼 수 없다고도 하였다. 그래서 한국의 야경을 슬프다고도 하였다. 맞는 얘기이다. 한국의 도심은 밤에도 잠들 줄 모른다. 그런데도 많은 사람들은 생활고로 늘 허덕거린다. 슬픈 현실이다.
　수사신부님은 자신이 지금 가고 있는 종교인의 길을 제대로 바르게 살고 있는지에 대한 회의를 품고 좀 더 진지하게 종교인으로 사는 삶에 대해 고민을 하고 계신다. 종교인의 자기 확신에 대한 의심은 좀 더 진정한 종교인으로 자리 잡기 위한 좋은 방편이다. 맹신이 아닌, 남 앞에 드러내는 것이 아닌, 권위적이지 않은, 겸손하고, 하심을 하고, 늘 성찰하는, 참다운 종교인의 모습에 머리를 숙이게 된다.

　비가 어느새 그쳤다. 오늘 길은 참으로 아름답다. 청명한 하늘은 너무나 부럽고, 그 넓은 대지의 풍요로움 역시 부럽다. 오리비고(Hospital de Orbigo)에 들어서자 멋진 돌다리가 우리를 맞이하면서 마치 동화나라에 온 느낌이 들 정도로 마음을 앗아간다. 길을 걸으며 처음으로 며칠간 머

누군가의 손을 잡아주며

물다 가고 싶다는 생각이 들 정도로 마음이 가는 정겹고 아름다운 마을이다.

오늘 도착지인 아스토르가로 가는 길 중간에 사막의 오아시스 같은 휴게 공간이 있었다. 요가와 명상을 하는 사람들이 운영하는 느낌이 드는 곳으로, 음식물과 편히 쉴 수 있는 휴식공간을 제공해 주는데, 비용은 따로 받지 않고, 모두 기부형식으로 운영되고 있다. 그곳에선 명상을 하는 사람, 해먹에 정좌 자세로 앉아 몸을 돌리는 사람, 조용히 평상에 앉아 명상을 하는 사람, 준비된 음식을 먹으며 웃는 사람들이 함께 어울려 있다. 이곳에 잠시 쉬며 머물다 가는 사람들은 그들이 어떤 모습, 어떤 행동을 하든 모두 뛰어난 명상가들이다. 명상은 앉아서만 하는 것이 아니다. 매 순간 자신을 지켜보고, 자신의 하는 일에 집중하면, 행주좌와 모두 명상을 하고 있는 것이다. 이 길까지 걸어온 모든 사람들은 걸으며 이미 명상을 몸에 체득한 사람들이다. 굳이 이런 분들에게 명상에 대해 얘기하는 것은 참으로 어리석은 일이다.

멀리서 눈에 익은 사람이 걸어오고 있다. 길에서 처음에 만난 윤○○이라는 25세의 젊은 여성이다. 직장 구하기 전에 하고 싶은 일이 무엇인지 확인하기 위해 카미노를 홀로 걷고 있는 예쁜 여성이다. 우리와 속도를 같이 걷는 것으로 보아 결코 속도가 늦지 않고, 진지하고 당찬 모습으로 사소한 것도 어느 누구에게 의지하지 않고 혼자 당당하게 걷는 모습이 보기 좋다. 그 친구를 만나 너무나 반가워 한번 껴안아 주었다. 그 친구가 여정을 잘 마치고 원하는 답을 구하길 바란다. 도착하여 침대를 배정받은 후에 길동무와 같이 나가 필요한 장을 본 후에 맥주 한잔을 같이했다. 내일이면 헤어질 것이어서 오늘은 길동무들이 특식으로 수제비를 만들어 준 덕에 아주 맛있게 저녁 식사를 할 수 있었다. 아내에게 페이스톡이 왔다. 딸 소연이도 마침 집에 와 있었다. 얼굴을 보고 통화를 하니 너무 보고 싶다. 길을 떠나니 가족에 대한 그리움이 더욱 커진다.

편지

ASTORGA에서 FONCEBADON, 25.5KM

안녕하신지요? 저는 지금 해발 1500미터 지점인 폰세바돈에 있습니다. 오늘은 이 길을 오르느라 제법 힘은 들었지만 힘든 길은 그만큼 행복함을 가져다주기도 합니다. 엽서를 보내 드리려고 했지만, 제가 숙소에 머물며 조용히 지내려는 마음 때문에 시내에 나가지도 않고 우체국은 더욱 더 찾기 어려워 글로 인사를 대신하려 합니다. 저의 편리함을 추구하는 부분에 대해서 이해를 부탁드립니다.

요즘 저는 너무 단순하게 살고 있습니다. 아침 6시 이전에 일어나서 걸을 준비한 후에 6시 30분 이전에는 길을 나섭니다. 나서기 전에 가능하면 바나나 하나라도 먹고 출발하려 합니다. 걷는 데 음식은 필수이니까요. 그렇게 한 시간에서 두 시간 정도 걷다 보면 카페가 나옵니다. 여기서는 주로 바(Bar)라고 하지요. 거기서 에스프레소 한 잔과 빵 한 쪽을 먹는 것이 아침 식사의 전부입니다. 진한 에스프레소에 설탕을 넣은 뒤 마시는 달콤쌉쌀한 커피 맛은 중독성이 있고 활력을 불어 넣어줍니다. 그렇게 제 아침은 시작됩니다.

해는 제 오른쪽에서 떠서 걷다 보면 머리 뒤쪽을 비추다가 그다음부터는 왼쪽에서 저를 계속 바라봅니다. 챙이 넓은 모자를 쓰니 별로 신경 쓰이지는 않습니다만, 그래도 가끔은 선크림을 바르기도 합니다. 그렇게 대여섯 시간을 걸으면 오후 한두 시경 숙소에 도착합니다. 물론 점심은 미리 준비한 빵과 음료수로 길에서 대충 마무리를 하지요. 숙소에 도착한 후에 샤워를 하고 빨래를 마치면 오후 서너 시경이 됩니다. 그날 느낌을 정리하면 다섯 시경이 됩니다. 대부분 숙소에서 저녁은 오후 7시경에 제공됩니다. 그 이전에 맥주 한잔하고 낮잠을 자기도 하지요. 저녁식사는 스파게티나 샐러드 중 하나를 전채로 먹고, 생선이나 고기 중 하나를 메인으로 먹고, 후식으로 야쿠르트나 조각 케이크 또는 아이스크림을 먹습니다. 그렇게 저녁 식사가 끝나면 대충 오후 9시 전후가 되고, 다시 잠을 자면 아침이 됩니다.

이런 단순한 생활을 계속하고 있습니다. 그러니 머리는 점점 더 쓸 일이 없어지고, 몸은 걷기에 적응되고, 하니 마음은 별일 없이 늘 편안함이 유지되지요. 두뇌 활동의 멈춤이 마음의 편안함을 주지만, 가끔은 물건을 잃어버리는 불편함을 주기도 합니다. 저는 지금까지 스포츠 타월한 개, 여기서 추워서 구입한 장갑과 모자를 잃어버렸습니다. 어제는 돈을 어디에다 두었는지 몰라 당황했던 적도 있습니다. 하지만 그런 일들이 저를 많이 힘들게 하지는 않습니다. 그럼에도 잘 지낼 수 있다는 사실을 알기 때문이지요.

저는 걷기 위해 태어난 사람인 것 같습니다. 지금까지 500㎞ 이상을 걸었지만, 몸에 자그마한 이상 징후 하나도 없습니다. 작은 물집도 없고, 어디 한 곳 불편한 곳도 없습니다. 이상할 정도로 모든 것이 최상의 상황입니다. 매일 마시는 맥주와 와인은 제 생활에 활력을 넣어주지 제 생활을 불편하게 하지도 않습니다. 지금까지 제가 사용한 약은 어제 오른쪽 무릎에 바른 근육이완제가 전부 다입니다. 그 약을 바르자마자 고통은 어느 순간 사라져버렸습니다. 대부분 이 길을 걷는 사람들이 약 200㎞에 달하는 메세타 평원 지대를 힘들어 해서 기차나 버스를 타고 점프를 하는데, 저는 그 길을 지나면서도 아쉬움이 남을 정도로 더 걷고 싶었습니다. 그만큼 저는 걷는 데 갈증이 심했던 것 같습니다.

여기 날씨는 참으로 변화무쌍합니다. 전반적으로 고원지대라 그런지 하루 내에 비, 바람, 강한 햇살과 구름을 모두 경험할 수 있습니다. 그런 변화는 걷는 사람에게 활력을 불어 넣어줍니다. 제일 힘든 것은 걷는 것이 아니고 빨래가 마르지 않는 것으로 제게는 제일 큰 고민입니다. 그래서 가끔은 숙소에서 제공하는 빨래와 건조 시스템을 유료로 사용하기도 합니다. 음식은 제게는 걷기 위한 하나의 영양분 공급에 불과합니다. 워낙 음식의 맛에 대한 취향이 없기에 아무 음식이나 배만 부르면 됩니다. 맛있는 음식을 찾을 필요가 전혀 없고, 다행스럽게도 아무 음식이나 제게는 너무나 잘 맞습니다. 기후의 변화는 걷기에 대한 활력을 불어넣어 주고 있고, 매일 마시는 맥주와 와인은 제가 숙면을 취하는 데 큰 도움을 주고 있습니다. 물론 제 코골이로 잠을 못 이루는 분들에게는 미안하지만, 제가 조절할 수 있는 부분이 아닙니다.

제가 이 길을 걸은 지 약 한 달 정도 지나가고 있습니다. 그간 제게 가장 큰 감동을 준 것이 하나 있습니다. 저는 그것을 님들과 함께 나누고 싶습니다. '이 또한 지나가리라'라는 구절이 제게는 너무나 강하고, 큰 느낌으로 남아있습니다.

순례자 병원에서 하룻밤을 지낸 적이 있습니다. 그곳에서 봉사하시는 분들은 거기에 머무는 분들을 위해 매일 밤 세족식과 멋진 저녁, 아침 식사를 정성스럽게 대접하고 있습니다. 저도 그 혜택을 받은 사람 중의 하나입니다. 그 병원을 찾는 사람들은 매일 다른 사람들일 것이고, 그중에는 불편한 사람도 있었을 것입니다. 하지만 그분들은 그 모든 순례자들을 마음을 다해 정성껏 모시고, 다음 날 아침에 역시 정성을 다해 보내 드립니다. 오는 사람 가리지 않고 정성껏 받아들이고, 가는 사람 잡지 않고 정성껏 보내 드립니다. 그리고 다시 일상을 돌아갑니다.

우리의 일상 역시 행복과 불행이 교차하고, 우리는 행복을 잡으려 하고, 불행은 거부하려 합니다. 하지만 그분들은 그 모두를 순응하고 최선을 다해 맞이하고 보냅니다. 주어진 상황과 사람을 판단하여 그에 따른 행동을 하는 것이 아니고, 그대로 수용하고 최선을 다해 받아들이는 모습을 보며 많은 가르침을 받았습니다. 수동적인 인내의 시간이 아닌, 능동적인 수용의 삶은 제게 많은 가르침을 주었습니다. 행복의 열쇠는 바로 이것이라는 생각이 강하게 듭니다. 주어진 상황과 사람들을 기꺼이 받아들이고 정성을 다해 모시는 마음. 이것이 세상을 살아가는 참다운 지혜라는 생각이 듭니다.

오늘 딸아이가 제게 이번 여정을 다 마친 후에 파리에서 머물 호텔을 예약하여 보내주었습니다. 순간 아내, 딸, 사위, 집이 그리워졌습니다. 그 순간 저는 길을 걷고 있는 것이 아니고 미래에 대한 상상으로 지금을 놓치고 있었습니다. 그것을 깨닫는 순간 다시 걷는 것에 집중할 수 있었습니다. 앞으로는 바꿀 수 없는 과거를 위해, 또 오지 않은 미래를 위해 오늘을 빼앗기지 않도록 노력하자고 스스로 다짐을 하였습니다. 제게 늘 마음으로 응원과 격려를 보내주신 분께 글로 인사를 드립니다. 길을 걸으며 느낀 부분을 글로 정리하여 감사를 대신합니다. 늘 건강하시고 평온하시길 기원합니다. 서울에서 인사드리겠습니다. 감사합니다.

대화

FONCEBADON에서 PONFERRA, 27KM

어젯밤에는 잠을 잘 이룰 수가 없었습니다. 산티아고에서의 제 일상에 대해 글을 써서 생각나는 분들에게 보내고 나니 괜히 그분들이 그립고, 보고 싶어서 잠을 이룰 수가 없었습니다. 어제는 많은 분들이 그리운 밤이었습니다. 또 한 가지 잠을 이루지 못한 이유가 있었습니다. 요즘 같이 걷고 있는 수사신부님과 함께 묵시아까지 같이 걷기로 한 것입니다. 그 신부님 일정을 맞추기 위해서 속도를 내어야 하는데, 그 일정대로라면 제 생각보다 전체 일정이 빨리 끝날 것 같습니다. 묵시아에 도착하는 시점이 6월 1일 정도로 예상하고 있고, 그 후에 저는 약 5일 정도의 여유 시간을 얻습니다. 그 시간을 포르투갈로 여행을 갈까 어떻게 할까 하는 생각에 잠을 잘 이룰 수가 없었습니다. 오늘 아침에 길을 걸으며 묵시아나 피니스테레에서 숙소를 한 곳 정하여 며칠간 여유로운 명상의 시간과 이번 여정을 정리하는 시간을 갖기로 결정을 하였습니다.

둘이 같이 걷고 있다고 말은 하지만, 실은 따로 또 같이 걷고 있습니다. 아침에 일어나 같이 출발하며 거리를 두고 침묵 걷기를 합니다. 첫 번째 만나는 바에서 음식을 주문하면서 처음으로 서로에게 말을 겁니다. 그리고는 다시 따로 걷습니다. 서로 말이 없어도 불편하지 않고 각자의 상념과 명상, 또는 걸음에 집중하며 걷습니다. 그리고 알베르게에 도착하여 침대를 배정받은 후에 맥주 한잔과 저녁 식사를 같이 합니다. 그래서 같이 걷지만 실은 따로 걷고 있습니다. 그런 관계는 대단히 중요한 관계인 것 같습니다.

또한 맥주 한잔 마시며 종교에 대한 얘기를 성직자와 일반 신도를 떠나 서로를 존중하며 얘기를 나눌 수 있는 것도 큰 즐거움입니다. 그분은 비록 천주교 수사신부님이지만 늘 한국의 정서 밑바닥에 깊이 남아있는 한국 불교의 발전과 성장을 진심으로 기리고 있는 열린 신부님이십니다. 신부님과 수녀님들을 위한 영적인 상담을 해 주시는 지도자로 활동하시면서, 종교에 입문하신 분들의 교육을 담당하시고 계신 수련원장이시기도 합니다. 올핸 안식년을 맞이하여 휴가 중에 산티아고에 오셨다고 합니다. 제가 종교적인 이론이 많이 부족하고, 불교에 대한 이해 역시 많이 부족하지만, 그분께서는 제 얘기를 경청해 주시며 존중해주십니다. 그분과 걷고 얘기를 나누며 많은 것을 배우고 있습니다.

아침 일찍 길을 나서는데 고도가 높은 폰세바돈의 하늘에는 달이 떠 있고, 산은 안갯속에 묻혀있습니다. 뭔가 신령스런 분위기가 느껴지기도 하였습니다. 아침 새벽을 열며 길을 걷고 있는데 눈앞에 철 십자가가 나타납니다. 순례자들이 여기에서 소망을 기원하면 이루어진다고 하는 소망의 십자가입니다. 많은 분들이 거기서 기도를 하고 각자의 소망을 돌이나 아니면 따로 준비해 오신 편지나 유품 등을 내려놓으며 진지하게 기도를 하십니다. 저는 순간 무슨 기도를 할까 고민을 하였습니다. 실은 뭔가를 원하는 것이 별로 없기에 따로 기도할 기도문이 없었습니다. 그런데 자꾸 뒤돌아보며 뭔가를 얘기하고 싶었습니다. 그래서 생각해낸 기도문이 '제가 많은 분들과 함께 어울려 행복한 삶을 같이 살 수 있기를 기원합니다.'라는 내용이었습니다. 수사신부님은 500㎞ 이상을 걸어온 분들이 간절히 기도를 하기에 모든 기도는 이루어질 수밖에 없다고 격려의 말씀도 해 주셨습니다.

오늘 걸은 코스, 폰세바돈에서 폰페라다의 코스는 피레네 산을 넘는 경치와 견줄 수 있을 정도로 너무나 멋진 코스입니다. 피레네의 웅장한

폰페라다 가는 산길 　　　　　　　일출

산맥과 그 안에 존재하는 많은 자연의 변화가 사람들을 감동시킨다면, 이 코스는 웅장함보다는 아름다움과 따뜻함, 사랑스러움, 부드러움이 존재하는 멋진 코스입니다. 산새들이 지저귀는 노랫소리는 귀를 즐겁게 하고, 여러 종류의 꽃들이 풍기는 향내는 코를 자극하며, 자연의 부드러운 모습은 눈을 호강시키고, 자연 속을 걸으며 느끼는 행복감은 마음을 더욱 충만하게 만들어줍니다. 또한 제 그림자는 왼쪽에서 걷다가 뒤에서 걷기도 하고, 오른쪽에서 걷기도 하며, 경쾌한 발걸음으로 제 친구가 되어 걸음을 더욱 즐겁게 만들어 주기도 합니다. 그림자와 친구가 되어 저는 홀로 걷고 있습니다.

　해발 1439m에 위치한 곳에서 400m 정도 되는 곳까지 내려오는 길은 물론 결코 쉽지만은 않았습니다. 중간중간 작은 돌들이 많이 깔린 너덜길은 조금이라도 방심을 하면 금방 사고로 이어질 수 있는 코스이기도 합니다. 하지만 그런 위험성은 걷기의 즐거움에 빠져있는 저에게 경각심을 주어 심리적인 균형을 잡아 줍니다. 그래서 아무 탈 없이 잘 내려와 숙소를 잡을 수 있었습니다.

　이곳 알베르게는 숙박료가 정해져 있지 않고, 모두 기부금제도로 운영하는 곳으로, 모든 자원봉사자들의 얼굴에는 행복이 가득합니다. 거기에서 제가 제일 예뻐하는 젊은 여성 윤○○ 씨를 다시 만났고, 저보다는 조금 더 연세가 드셨지만, 밝은 에너지만큼은 저의 두 배 정도 되는 스페인 친구 페르난도 씨와 친구 분을 만나 서로 반가운 인사를 나누기도 하였습니다. 카미노에서 만난 분들은 서로의 지위, 나이, 성별, 국적을 떠나 서로에게 도움이 되려고 노력하고 마음을 열고 먼저 다가가기도 하지만, 서로를 묶으려고 하지 않고 자유롭게 만났다 헤어짐을 반복합니다. 이런 자유로움은 사람 인연에 연연해하는 우리의 삶 속에 관계의 무상함을 가르쳐주기도 합니다.

오늘은 길을 걸으며 가장 행복한 하루였습니다. 코스가 너무나 아름다웠고, 더 이상 제 마음을 어둡게 하는 어떤 것도 존재하지 않기에 그렇습니다. 다만 행복감에 너무 빠져있지 않기를 바랄 뿐입니다.

마음의 공간

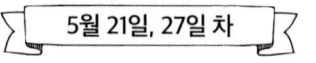

5월 21일, 27일 차

PONFERRA에서 PEREJE, 28KM

오늘 아침에 기분이 좋지 않았고, 마음도 무거웠다. 그 이유 중 하나가 어젯밤에 잠을 자고 아침에 일찍 일어나면서 같은 방에서 자고 있는 독일인 순례자에 대한 미안함이었다. 비록 아무 말씀도 하시지는 않았지만, 자는 중간에 두 번이나 깨어 화장실 다녀오고, 새벽에 잠이 오지 않아 여러 번 뒤척이며 그분의 잠을 방해했다. 새벽 4시 조금 넘은 후에는 잠에서 깨어 밖에 드나드는 횟수도 잦아 그분의 잠에 방해를 많이 했다는 생각이 나의 마음을 무겁게 했다.

또 다른 하나는 함께 걷고 있는 수사신부님은 내 위의 침대를 쓰면서도 뒤척이며 내 잠을 방해한 적도 없었고, 일찍 일어나 짐을 꾸리는데 남의 잠을 방해하시지 않을 정도로 조용하고 차분하게 준비하셨는데, 그에 반해 나의 움직임은 많이 부산했고 시끄러웠으며 주변 사람들을 불편하게 했다는 것이다. 그런 점이 내 마음을 무겁게 했다. 나름대로는 신중하게 행동하고 타인에 대한 배려에 신경을 많이 쓰고, 움직임이 그렇게 부산하다고 생각을 하지 않았는데, 단체 생활하는 이곳에 와서 지내면서 나의 경박함을 알게 되면서 마음이 불편해졌다. 나 자신의 행동이 그렇게 경박하다는 것을 처음으로 느낀 날이었다.

어젯밤부터 나 자신의 모습에서 뭔가 익숙하지 않은 낯선 느낌이 들기 시작했다. 어제 오후에 숙소에 들어 편한 휴식 시간을 보내고 있었는데, 아무것도 하지 않는 그 순간이 내게는 편하면서도 그런 편함이 익숙하지 않아 괜히 뭔가를 해야 한다는 생각에 사로잡혀 있었다. 아무것도 하지 않아도 된다는 생각과 그런 순간이 내게는 좋고 편안한 시간임에도 불구하고 익숙하지 않아 불편했던 것이다. 늘 뭔가를 생각해야만 하고, 목적을 향해 행동을 해야만 하는 것에 익숙한 내게 갑자기 주어진 여유로운 휴식의 순간은 당황스러웠다.

어젯밤에 같은 방에서 머물렀던 독일 순례자에 대한 미안함과 어제 오후 시간의 어색하고 불편한 마음에 대해 생각을 하며 걷고 있었다. 그런데 어느 순간 그런 생각들이 모두 사라지고, 아무런 생각이 들지 않기 시작했다. 억지로 생각을 끌어 들여와도 바로 사라졌다. 예전과는 반대의 상황이다. 예전에는 생각을 없애려 해도 곧바로 생각이 나를 사로잡았는데, 이제는 생각을 떠올리려 해도 생각이 자리를 잡지 못한다. 상념들이 사라지면서 저절로 찾아온 익숙하지 않은 고요함 때문에 일순간 당황스럽기도 했다. 모든 상념들이 사라진 자리에 넓고 편안한 공간이 있고, 그 공간을 바라보고 있는 사람이 있었다. 조금 더 자세히 살펴보니, 그 넓은 공간과 공간을 바라보는 사람과, 그 둘을 내려다보는 다른 누군가가 또 있었다. 그 외에는 적막함만 남아있었다. 일부러 생각을 불러일으켜도 자리 잡지 못하고 곧 사라지며, 단지 그런 장면만 저절로 떠오른다. 마치 진공관 안에 들어있는 듯한 느낌이 들면서 모든 것이 정지된 느낌이 들었다. 그들 외에는 어떤 것도 들어올 틈이 전혀 없었다.

이제는 홀로 조용히 걸을 순간이 온 것이다. 함께 걷던 신부님께 조용히 홀로 걷겠다고 양해를 구했다. 숙소에 도착하기 전, '이 또한 지나가리라'라는 생각이 갑자기 떠올랐다. 시간이 흘러가면 저절로 삶의 질서가 만들어지는데, 내가 만나고 싶은 환경이 왔다고 홀로 걷겠다는 이기적인

앞서 걷고 있는 수사신부님

생각이 들었다는 것을 알게 되었다. 삶은 내가 선택하고, 판단하고, 결정하는 것이 아니라는 것을 그 순간 깜빡 잊었다. 내 공부를 위해 홀로 걷고 싶다고 스스로 판단하고 결정하는 것 자체가 이미 공부와는 멀리 떨어진 결정이라는 생각이 들면서 나의 이기심과 어리석음을 다시 한 번 확실하게 볼 수 있었다. 그것이 내가 살아온 익숙한 방법이었다. 그런 패턴에 익숙했기에, 내가 원하는 삶과 대치되거나 방해되는 것들은 뿌리치고 거부하는 방식을 택해왔던 것이다.

그 생각이 들기 시작하자 마음이 서서히 변하기 시작했다. 공부는 삶 속에서 이루어지는 것이지 불편하고, 어색하고, 싫어하는 상황을 모두 피해서 하는 공부는 이미 살아있는 공부가 아니고, 죽은 공부라는 생각이 들기 시작했다. 그래! 이것이다. 그냥 주어진 상황을 거부하거나 물리치려 하지 말고, 그 상황을 수용하고, 그런 환경 속에서 공부는 계속 지어가는 것이다. 아직도 내 마음속에는 여유로운 공간과 바라보는 자와 그 두 가지를 모두 함께 보고 있는 자를 확실하게 볼 수가 있었다. 그 상황이라면 어떤 상황에서도 공부를 지어갈 수 있고 또한 그런 환경은 공부에 힘을 실어 줄 것이다. 숙소에 도착해서 샤워와 빨래를 마친 뒤에 수사님과 맥주를 한잔하며 오늘의 경험을 말씀드렸다. 당신도 오늘은 몸이 힘들었지만 모든 것이 정지된 느낌을 받아서 좋았다고 하시며, 오늘 나의 경험이 중요한 것이라고 격려의 말씀을 해 주셨다. 길동무는 이런 것이다. 서로의 삶에 방해를 하는 것이 아니고 어떤 상황도 인정하고 이해를 해주며 함께 걷는 것이다. 길동무에게 감사를 드린다.

저녁 식사시간 때 작년 3월부터 여행을 같이 하고 있는 커플을 만났다. 금년 말경 결혼을 할 예정인 이 커플은 나와 만나는 그 순간 서로 냉전 상태였기에 가벼운 눈인사만 하며 일부러 모른 척하고 지나쳤다. 저녁에 그들은 이미 화해를 한 상태였다. 남성은 한국에서 핸드폰 대리점을 운영할 때에는 한국을 벗어나서는 살 수 없다고 생각했는데, 1년 이상 해외여행을 다니다 보니 외국에서도 얼마든지 살 수 있다고 얘기를 했고, 한국의 친구들과 만날 때마다 그들의 얘기를 들으면 답답한 느낌이 든다고 말하기도 했다. 그들은 서로 다툼의 과정을 통해서 서로 소통하고 문제를 해결하는 방법을 알게 되었다고 한다. 그들 역시 이번 여정을 통해 삶 속에서 살아가는 방법을 터득해가고 있고, 그런 체득을 통해 행복한 삶을 살아갈 수 있는 공부를 하고 있다. 삶은 갈등과 그 갈등을 해결하는 연속적인 과정으로 이루어져있다. 그들 삶에 행복이 늘 함께 하길 기원한다.

아내

PEREJE에서 OCEBREIRO, 25KM

오늘은 아침부터 참 편안하게 걷고 있었다. 땅을 쳐다보고 걷다가 갑자기 신고 있는 노란색 등산화가 눈에 들어왔다. 산티아고에 갈 때 신으라고 아내가 미리 구입을 해 놓은 것이다. 물론 오기 전 서너 달 전부터 그 신발을 신고 걸어서 내 발에 익숙해진 등산화이다. 바지는 기능성이 좋은 등산복인데 예전에 구입한 것이라서 바지통이 넓다고 아내가 여기 오기 전에 바지통을 줄여 준 것이다. 그래서 엉덩이 쪽은 넓고 다리통은 좁아 보기에는 허술해도 편하기는 그만이다. 등산복 상의와 내의 역시 모두 아내가 사준 것이다. 결혼 후 필요한 물건을 내가 직접 구입한 적이 거의 없다. 필요한 물건 얘기를 하면 모두 아내가 품을 팔아 싸게 좋은 품질의 물건을 잘 사온 덕분이다. 돈을 절약하고 필요한 물건을 미리 구입해 놓는 아내의 '생활의 지혜'이다. 아내는 늘 그렇게 싸게 세일하는 품목을 필요할 경우를 대비하여 미리 구입해 놓는다. 게다가 못 쓰는 우산으로 만들어 준 파우치 백은 세면 가방으로 잘 쓰고 있으며, 등산 배낭의 레인카바가 바람으로 날리지 않게 상하, 좌우로 연결하는 끈을 달아 주어서 지금 잘 사용하고 있다.

그러고 보니 내가 입고 생활하는 모든 것은 아내의 손길과 정성이 담긴 것이다. 걷기동호회 모임에 나갈 때에도 아내는 늘 도시락을 직접 싸 준다. 다른 사람들은 대부분 그날 먹을 점심과 간식을 사서 갖고 오는

데, 아내는 매번 도시락과 과일을 준비해 준다. 산티아고에서 빨래를 하면서 손가락 끝이 조금씩 갈라지는 느낌을 받으며 아내 생각을 많이 했다. 아내의 고운 손이 많이 거칠어졌다. 그 손을 보면 너무나 미안하다. 아내의 희생과 따뜻한 정성으로 나는 늘 편안하게 잘 지낼 수 있었다. 오늘 길을 걸으며 내가 착용하고 있고 배낭 속 물건들 모든 것이 아내가

갈라시아 경계석

준비해줬다는 생각에 아내 생각이 많이 나고, 아내의 배려와 정성에 감사함을 많이 느꼈다.

언제부터 내가 걷기를 했나 가만히 생각해 보았다. 사업으로 힘들어 하던 때, 고혈압 판정을 받았고, 그 이후 심한 불안 증세로 응급실을 내 집 드나들듯 자주 이용했다. 갑자기 죽을 것 같은 불안감에 견딜 수 없어서 응급실을 자주 갔다. 거기서 해주는 것은 아무것도 없었다. 간단한 검사와 병원에서 괜찮다는 얘기를 듣는 것으로 마음이 조금 편안해져 집으로 와서는 잠을 잘 수 있었다. 그런 일이 계속되자, 병원 대신에 그런 불안감이 들면 밤이건 새벽이건 두어 시간을 뛰거나 걷다가 지쳐서 돌아온 후에 잠이 들기도 하였고, 평상시에도 불안감이 느껴지면 많이 걸으며 조금씩 심리적인 안정을 찾았다. 일 년간 북한산을 100회 정도 올랐던 것도 바로 그런 불안감으로부터 벗어나기 위한 안간힘이었다.

사업이 어려워지면서 집은 은행에 담보로 들어가 있었고, 회사를 폐업하면서 다른 인테리어 회사에서 고정 급여 대신 매출 인센티브를 받는 영업임원으로 근무하며 빚을 갚아가고 있는 시점이었으며, 아이는 예중에 다녀서 돈이 제법 들어가는 상황이었다. 낮에는 영업을 하고, 밤에는 불안감에 잠을 못 자는 생활이 계속되었지만, 그래도 살아야 한다는 생각에 살기 위해 열심히 걷고 뛰었다. 마라톤도 그때 시작을 하였고, 걷기는 일상이 되었으며, 주말에는 산으로 돌아다녔다. 그러다 양쪽 무릎 연골이 파열되어 수술을 받은 후에, 뛰거나 등산을 할 수 없어서 걷기밖에 할 수가 없었다. 그런 상황이 계기가 되어 걷기 동호회에 가입을 하여 꾸준히 걷기를 하였고, 그 덕분에 지금 나는 산티아고 800㎞를 여유롭게 걷고 있다.

　지금의 내가 된 것은 모두 아내 덕분이다. 내가 아무리 사업이 힘들고, 생활비를 가져다주지 못해도, 아내는 단 한 번도 잔소리를 하거나 불평을 얘기한 적이 없었다. 늘 그 자리에서 자신의 역할에 충실하며 우리 가족과 가정을 든든하게 지켜주고 있었다. 아내는 내게 스승 같은 존재이고, 친구이자, 영원한 동반자이다. 그래서 나는 아내를 사랑하며 존경한다. 지금까지는 아내가 나를 지켜주었지만, 앞으로는 내가 평생 옆에서 지켜줄 것이다. 오늘은 걸으며 아내에 대한 고마운 생각을 많이 한 날이다. 비록 아내와 나는 지금 거리상으로 많이 떨어져있지만, 오늘 해발 500m에서 1,400m까지 올라오는데도 아내 생각을 하며 전혀 힘들이지 않고 힘차게 걸을 수 있었다. 아내라는 존재가 주는 감사함과 따뜻함과 사랑이 있기에 가능한 것이다. 그래서 거리는 사실상 전혀 중요하지 않다. 사람들 간의 관계에서도 역시 거리는 별로 중요한 것이 아니다. 서로에 대한 존중과 배려와 사랑의 마음이 있는 한, 어떤 것도 그 관계를 해칠 수는 없다. 오늘은 아내 생각을 많이 했다. '여보, 앞으로는 힘든 일은 모두 내게 맡기고, 당신은 편하고 좋은 것만 생각하고 즐겁고 건강하게 살기를 바랍니다. 늘 너무 미안하고 사랑하고 고맙습니다.'

수치감

OCEBREIRO에서 SARRIA, 46.5KM

어젯밤에 스페인 순례자들이 내게 코골이가 심하다고 내 동료에게 얘기하는 것을 듣고 불쾌했다. 나는 그 순례자들과 어느 알베르게에서 같이 머물렀는지 전혀 기억이 나지 않는다. 아무튼 코골이로 사람들에게 피해를 끼쳤고, 일찍 일어나 부산을 떠는 것은 단체생활에서 다른 순례자 분들에게 불편을 주는 행동이기에 좀 더 조심해서 행동해야겠다는 생각을 다시 한 번 했다. 아침에 걸으며 어제 그 일이 왜 그렇게 불쾌했고 화가 났을까 곰곰이 생각을 해봤다. 그들의 무례한 언행과 직접 내게 얘기를 하지 않고 나와 같이 걷고 있는 신부님에게 그런 말을 했던 점이 불쾌했고, 그들의 그런 태도 이면에 동양인에 대한 차별하는 마음이 있을 것이라는 생각도 들어서 더욱 불쾌했다. 그런 이유로 무시당했다는 생각도 하게 되어 화가 더 많이 났다.

'무시'라는 단어가 떠오르자 여러 가지 생각이 떠올랐다. 초등학교 때 공납금을 내지 못해 학교에서 쫓겨났던 일이 제일 먼저 생각이 났다. 그때의 창피했던 기억이 아직도 생생하게 떠오른다. 고등학교 때 수학여행 비용을 낼 형편이 되지 못해 친구들이 돈을 모아주어서 냈던 기억과 서클 섬머캠프 비용도 선배 회원과 동기들이 내주었던 기억도 떠올랐다. 그런 기억들은 고맙다는 느낌보다는 창피하다는 느낌이 많다. 대학교를 일류대학에 입학하지 못해 주위 사람들에게 무시당했던 기억도 있었다.

그런 여러 경험들이 열등감을 만들었고, 그 열등감에서 벗어나려 발버둥 쳤던 기억도 떠올랐다. 또한 사업을 하면서 고객 회사의 여러 가지 갑질 행동, 심지어는 어느 고객 회사의 임원이 내 앞에서 우리가 준비해 간 도면을 집어 던졌던 기억, 직원들이 동시에 사표를 쓰고 나갔던 기억도 떠올랐다. 그런 기억들의 이면에는 억울하고 무시당하고 있다는 생각이 깔려있었고, 그로 인해 많은 분노를 안고 살아왔다.

결국 내면에 쌓여있던 무시당했던 기억들이 분노와 억울함으로 나를 괴롭혔고, 주변 사람들이 내 의견에 이의를 제기하거나 내 연락에 즉각적으로 반응하지 않으면 무시당한다는 생각에 화가 많이 나기도 했다. 또한 아내와 가끔 말다툼을 할 때에도 아내가 나를 무시하고 있다는 생각이 들어 한동안은 힘들기도 했다. 아내는 영문도 모른 채 버럭 화를 내는 나를 견뎌내느라 많이 힘들었을 것이다.

동사섭이라는 프로그램에 동참한 적이 있었다. 그 프로그램 내용 중, 앉은 자세에서 볼펜을 자신의 왼쪽에 놓은 후, 볼펜을 독배라 생각하고, 마신 후에 볼펜을 자신의 앞으로 옮기는 프로그램이 있었다. 나는 내가 제일 먼저 해낼 줄 알았다. 마음을 안정시킨 후에 그런 상황에 몰입해가자 상황이 완전히 변했다. 그 볼펜을 옮기는 데 너무나 힘이 들었다. 맨처음에는 독배를 마시지 못하는 이유가 아내, 아이 때문이라고 생각을 했는데, 곰곰이 마음을 살펴보니 그 이유는 아니었다. 그 다음에는 가족들, 친구들이 떠올랐고, 그들 역시 내가 독배를 마시지 못하는 이유에 해당하지는 않았다. 한참 시간이 흐른 후에 내면에 있는 억울함이 올라왔고, 심지어는 어떤 사람들을 죽이고 싶은 강한 폭력성이 드러나기도 하였다. 사람과 상황들이 떠올랐으며 그들로 인한 억울함과 서러움이 같이 올라왔다. 한참을 운 후에 결국 내가 가장 늦게 볼펜을 옮겼다.

산과 구름

　어제의 일은 내면에 남아있는 무시당하는 것에 대한 창피함과 수치심으로 분노가 올라온 상황이었다. 그들은 공동단체 생활의 불편함을 얘기했던 것뿐인데, 내가 그들의 의사를 감정적으로 받아들여 분노를 느꼈던 것이고, 그 이면에는 창피함과 무시당했다는 생각이 깊이 들어있었다. 신부님에 의하면 그들은 심각하게 화를 내고 얘기한 것이 아니고 장난스럽게 얘기를 한 것이라고 하였지만, 내게는 그렇게 들리지 않았다. 사실을 사실대로 받아들이면 내가 사과를 하고 조심하겠다고 하면 끝나는 일이었는데, 괜히 그 사람들을 마음속으로 욕하고 그들에게 적의를 느끼고 있었다.

　사람들과의 관계에서 가장 힘들었던 부분이 오늘 떠오른 것이다. 정확하게 볼 수 없었던 부분, 아니면 감추고 싶었던 부분이 선명하게 떠올랐다. 그래서 무시당했다는 생각이 들면, 사람들과의 관계를 단절하거나, 불편함을 참고 좋은 이미지를 심어 주려고 억지로 노력을 하거나, 거리를 멀리했다. 그런 상황들은 남의 눈치를 보게 했고, 동시에 분노와 억울함과 적의의 감정을 갖게 하였다. 오늘 그 감정을 명확하게 볼 수 있었다. 아무것도 아닌 것을 스스로 어렵게 만든 것이었다.

오전 내내 그런 생각을 하느라 어떻게 걸었는지 기억이 나지 않는다. 하지만 아주 중요한 체험이었고, 그 과정을 자세히 들여다볼 수 있는 좋은 계기였다. 다행스럽게도 그런 일들이 최근에는 별로 없었는데, 어제 다시 그런 일이 일어났던 것이다. 고마운 일이다, 산티아고 길을 걸으며 내 감정과 아주 솔직하게 만날 수 있게 되어서. 또 돌이켜보면 나 역시 많은 사람들을 무시했다는 생각이 들어 그들에게 진심으로 사과를 하고 싶다. 경제적으로, 사회적으로, 학력으로, 기타 여러 상황적으로 나보다 못하다고 생각한 사람들을 무시했고, 진실한 인간관계로 대하지 못했다는 생각에 너무나 미안하다는 마음이 들면서 그들에게 진심으로 참회를 했다.

오늘부터 더위와 햇빛과의 전쟁이 시작되었다. 온몸이 땀으로 젖었지만, 기분은 좋았다. 바에서 맥주를 한잔하다가 모녀가 함께 앉아 다정하게 얘기 나누는 모습을 보고 말을 걸었다. 60대 어머니와 함께 온 30대 후반의 멕시코 여성은 미소가 아주 아름다웠는데, 어머니의 발바닥을 마사지하고 있었고, 그 모습이 너무나 보기 좋았다. 어머니는 론세스바에스에서 출발을 하였고, 자신은 10일 전부터 합류하여 엄마와 함께 걷고 있다고 했다. 그들은 서두르지도 않고, 정답게 얘기하며 천천히 길을 걷고 있었다. 그들은 본 순간 그 모습이 너무 아름다워 감동을 받았고, 또한 그들의 걷는 마음가짐에 감동을 받았다.

나는 지금까지 마치 질주하는 열차처럼 걷고 있었다. 거리의 풍경도 물론 보고 걷지만, 주로 내면의 상태를 바라보느라 정작 걷기를 즐기지는 못하고 있었다. 많은 분들이 시간 날 때마다 일정 구간을 걷고, 다음 해에 다시 와서 걷기도 한다. 그들은 걷기를 정말로 즐기고 있었다. 근데 나는 걷기는 하고 있지만 즐기고 있다는 생각보다는 기일 내에 산티아고에 도착해야 하고, 그 후에 피니스테레와 묵시아까지 가야 한다는 생각에 정작 걷기 자체를 즐기지는 못한다는 생각이 들기 시작했다. 그런 생각이 들자 걷기에 대한 나 자신의 태도를 바꿀 필요가 있다는 생각이 들기 시작했다. 같이 걷고 있는 신부님은 일정이 빠듯하여 6월 1일까지 묵시아까지 다녀와야 하기에 서두르고 있었고, 보름 정도 같이 속도를 맞추어왔기에 덕분에 나에게는 5, 6일 정도의 여유 기간이 생겼다. 숙소에 도착하여 신부님에게 산티아고에서 도착한 6월 1일 이후에는 홀로 걷겠다고 하였고, 흔쾌히 동의를 하셨다.

지금까지 내면의 세계와 대화를 했다면, 앞으로는 편안하게 자연과 대화를 하며 걷고 싶다. 자신의 내면을 정화하는 법에는 두 가지가 있다. 내면의 오염을 씻어내는 것과 맑은 물을 많이 부어 오염의 수준을 낮추는 것이다. 굳이 오염을 완벽하게 없애려 하는 것보다는, 맑은 물을 많이 부어 오염의 수준을 낮추는 것이 오히려 더욱 인간적일 수도 있다. 그 방편으로 걷는 것 자체보다는 자연을 느끼며 걷고, 사람들과 웃으며 대화하고, 마음이 흐트러지지 않도록 매 순간 하는 일에 집중하는 것이 좋은 방법이 될 수도 있다.

사소한 일 덕분에 내면의 감정과 직접 만났고, 그런 만남은 나를 자유롭게 해주었으며, 남은 일정을 행복하게 보낼 수 있게 해주었다. 내게 코골이 얘기를 해주신 그 스페인 순례자 분들에게 감사를 표한다.

관계의 무상함

SARRIA에서 PORTOMARIN, 23KM

오늘부터는 여유롭게 걷기로 마음을 먹었고, 같이 걷고 있는 신부님과도 그리하기로 합의를 하였다. 신부님 역시 주어진 시간 때문에 그동안 속도를 내었는데 스스로 급한 마음을 내려놓고 편하게 걷겠다고 마침 생각을 하고 있었다고 하셨다. 늦잠을 잔 후에 아침 7시 조금 넘어 출발을 하였다. 사리아에서 많은 사람들이 모이기 때문인지 사람들이 많이 보이고, 카페에도 앉을 자리가 없을 정도로 사람들이 많이 모여 있다. 그런 번잡한 곳에 들어가기가 싫어서 계속 지나가다 사람이 없는 한적한 곳에서 오렌지 주스와 빵 한 쪽으로 아침 식사를 마쳤다. 이제는 이런 일상과 아침 식사가 익숙하다. 이 지역은 주변이 산으로 둘러싸여 있고, 지대가 낮은 곳이라 그런지 안개가 가득하다. 어제 높은 곳에서 보았던 구름이 머물렀던 지역이다. 그곳을 걷고 있으니 구름 속을 걷는 느낌이 들고 안개비 때문에 온몸에 물기가 스며들었다. 가랑비에 옷 젖는다는 느낌이 바로 이런 느낌일 것이다.

이제야 어떻게 걸어야 하는지 알게 된 것 같다. 숙소도 앞으로는 공립보다는 사립에서 머물 생각이다. 산티아고와 가까워지면서 사람들이 늘어나고, 숙소 잡기도 쉽지 않다. 어제부터 사립에 머물면서, 내일 도착지의 숙소 예약을 부탁하니 편하다. 숙소에 대한 부담만 없어도 걷는 것은 훨씬 편하게 걸을 수 있다. 목적지인 산티아고까지 100㎞ 이내로 진입했

길가의 십자가

다. 앞으로 나흘 뒤에는 산티아고에 도착한다. 그간 날씨도 좋았고, 너무 좋은 시기에 행복하게 걸었다. 어제부터 시작된 더위와 강한 햇빛은 마지막 시련일 수도 있지만, 오히려 멋진 추억을 선사할 수도 있다. 전반적으로 이번 여정은 아주 좋은 시기를 택한 것 같다. 그런 기후에 감사함을 느낀다.

편안한 걸음을 하니 주변이 더욱 잘 보이고 주변 사람들에게도 관심을 갖게 된다. 언덕길을 오르는데 약 여든 정도 되어 보이는 노부부가 아주 천천히 걸어가고 계셨고, 그 뒤를 50대 중반의 남성이 따르고 있었다. 거의 대화도 없지만 마치 중요한 의식을 치르듯 그들은 그렇게 침묵 속에서 엄숙하게 걷고 계셨다. 뭔가 질문을 드리고 싶었지만 숭고한 침묵 걷기를 방해하는 것 같아서 '부엔 카미노'로 인사를 대신하며 지나쳤다. 아마 이번 길이 그 노부부의 마지막 여정이 될 수도 있을 것이다. 그런 길을 아들이 뒤에서 묵묵히 따르고 있다. 아름다운 모습이다. 그런 분들에게 왜 산티아고에 오셨으며, 어디에서 출발하셨고, 국적은 어디이고 나이는 얼마나 되는지라는 질문들은 너무나 큰 결례가 될 것이다. 아들이 부모님을 모시고 이런 침묵의 걷기를 한다는 것 자체가 이미 울림이 크다.

미국 플로리다에서 왔다는 교수님을 만났다. 여섯 명의 학생들과 함께 카미노 길에 대한 연구를 하기 위해 오셨다고 한다. 카미노와 스페인 문화의 연관성, 경제적 가치, 사람들이 왜 찾는지에 대한 연구를 위해 오셨고, 약 2주간 100㎞ 정도를 걸으며 사람들과 인터뷰도 하며 자료를 수집하러 오셨다고 했다. 내게는 왜 왔냐고 물어서, 인생 2막을 준비하기 위해 왔다고 대답을 하였다. 특히 상담, 명상, 걷기를 접목한 프로그램을 기획하여 누군가에게 도움을 주고 싶다고 하였더니 자신도 명상에 관심이 있고, 매일 명상 수련을 한다고 하였다. '나는 누구인가?'에 대한 명상을 하며 자신의 내면을 깊이 들여다보고 있다고 하였다. 동양의 화두선에 대해서는 들은 적은 없지만, 그분은 이미 화두선을 하고 있었고, 화두를 들고 있었다. 한 가지 차이점은 한국에서는 화두를 스승님으로부터 직접 받는 데 반해, 그분은 스스로 화두를 얻은 것이다. 그분에게 한국에도 올레길이 있다고 설명을 하며 헤어졌다. 올레길에 대한 어떤 연구가 이루어지고 있는지 궁금했고, 동시에 미국은 별 희한한 연구를 하며 자료를 축적하고 있다는 생각이 들면서 한편으로는 부럽기도 하였다.

중간에 패트릭이라는 64세의 미국인을 만났다. 뒤에서 보니 걷는 자세가 너무나 불편해 보여서 말을 걸었다. 왼쪽 골반뼈를 운동하다 다쳐서 티타늄과 세라믹으로 인공관절 수술을 하였고, 재활 훈련 후에 산티아고에 오셨다고 한다. 올해는 반만 걷고, 내년에 예정된 오른쪽 골반뼈 이식 수술한 후에 남은 길을 마저 걸을 계획이란다. 대단한 분이다. 가족들이 걱정하지 않느냐는 질문에, '아내가 없어서 편하고, 아이들은 그냥 가라고 해요.'라고 답변하셨다. 그분의 의지와 노력에 큰 박수를 보내고 싶다. 피니스테레까지 가신다고 하셨고, 거기서 만나자는 기약 없는 약속을 하고 헤어졌다. 하지만 곧 다시 길에서 만날 것이다.

우리네 만남은 이렇게 짧게 만났다 헤어진다. 100년을 산다고 해도 영겹의 세월에 비교하면 한순간에 불과하다. 그런 순간의 삶을 살면서 별의별 일들을 겪고 힘들어 하고 웃고, 울고, 고통받고 즐거워하며 산다. 사람들과의 인연에 연연하고, 누군가 하고는 좋은 관계를 맺고 싶어 하고, 누군가 하고는 멀리 지내고 싶어 하기도 한다. 카미노를 걷다 보면 사람들과의 만남과 헤어짐에 그리 연연할 필요가 없다는 것을 잘 알게 된다. 그냥 그 순간 만났다가, 잠깐 얘기를 하고는 헤어지고, 인연이 닿으면 다시 길에서 만나게 된다. 그래서 그 순간 외에는 따로 만날 수도 없고 만날 필요도 없다. 자연스럽게 걷다가 만나고 헤어진다. 무상이다. 흐름이고, 잡을 수 없으며 늘 변화한다. 그것을 잡으려 사람들은 쓸데없는 노력을 하고 마음먹은 대로 되지 않아 괴로워한다. 그냥 흘러가는 대로 두면 되는 것을.

낮술과 유쾌한 웃음

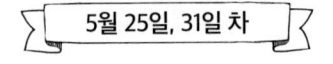

5월 25일, 31일 차

PORTOMARIN에서 PALAS DE REI, 25KM

어제 보이스톡을 하는데 아내가 길동무에게 먼저 연락을 취해보는 것이 어떻겠느냐며 하면서 사람들에게 좀 더 너그러워지면 좋겠다고 하였다. 스스로 생각을 해봐도 나는 그다지 너그러운 사람은 아닌 것 같다. 지난번에도 아내가 형제들에게 좀 더 너그럽게 먼저 다가가라고 얘기를 한 적도 있었다. 아내 얘기를 듣고 어제 바로 길동무에게 내 위치가 어디며, 지금 어디쯤 걷고 있고, 발목 상태는 좋은지 카톡을 보냈다. 답변은 없고 아직도 읽지 않은 상태이다. 답변이 오기를 기다릴 수밖에 없다.

길에서 말을 타고 순례를 하는 세 명의 순례자들을 만났다. 산티아고 오기 전 어느 책에서 그런 순례자들이 있다는 얘기를 들었지만, 어제 처음으로 보고, 오늘 다시 그분들을 본 것이다. 우선 멋있어 보인다. 그리고 부럽기도 하다. 그러면서 동시에 다음 생애에는 그 말들이 금생에 주인을 모시고 순례를 했던 공덕으로 인간으로 환생하여 산티아고 순례를 하면 좋겠다는 생각을 했다. 일설에 의하면 경허선사는 전생에 소였는데, 주인이 그 소 등에 금강경을 올려놓은 인연으로 큰스님이 되었다는 얘기가 있다. 단순히 경전을 올려놓은 인연으로 큰스님이 되셨는데, 주인을 직접 등에 태우고 순례를 하는 공덕으로 그 말들이 내생에 인간으로 환생하여 순례하지 못하라는 법이 있겠는가?

아침 6시 30분에 출발하여 첫 바에서 어젯밤에 구입한 빵과 바나나로 간단하게 식사를 마치고 걷기를 계속했다. 산티아고 100㎞ 전인 사리아부터 걸으면 완주증을 받을 수 있기에, 많은 사람들이 거기서부터 출발을 하기도 한다. 그래서 그런지 며칠 전부터 갑자기 순례자들이 증가하여 바에서 자리를 차지하기도 어렵고, 주문을 하기도 어렵다. 4시간 정도 걸은 오전 10시 30분경 한적한 바를 발견하여 자리를 잡고 맥주와 계란프라이, 감자칩을 시켰다. 순간 웃음이 나왔다. 이 시간에 맥주를 마시고 있는 나 자신의 모습이 너무나 유쾌하고 행복해서. 서울에서는 상상도 할 수 없는 일이 여기서 일어나고 있다. 낮 시간도 아닌 오전에 여유롭게 다른 순례자들의 힘든 걸음을 보며 마시는 술맛은 정말이지 잊을 수 없다.

산티아고에 가까이 오면서 순례자들의 숫자가 증가하여 숙소 예약이 어렵다. 그래서 하루 전날 묵었던 사설 알베르게 주인에게 다음 날 숙소 예약을 부탁하여 편하게 다니고 있다. 앞으로 산티아고에 도착하기 전까지는 계속 이런 방법으로 숙소 걱정을 하지 않고 편안한 걸음을 할 계획이다. 걷는 것은 이제 전혀 문제가 되지도 않는다. 이제부터 모든 순례자들에겐 숙소를 잡을 수 있느냐가 제일 중요한 일이다. 숙소 예약이 되었기에 발걸음을 재촉할 필요도 없고, 여유롭게 주변을 살피며 편안한 걸음을 할 수가 있다. 서울로 돌아가면 아마 이런 여유로움이 가장 그리울 것이다.

바 주변에 주인이 키우는 닭과 병아리 떼들이 한가롭게 걸어 다니고 있다. 예전에 우리나라 시골에서 보았던 풍경이다. 병아리들은 어미 곁을 떠나지 않고, 어미는 새끼들을 잘 이끌고 다니며 생존에 필요한 기술들을 가르치고 있을 것이다. 닭이나 모든 축생들도 자식을 키우고 보살피고 살아갈 수 있는 방법을 가르치고 있는데, 가끔 뉴스에서 보는 무책임한 부모의 모습이 생각나 많이 안타까웠다. 자기 자식을 사랑의 이름으로 소유하려 하지 않고, 살아가는 데 필요한 모든 것들을 부모가 가르친 후에는 소유욕 없이 각자 살아가도록 지켜보고 마음으로 기도하는 것이 부모의 존재 이유가 아닌가 하는 생각을 하기도 했다.

여유롭게 숙소에 도착하여 방에 들어갔는데, 8인실에 별도의 화장실과 샤워실이 있는 편안한 방이다. 거기에서 어젯밤에 같은 방에 머물렀던 젊은 이태리 친구를 만났는데, 갑자기 나를 보며 전날 밤 코를 너무 심하게 골아 잠을 잘 수 없었다고 웃으며 얘기를 한다. 미안하다고 얘기를 하고, 만약 오늘 밤에도 또 그런다면 나를 스틱으로 찌르라고 얘기를 하며 함께 웃었다. 남의 잠을 방해하는 것은 공동생활에서 예의가 아니고, 더군다나 나로 인해 한국인은 코를 심하게 곤다는 소문이 퍼지면 모든 한국인 순례자들에게 미안한 일이다. 오후에 홀로 약국을 찾아다니며 코골이 방지용 패치를 구입했다. 코에 붙이는 패치로, 스프레이보다는 좋을 것 같아 구입을 했다. 이 패치가 역할을 잘 하길 바랄 뿐이다.

세족식과 관욕식

PALAS DE REI에서 RIBADISO DE BAIXO, 26.5KM

얼마 전부터 얘기를 나누고 싶은 부부가 있었는데, 어제저녁에는 그 남편이 먼저 말을 걸어왔다. 부부는 늘 웃는 인상이라 호감이 들어 그렇지 않아도 한번 같이 식사라도 하면서 얘기를 나누고 싶었던 참에 잘되었다. 작년에 남편이 교직에서 정년퇴임을 한 후에 50일 정도 유럽 배낭여행을 다녀오셨고, 부인도 올해 교직에서 명예퇴직해서 같이 오셨다고 한다. 남편이 유럽 배낭여행을 다녀온 후에 사고방식이 많이 젊어지셨다는 부인의 말씀이 힘이 되었다고 말씀하시며, 지금은 같이 다니면서 부인이 그렇게 변했다고 생각하고 계신다. 두 분의 행복한 걸음걸이를 보며 괜히 내 마음이 행복해진다.

남편께서는 선배들의 퇴직 후 삶이 천편일률적인 모습을 보며 당신 스스로는 그렇게 살기 싫어서 유럽 배낭여행을 감행하셨다고 한다. 대부분 퇴임을 한 후, 일 년에 해외여행 한두 번, 골프 두어 달에 한 번, 술자리와 등산 몇 번 하며 지내는 선배들의 삶을 보며 당신 스스로는 그렇게 살면 안 되겠다는 생각을 하셨고, 인생 2막을 위한 준비 작업으로 배낭여행을 감행하셨다고 한다. 지금은 두 번의 여행을 통해서 앞으로 살아갈 방향이 어느 정도 정립이 되었고 모든 문제를 스스로 해결할 수 있는 자신감도 생겼다고 하셨다. 그 방향에 대해서 여쭤보지는 않았지만, 나 역시 그런 이유로 산티아고에 왔다고 말씀을 드렸다. 인생

2막을 멋지게 준비하시는 그분들의 삶이 앞으로 찬란하게 펼쳐지길 기원한다.

인공관절의 주인공 패트릭과 함께

오늘은 아침부터 비가 내렸다. 실은 며칠 전부터 비가 오면 좋겠다는 생각을 하고 있었기에 너무나 반가웠다. 지난번 순례자 병원에서 세족식을 한 후에 비를 통해 산티아고 길에서 몸 전체를 정화하는 의식을 나름대로 치르고 싶었다. 불교에서 석가탄신일에 행하는 관욕식 같은 의미로. 이 길을 걸은 후에 새로운 나 자신으로 태어나길 바라는 의미에서 비를 통한 정화의식을 하고 싶었는데, 때맞춰 비가 내렸다. 나는 아예 비를 맞을 준비를 하고 칠 푼 바지와 샌들, 우비를 쓴 뒤에 걸음을 시작했다. 비는 생각보다 거센 바람과 함께 많이 내렸고, 가끔 천둥과 번개도 쳤지만, 지난번 언덕길을 홀로 빗속을 뚫고 걸었던 경험 덕분에 두렵기보다는 오히려 반갑고 고마운 비였다. 나는 비를 즐기고 있었다. 우비 위로 떨어지는 빗방울 소리는 내게 음악 소리처럼 들려서 그 장단에 맞춰 홀로 춤을 추기도 하였다.

그렇게 어느 정도의 시간이 흐른 후에, 참다운 정화를 위한 참회의 시간이 필요하다는 생각에 참회진언문인 '옴 살바 못자모지 사다야 사바하'를 계속 외우며 걸었다. 그렇게 걷다 보니 마음속에 환희심이 올라와서 지나가는 순례자들에게 기쁜 마음의 소리, '행복하세요, 당신의 얼굴이 평화로워 보입니다. 당신이 최고입니다' 등을 표현하기도 하였다. 산티아고에 도착하기 전까지는 참회진언을 하고, 그 이후부터는 관세음보살 정근을 하겠다는 생각도 떠올랐다. 새로운 사람으로 태어나기 위한 참회의 기도가 끝난 후에는 앞으로 어떻게 살 것인가에 대한 발원의 시간이 필요하다. 나는 앞으로 걷기, 상담, 명상을 접목한 프로그램을 준비하여 심신이 힘든 분들을 위한 나눔의 삶을 살고 싶다. 그런 삶에 대한 발원으로 관세음보살 정근을 하기로 결정하였다. 세상의 고통스러운 사람들의 소리를 들으시고, 보시고, 그분들의 고통을 덜어주시고, 원하는 바를 이루어 주시는 관세음보살 정근을 하기로 한 것이다. 지난번에 받았던 세족식, 오늘 비를 통한 몸의 정화의식과 참회진언을 통해서 새로운 나로 태어나고, 앞으로는 타인의 고통을 덜어주기 위한 삶을 살겠다는 서원은 산티아고 순례 길에 걸맞은 일이다.

오늘 빗속을 걸으며 패트릭을 만났다. 왼쪽 엉치뼈를 인공관절로 수술한 후에 산티아고 길에 왔다는 그분과 함께 우비를 입고 빗속을 뚫고 나왔다는 현장감 있는 사진을 한 컷 찍고, 다음에 만날 때 선물을 드리기로 하고 헤어졌다. 그분의 인간 승리에 감사를 드리고, 오른쪽마저 수술한 후에 나머지 산티아고 길을 걷겠다는 그분의 소원이 이루어지길 마음 모아 기도했다.

오늘 비는 비록 거세고 많이 왔지만, 순례자들은 모두 그 속에서 행복한 웃음을 잃지 않고 걷고 있다. 젊은 연인은 서로 화음을 맞춰 노래를 부르며 걷고 있고, 자전거 순례자들은 환호를 지르며 지나간다. 나 또한 환호로 대답한다. 그중에 으뜸은 영국인 아줌마 세 분으로 내 종아리 뒷부분 중 햇볕에 그을린 부위에 관심을 보이신 분들이다. 그분들과 어울려 함께 노래 부르고 춤을 추기도 하였다. 나는 스틱으로 박자를 맞추고 위로 쳐들어 흔들어대기도 하였고, 그분들은 빗물로 샤워 춤을 추기도 하셨다. 그분들은 나의 얼굴과 이름을 기억하지 못한 채 내 종아리 뒷부위만 기억했고, 나 역시 그분들의 얼굴을 기억하지 못한 채, 환한 미

소만 기억난다. 빗속에서 춤을 추고, 노래하고 웃을 수 있는 모든 순례자들에게 '부엔 카미노!'

천화 遷化

RIBADISO DE BAIXO에서 PEDROUZO, 22.5KM

내일이면 드디어 산티아고에 입성한다. 800㎞를 한 달여에 걸쳐 걸었던 길고 긴 그 여정이 마무리된다. 어젯밤에는 산티아고에 곧 도착한다는 사실 때문에 잠을 잘 이룰 수가 없었다. 출발 전에는 과연 완주할 수 있을까라는 걱정이 들기도 했으나 너무나 행복하고 편안하게 걸었고 드디어 내일이면 도착을 한다. 제일 먼저 떠오른 생각은 그간의 사진과 글을 잘 정리하여 강의안을 준비해야겠다는 생각이다. 어딘가에서 강의를 부탁한 것도 아니지만, 혹시나 누군가 또는 어떤 단체에서 다녀온 소감을 나눠 달라고 할 경우에 대비하여 기본적인 강의안을 준비하고, 추후 강의 목적에 맞게 편집을 할 수 있도록 하고 싶다. 경험을 나누는 것도 중요하지만, 그것보다는 카미노에서 느꼈던 점을 잘 정리하여 앞으로 살아가면서 힘들거나 난관에 봉착했을 때 그 자료를 통해서 마음을 가다듬을 수 있도록 마음의 준비를 하겠다는 생각을 했다. 묵시아에 도착하여 며칠간 여유 시간이 있을 때 차분히 정리하려 한다. 또 그와는 별도로 포르투갈 오포르투(Oporto)나 리스본을 하루이틀 정도 다녀올까 하고 생각을 해 보았다. 언제 다시 포르투갈에 올지는 모르겠지만 쉽지 않을 것이고, 산티아고에서는 버스로 서너 시간이면 갈 수 있다 하니 한번 관광차 다녀오는 것도 좋겠다는 생각이 들었다. 물가도 스페인보다도 싸고 볼 것이 많다고 하니 한번 생각해 보자.

어제저녁은 지금 같이 다니고 있는 카미노 길동무인 예수회 수사신부님과 맥주를 겸한 식사를 하며 이번 여행에 대한 여러 소감을 나누었다. 나는 사람을 섬기는 모습과 사는 방법을 가르쳐 준 순례자 병원의 기억과 메세타 평원에서 목 놓아 울며 나 자신과 화해를 했던 기억이 제일 많이 떠올랐다고 하였다. 또한 어제 빗속을 걸으면서 참회진언 정근을 하며 나 자신만의 정화의식을 행하였고, 산티아고 도착 후에는 묵시아까지 관세음보살 정근을 하며 앞으로의 삶의 방식에 대한 발원을 하겠다고 했다.

신부님은 어제 비를 만나며 지금까지 아무 사고 없이 왔던 것이 자신의 힘이 아니었으니 교만하지 말라는 뜻으로 받아들이며, 자신에 대한 반성과 성찰의 시간을 보내셨다고 하셨다. 또한 연세 많으신 순례자들을 보며 다시 올 수 없을지도 모르는 순례를 침묵 속에서 하시는 모습을 보며 감동을 받으셨고, 죽음에 대한 준비를 하는 것도 의미가 있을 것 같다 하시며 법정 스님께서 말씀하셨던 천화(遷化)에 대한 내용을 전달해 주셨다. '천화'란 임종을 앞둔 고승이 홀로 깊은 산 속으로 걸을 수 없을 정도까지 걸어 들어가 어느 지점에서 쓰러지면 스스로 나뭇잎을 주워 모아 바닥에 깔고, 자신을 덮어 생을 마치는 형태의 죽음이라고 한다. 천화에 관한 법정 스님의 말씀인 '흔적 없는 죽음, 중들이 꿈꾸는 죽음'을 내게 카톡으로 보내 주시기도 하였다.

산티아고 도착을 목전에 두고 있으니, 자꾸 처음에 같이 출발했던 길동무 생각이 난다. 같이 왔으면 좋았을걸 하는 생각에 많이 아쉽고 안타깝다. 며칠 전 어디쯤 걷고 있냐고 카톡으로 안부 인사를 보냈는데 답이 없고 아직도 읽지 않고 있다. 6월 6일 산티아고에서 만나기로 하였으니 기다려 보는 수밖에. 부디 꼭 완주하여 산티아고에서 만나기를 기원한다. 오늘은 신부님과 함께 펜션에 머물고 있다. 산티아고에 가까워지면서 순례자들의 수가 급증하고 있고, 예약도 어려워 어제 미리 부탁하여 트윈 룸으로 둘만 머물 수 있는 곳을 예약하였다. 요금은 35유로로 화장실과 샤워실이 딸린 방이다. 이제부터는 조용히 조금 편한 곳에서 머물고 싶다.

내일도 산티아고에 도착하면 숙소를 찾기 어려울 것 같아 지금 머물고 있는 펜션 주인에게 부탁을 하여 콤포스텔라 대성당에서 5분 거리에 있는 펜션을 40유로로 예약을 하였다. 미리 도착하여 짐을 풀고 성당에서 미사에 참석한 후에 완주증명서를 발급받고, 하룻밤 푹 쉰 후에, 피니스테레로 떠날 것이다.

참 먼 길을 너무나 행복하고 편안하게 잘 걸어왔다. 어디 한 곳 다친 곳이 없고, 준비해온 상비약을 쓴 적도 없고, 물집 하나 잡히지 않고, 배탈이나 설사로 고생하지도 않았으며 걷기가 힘들다고 생각한 적도 한 번도 없었다. 걸으면 걸을수록 비록 다리와 발바닥, 허리, 어깨에 피곤이 쌓이는 것을 느끼긴 했지만, 오히려 정신적으로는 충전이 되어 활력이 더욱 넘쳐난다. 마치 마라톤 하는 분들의 몸속에서 일정 시간이 지난 후에 모르핀 같은 물질이 나와 뛰는 것의 고통을 행복감으로 바꿔주듯, 나 역시 걸으면 걸을수록 더욱더 환희가 솟아나고, 더 걷고 싶고, 활력에 넘쳐나 걷기를 멈추고 싶지가 않다. 800㎞를 거의 다 걸어왔는데도 마치 오늘 시작하는 사람처럼 몸과 마음이 기운차고 가볍다. 한 달 동안 걸으면서 한 번도 힘들다는 생각조차 없었으며, 어느 한순간도 다른 사람들처럼 왜 이 힘든 짓을 하고 있을까라는 생각도 전혀 들지 않았고, 매 순간 너무나 기쁘고 행복했다.

걷기는 나와 떨어질 수 없는 나의 삶이라는 생각이 든다. 걷기는 내게 활력 충전의 방편이고 휴식의 방편이며 삶을 성찰할 수 있는 방편이다. 산티아고 순례를 60년을 살아온 나의 삶과 비유하고 싶다. 지금까지 정신없이 앞만 보고 살아왔으며, 어떻게 사는 것이 올바른 삶인지도 모른 채 그냥 살아왔다. 그래서 산티아고까지의 걷기는 내가 살아온 지금까지의 삶과 같다. 앞만 보고 마치 질주하듯 걸어왔다.

하지만 산티아고에서 피니스테레, 묵시아까지 가는 길은 앞으로 내가 살아갈 나만의 삶의 방식에 비유할 수 있다. 주변을 즐기고, 걷고 싶으면 걷고, 쉬고 싶으면 쉬는 순간의 삶을 살고 싶다. 지금까지 목표를 추구하는 삶(doing mode)으로 살아왔다면 앞으로는 순수한 존재의 삶(being mode)을 살고 싶다. 매 순간 행하고, 생각하고, 느끼는 모든 것 자체가 내 삶이 되는 나만의 삶의 방식, 그래서 지금부터의 걷기는 걷기 자체가 내 삶이 되는 걷기를 하고 싶다. 대성당에서 정화의식의 마지막인 미사를 마친 후에는 새로운 나로 태어나 나만의 참다운 삶을 살 것이다. 그 방식으로 남은 길인 땅끝 마을 피니스테레와 마리아께서 야고보 성인을 위로했다는 묵시아까지 여유로운 걸음을 할 것이다. 앞으로의 내 삶이 기대가 된다.

드디어 도착

PEDROUZO에서 SANTIAGO DE COMPOSTELA, 20.5KM

오늘은 드디어 산티아고에 입성하는 날이라 아침에 일찍 출발하기로 하였다. 나도 그렇게 생각을 하고 있었는데, 신부님께서도 그렇게 생각을 하고 계셨는지 먼저 제안을 하셔서 아침 5시 10분경에 출발을 하였다. 드디어 대장정의 마지막 날이다. 어둠을 뚫고 무슨 의식을 치르듯이 경건한 마음으로 걸었다. 오직 우리의 발소리와 스틱 소리만 들리고, 헤드렌턴이 우리의 길을 밝혀주고 있다. 큰길 가에는 가로등이 있지만, 숲속에 들어가니 깊은 어둠으로 앞이 보이지 않는다. 날씨는 무더운 느낌이 들더니 조금씩 비가 내리기 시작했다. 우리를 맞이해주는 마지막 정화의식이다. 한참 가다가 외국인 친구들을 만났고, 다시 길에서 한국인 부부와 딸이 함께 걷고 있는 가족을 만나 반가움을 나눴다. 어둠 속에서 서로 표현을 하지는 않았지만 짙은 어둠 속에서 모두 약간의 두려움을 느끼고, 다른 순례자들을 만나면 그 두려움이 사라지고 걸음을 재촉하게 된다.

입속으로는 여전히 참회진언을 외우고 있다. 드디어 대성당의 첨탑이 보였다. 걸음이 빨라지고 심장이 뛰고 있다. 막상 도착하니 너무나 마음이 담담하다. 큰 울림이나 설렘도 없이 그냥 담담하다. 미치도록 기쁘거나, 영적인 깨달음을 얻은 것 같은 환희심도 없고, 그냥 걸어서 잘 도착했다는 생각밖에는 없다. 사진 몇 커트 찍고는 바로 숙소로 가서 샤워를 한 후에 미사에 참석하기 위해 대성당에 갔으나, 이미 입장이 모두 완료되어 참석할 수 없었다. 아쉬운 마음을 접고 발길을 돌려 나오다 패트릭을 만나 반갑게 인사하고 함께 맥주와 식사를 하며 서로에게 완주 축하를 해 주었다.

내가 이 길에서 얻은 것이 무엇인가를 생각하게 되었다. 가장 큰 것은 '이 또한 지나가리라'라는 교훈이다. 사람과 상황으로 인한 갈등과 번민은 시간이 지나가면 저절로 정리되니, 거부하거나 집착하지 말고, 적극적으로 수용하고 받아들이라는 것이 가장 큰 가르침이었다. 그 다음으로는 나 자신을 수용하는 법을 배웠다. 타인과 비교하면서 나 자신을 비하하지 않고, 나의 모든 모습을 그대로 인정하고 나만의 삶을 사는 것. 자신을 수용하면 열등감에서 벗어날 수 있다. 열등감은 특히 타인과의 비교에서 나온다. 굳이 남의 삶과 비교하면서 살 필요가 전혀 없고, 그런 행동은 무의미한 것이다. 남을 통해서 배울 수 있는 것은 배우는 것도 나쁘지는 않겠지만, 자신만의 삶을 만들고 이루어나가는 것이 더욱 의미가 있다. 그리고 타인의 평가에 연연하지 않는 것도 이번에 배운 중요한 교훈 중의 하나이다. 결국 삶은 홀로 가는 것이다. 삶 속에서 사람들과 만나고 헤어진다. 그럼으로 사람의 관계에 너무나 연연할 필요도 없다. 또한 사람이나 모든 존재들은 자신의 삶 외에 다른 존재의 삶에 대해 그다지 관심을 많이 두고 있지 않다. 모든 존재는 자신의 생존을 위해 존재한다. 자신의 생존에 대한 확신이 생기면, 삶의 여유가 생기고, 그럴 때에 다른 존재의 삶에 관심을 가질 수가 있다. 또한 남의 평가에 연연하면 자신의 삶이 존재할 수 없게 된다. 타인에게 피해를 주어서는 안 되지만, 그렇다고 타인의 욕구에 맞춰 살 필요가 전혀 없다. 그냥 자신만의 삶을 당당하게 살면 되는 것이다.

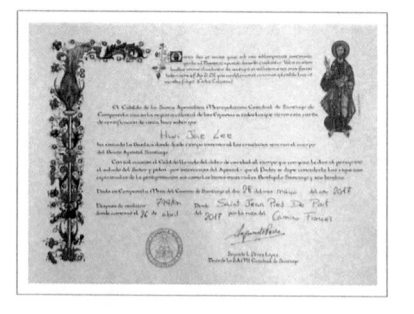

완주증

길동무와 헤어져서 따로 걷는 것이 추후 내게 어떤 영향이 있을지는 모르겠지만, 나는 나 자신을 정확하게 표현했다는 부분에 대해서 스스로에게 좋은 점수를 주고 싶다. 타인의 평가를 의식하거나, 자신을 표현하지 못하고 전전긍긍하느니, 설사 사이가 벌어지는 한이 있어도 내 의사 표현을 정확히 하여 나 자신에게 먼저 충실하고 솔직해지고 싶었다. 그로 인한 어떤 평가가 내려지든 내가 받아들이면 된다. 내 언행에 대한 책임은 당연히 나의 몫이다. 나 자신의 의견을 정확히 표현한 것이 상대방에게 상처를 주었다면 어쩔 수 없는 일이다. 하지만, 의사를 전달하는 방식이 좀 더 부드럽고 너그럽지 못한 점에 대해서는 스스로 아쉽고 안타까운 마음이 든다.

앞으로 내가 좀 더 노력해야 할 부분은 사람들에게 너그럽게 대하는 것이다. 원칙을 중시하는 것도 좋지만, 나이가 들어가며 너무 원칙에 집착하는 것도 반드시 좋지만은 않다. 좀 더 너그럽게 마음을 열고 넓은 마음으로 사람들을 포용하는 노력이 필요하다. 불편함을 인내하는 부분도 아직 많이 부족하다. 이 부분 또한 앞으로 노력하여 불편함을 견디는 내성을 키울 필요가 있다.

이제 나의 과거는 산티아고에서 모두 정리가 되었다. 앞으로 남은 피니스테레와 묵시아 길은 나만의 길로 내가 원하는 방식으로 걸을 것이다. 함께 걸었던 신부님과도 오늘 헤어졌다. 이제 각자 갈 길을 가야 할 때가 온 것이다. 지금부터 길동무를 만날 날인 6월 6일까지의 10일간의 시간은 온전히 홀로 지내게 된다. 사람들과 길에서 만나 얘기를 나눌 수는 있겠지만, 좀 더 나 자신에게 충실하고 내가 원하는 삶에 대한 구상을 하고, 홀로 편안한 휴식을 취하고 싶다. 묵시아에 도착하여 며칠간 아무것도 하지 않고 그냥 휴식을 취하고 싶다. 그러다 생각이 나면 포르투갈을 한번 다녀올 수는 있지만. 지금 생각으로는 별 의미가 없어서 휴식 시간을 갖고 명상도 하고, 그간 써 놓은 글을 정리하며 시간을 보내고 싶다.

정말 귀한 시간을 내어서 온 것이다. 단순한 관광 차원에서 온 것이 아니다. 원래의 취지를 잘 기억하여 여정의 마지막 순간까지 잘 보내고 싶다. 내일부터 나는 같은 '나'이지만, 다른 '나'로 태어난다. 아니 지금부터 이미 다른 '나'일 것이다. 이미 지금의 '나'는 어제의 '나'와도 다른 '나'이다. 새로운 나의 삶에 대한 기대가 크다. 여기서 배운 교훈을 잘 기억하며 앞으로 후회 없는 삶을 살고 싶다. 이런 기회를 만들어준 아내와 모든 분들에게 감사를 표한다.

발원

SANTIAGO DE COMPOSTELA에서 NEGREIRA , 21KM

어제 산티아고에 입성을 하여 매우 기쁠 줄 알았는데, 너무나 담담했고, 서로 축하해 줄 길동무가 없으니 서운하고 안타깝기도 했다. 또한 수사신부님마저 떠나시고 나니 달랑 홀로 남게 되었고, 비도 조금씩 내리니 외로움과 쓸쓸함, 공허함 등이 몰려왔다. 삼삼오오 모여 있는 외국인 친구들은 서로 축하해주며 축제의 분위기를 만들고 있는데 나만 홀로 기쁨과 환희를 느끼지도 못한 채 방 안에 들어 앉아 가만히 있으니 답답해서 방을 박차고 밖으로 나왔다.

식당 한 곳을 찾아 들어가 음식을 시켜서 홀로 와인과 함께 식사를 하고 있는데 프랑스인 가브리엘 부자가 들어와 합석을 하게 되어 음식을 먹으며 얘기를 나눴다. 실은 내가 먼저 그분들을 만나고 싶었다. 50대 후반의 아버지와 30대 초반의 아들이 함께 걸으며 무슨 얘기를 나눌까 궁금해하고 있었다. 아버지는 다국적 기업에 근무하다 스트레스가 심해 2014년도부터 걷기를 시작하였고, 지금까지 약 2,500㎞ 정도를 걸었으며, 이번 산티아고도 그런 이유로 왔고, 아들은 약 2주간 시간을 내어 함께 걷게 되었다고 한다. 가브리엘은 걸으며 배운 가장 중요한 교훈은 '중요한 것'과 '중요하지 않은 것'을 구분할 줄 알게 된 점이라고 하였다. 걸으며 지혜를 터득한 것이다. 자신에게 무엇이 중요한지 아닌지 판단할 수 있다는 것은 지혜로운 사람만이 할 수 있는 일이다. 아들에게 효자라고 얘기를 했더니, 좋은 아버지 덕분이었다고 하며, 공부로 인해 약 9년간 아버지와 떨어져 있어서 이번에 동참하게 되었다고 한다. 참 보기 좋은 부자지간이다. 그 가족은 저녁 식사는 가능하면 함께하려 서로 노력해왔고, 그런 밥상머리 교육이 이런 아름다운

가브리엘 부자와 함께

결과를 가져온 것이 아닐까라는 생각이 들었다. 서로 연락처를 주고받고 내가 준비한 선물을 나눠주고 헤어졌다. 언제 다시 만날 수 있을지는 모르지만, 기억에 남는 분들이다.

아침에 일어나 패트릭을 만나기 위해 그분이 머물고 있는 호텔로 가서 선물을 드렸다. 어쩌면 피니스테레 가는 중에 한 번 더 만날 수 있을 것 같기도 하지만, 그래도 연락처를 주고받는 것이 좋을 것 같아, 직접 만나서 선물을 전달하며 연락처를 주고받았다. 엉치뼈를 인공관절로 바꾼 후에 재활치료를 마치고 산티아고 길 절반을 걸으러 온 의지의 사나이이다. 현재 대학에서 예술학 분야 교수로 재직 중이며 64세의 나이이기에 수업이 많지는 않지만, 아직도 수업을 진행하고 있다고 한다. 그분과 헤어진 후에 피니스테레로 향했다. 모든 사람들의 발걸음이 한결 가볍고 여유롭다. 어제 산티아고에서 완주증을 받고 땅끝 마을인 피니스테레로 향하는 분들의 마음은 모두 여유로울 것이다. 스스로 선택한 길을 잘 걸어 목적지에 도착했다는 편안함과 뿌듯함이 그런 여유를 만들어 준 것이다.

길을 걸으며 앞으로 할 일에 대해 생각을 하다가 발원문을 하나 만들

어, 관세음보살 정근을 하며 걷기로 하였다. '부처님을 찬탄하고 공경합니다. 제가 살아오면서 신구의(身口意) 삼업(三業)으로 지은 모든 죄를 참회합니다. 상담, 명상, 걷기를 접목한 심신 힐링 프로그램을 기획 및 개발하여 심신이 지친 분들의 고통을 덜어 줄 수 있는 사람이 되기를 부처님 전에 마음 모아 발원합니다. 부처님의 가피로 제가 서원하는 바가 이루어지기를 발원하며, 이런 공덕을 모든 존재들에게 회향하기를 발원합니다.' 마음속으로 발원하며 관세음보살 정근을 시작하였다. 정근을 하면 할수록 몸 안의 에너지가 더욱 활기차고 정근하는 목소리에 쇳소리가 나는 느낌이 들 정도로 힘이 생겼다. 걸으며 얻은 부수입일 것이다. 오르막을 올라가면서도 지칠 줄 모르고 정근을 계속하였다. 숨이 차서 허덕이면서도 정근을 멈추지 않았다. 갑자기 비가 쏟아지기도 하였고, 강렬한 태양이 빛을 내리쬐기도 하였지만, 정근은 멈추지 않고 계속되었다. 뒤에서 다른 순례자가 다가오면 마음속으로 정근을 하며 오늘 걷는 내내 관세음보살 정근을 하였다.

이제 나는 바른 불제자로서 내 삶의 목적과 이유를 잘 이해하고, 그 길을 묵묵히 가는 사람으로 다시 태어난 것이다. 예전의 습이 여전히 남아있겠지만, 서서히 그 습으로부터 벗어나 새롭고 밝고 좋은 습을 지닌 사람으로 바뀔 것이다. 이번 산티아고가 내게 준 멋진 선물이다.

그저께부터 목 주위에 뭔가 물린 느낌이 들었는데, 다리와 손 부분으로 조금씩 옮겨졌다. 아마 그저께 머물렀던 숙소의 담요를 사용하여 모든 사람들이 두려워하는 베드버그에 물린 것 같다. 하지만 또 한편으로 생각하면, 한 달 내내 800㎞ 이상을 걸으면서 하나의 장애도 만나지 않았기에, 혹시나 교만한 마음이 생기지 않을까 해서 산티아고가 내게 주는 의미 있는 선물이라는 생각이 들었다. 기억에 남는 어려움을 하나 정도는 갖고 가는 것도 좋고, 또한 너무나 순탄했던 걸음으로 인한 교만함과 자만심을 버릴 수 있어서 좋다. 어떤 벌레인지는 모르겠지만, 그 벌레

가 나를 물은 공덕으로 내생에 수행자로 태어나 많은 중생들에게 법을
베풀기를 발원한다. 지금 물린 것은 긁지만 않으면, 피니스테레에 도착하
기 전까지 깔끔하게 아물 것이다. 숙소에 도착하니 햇빛이 강하다. 빨래
를 널고, 침낭과 배낭을 포함하여 배낭 속 모든 물건들을 햇빛에 말리며
이 글을 쓰고 있다. 앞으로 약 열흘간 온전히 혼자만의 시간이다. 멋진
휴식과 마음의 여유를 누리길 바란다.

두 번째 만남

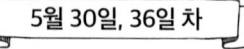

5월 30일, 36일 차

NEGREIRA에서 PONTE OLVEIRA, 31.6KM

오늘은 몸이 좀 무겁다. 거의 다 왔다는 생각에 긴장이 풀린 점도 있을 것이고, 한 달 이상 매일 걸은 피로가 누적된 점도 있을 것이다. 원래는 20㎞ 정도 걸은 후에 쉬려 했는데, 그 지점의 알베르게가 모두 예약이 되어 어쩔 수 없이 10㎞ 이상을 더 올 수밖에 없었다. 그래서 오늘 걸은 거리가 30㎞가 조금 넘고, 누적된 피로에 무리를 하여 조금 더 피곤함을 느끼고 있다. 늘 하듯이 샤워를 하고 빨래를 한 후 널었다. 며칠 전 베드버그에 물린 후로 일회용 베개 커버와 침대 커버를 반드시 씌운 다음, 그 위에 내 침낭을 올려놓고, 알베르게에서 제공하는 모포나 이불은 사용을 하지 않는다. 다행히 물린 곳도 거의 아물어 가고 있고, 더 이상 진전이 되지 않는다. 어제 배낭의 모든 물건을 꺼내어 햇빛에 말린 것도 효과가 있었던 것 같다.

산티아고에서 피니스테레로 가는 길은 매우 아름답고 숲길이 많다. 그래서 앞뒤에 아무도 없이 홀로 걷는 경우도 많이 생긴다. 오늘도 역시 관세음보살 정근을 하며 열심히 걸었다. 피로가 누적되어 그런지 어제처럼 정근에 힘이 들어가지 않는다. 큰소리가 잘 나지 않으면 마음속으로 정근을 하기도 하였다. 가끔 홀로 걷고 있다 보면 괜한 두려움이 몰려온다. 숲 속에서 큰 개가 나타나지나 않을까 하는 두려움이나, 뭔가 위험한 상황이 발생할 것 같아 늘 스틱을 길게 뽑아 손에 힘을 주고 걷는다.

새로운 나로 태어나는 길, 산티아고

혼자가 되는 상황에 대한 알 수 없는 두려움이 있다. 길을 가는데 반대편에서 사람이 오고 있었다. 아무도 없는 길에서 누군가가 오고 있으면 역시 괜한 두려움이 생긴다. 나는 '부엔 카미노'로 인사를 했고, 상대방은 알아들을 수 없는 스페인어로 인사를 해서 그 뜻을 물었더니, '아름다운 길'이란 뜻이라고 하였다. 웃으며 그런 인사를 건넨 친구에게 두려움을 느꼈던 나 자신이 조금 창피했다. 길을 걷는데 갑자기 모든 사람들이 불쌍하다는 생각이 들었다.

'오늘 기분은 어때? 몸 상태는?'

"홀로 걸으니 홀가분하고 몸은 조금 무거운 거 같아."

'지금 어떤 생각을 하고 있니?'

"길을 걷는데 갑자기 모든 사람들이 불쌍하다는 생각이 들어. 그러면서 가족들이 떠올라."

'그 얘기 좀 해 줄 수 있니?'

"아버지는 얼마나 외로웠을까? 가장으로 경제적 능력이 없으면서 평생을 사셨으니 많이 외롭고 힘드셨을 거 같다는 생각에 불쌍하다는 생각이 들어. 엄마는 가장의 역할을 하시느라 평생 보험영업을 하셨으니 얼마나 힘드셨을까? 돈도 벌어야 했고, 자식 교육도 시키시느라 정작 당신의 삶은 없었던 것은 아닐까, 지금은 몸도 잘 움직이시지 못하시니 얼마나 답답하고 힘이 드실까."

'다른 형제들은 어때?'

"형은 어렴풋이 기억이 나는데, 초등학교 때 나와 조금 싼 곳에서 이발을 하고 나머지 돈으로 사탕인가 사먹었는데, 그것 때문에 아버지께서 알약을 주시며 그 약을 먹고 죽으라고 하셔서, 눈물을 흘리고 그 약을 먹고 죽음을 기다렸던 적이 있었는데, 그 당시에 얼마나 두려웠을까. 알고 보니 소화제였지만, 그 두려움은 평생 형을 괴롭혔던 것 같아. 그래서 그런지 지금도 가끔 그 얘기를 하곤 해. 그리고 하는 일마다 잘되지 않아 평생 마음고생을 하고 있으니 불쌍하지. 또 형수님은 돈도 벌어야 하고 어머니 모시기도 하면서 가정을 꾸려나가야 하니 삶이 얼마나 힘들까. 형이나 형수 모두 불쌍하지. 누이나 매형들도 경제적으로 너무 없이 시작했지만, 열심히 노력해서 어느 정도 안정을 이루었고, 아이들도 잘살고 있으니 다행이지만, 그런 삶을 꾸려오느라 얼마나 힘들었겠어. 그래서 많이 불쌍해. 아내야 두말하면 잔소리지. 나 만나서 평생 하고 싶은 일도 제대로 못 하고 내 뒷바라지와 살림하느라 얼마나 힘들었겠어. 경제적으로 여유 있고, 좀 더 너그러운 사람 만났으면 그런 고생하지 않았을 텐데, 불쌍하고 미안하고 너무나 고맙지. 오늘은 이상하게 주위 사람뿐만 아니라 모든 사람들이 불쌍하게 느껴져."

'또 누가 불쌍하게 느껴져?'
"나 자신도 참 불쌍하게 느껴져. 지금도 기억이 생생한데, 아버지께서 약주를 많이 드시고, 누이와 형을 밖에 있는 수돗가에서 발가벗겨 가죽혁대로 때리셨는데, 내가 놀라서 경기를 일으키니 나를 광에 가두셨던 거 같아. 아주 깜깜한 광 속에서 가슴 두근거리며 몰래 그 광경을 지켜봤던 기억이 지금도 생생해. 누나들 비명소리, 가죽혁대로 때리는 소리. 나는 광 속에서 숨죽이며 놀래서 그 모습을 지켜보고 있었고. 그래서 지금도 갈색의 혁대를 보면 그때 생각이 나서 싫어해. 그리고 술 취한 사람들이 소리 지르고 하면 무섭고. 지금은 그런 두려움은 없어졌지만, 아직도 그 광경을 생각하면 가슴이 두근거리고 무섭고 소름이 돋아."
'얼마나 두려웠을까? 생각만 해도 끔찍한 일이었겠다. 또 불쌍하게 느껴지는 사람이 있어?'
"장인어른은 고인이 되셨지만, 자수성가하시느라 얼마나 힘드셨을까. 마지막에는 파킨슨씨병으로 돌아가셨으니. 당신은 아끼시느라 편하게 여행 한번 제대로 다녀오시지도 못하셨어. 장모님은 몸도 성치 않으신데 아직도 맨날 뭔가 자식을 위해 준비해 주시니. 당신의 삶을 조금 즐기셨으면 좋겠는데, 또 병치레로 고생도 하시고, 요즘은 허리가 좋지 않아 고생을 하시고, 계시니 불쌍하지. 큰 처남은 외국으로 이민 가서 얼마나 외롭게 지냈겠어. 작은 처남은 장남 노릇에 장모님 신경 쓰고, 사업 꾸려나가느라 얼마나 힘들겠어. 모두 불쌍한 사람들뿐이야. 어쩌면 우리네 삶이 불쌍한 것인지도 모르겠어. 그래서 부처님께서 삶이 고해, 고통의 바다라고 하셨는지도 몰라."

'지금 네 마음속에 모든 사람들이 불쌍하게 보이는구나.'

"응, 우리 가족뿐 아니라, 나와 가까운 선후배, 친구들 모두 가슴 속에 큰 돌덩어리 한두 개씩은 지니고 있는 것 같아. 경제적으로, 사회적으로, 개인적으로 무언가를 이루었든 아니든, 내가 아는 사람들은 대부분 그런 것 같아. 결국 우리네 삶 자체가 힘든 거 같아. 가끔 아내와 사람이 태어나면서 죽을 때까지 한평생 산다는 것이 결코 쉬운 일이 아니라고 얘기를 하곤 했는데, 맞는 말인 거 같아."

'그게 우리네 삶일 수도 있겠지. 그래도 살아내야 하는 것이 삶이니 어쩌겠어. 그래서 너는 앞으로 어떻게 살 건데?'

"프로그램을 만들어 사람들을 돕고 싶다고 얘기했는데, 그것도 좋지만, 매 순간 나와 만나는 사람들이 나를 만난 후에 조금이라도 마음이 편해지고 웃을 수 있으면 좋겠고, 그런 사람이 되면 좋겠어."

'아, 네 삶을 잘 꾸려나가면서 동시에 만나는 모든 사람들의 마음을 편안하게 해주고 싶은 거구나.'

"편안하게 만들어준다기보다는 내가 조금 더 여유로운 사람이 되어 그들을 이해해주고 받아주고 그들의 편이 되면 좋겠어."

'좋은 생각이다. 나도 네가 그런 사람이 되면 좋겠다.'

"가능할지 모르겠지만, 조금씩 노력해 보려고. 프로그램과 상관없이 언제 어디서나 나와 만나는 사람들의 마음을 조금이라도 편안하게 해주고 싶어. 많은 노력이 필요하겠지. 하지만 그렇게 살고 싶어."

'네가 그런 마음을 갖고 있으면 조금씩 네 마음이 열리면서 그런 사람들을 좀 더 잘 이해하게 되고, 그러다 보면 어느 순간 그런 사람이 될 수 있을 거야.'

"고마워, 용기를 줘서. 오늘도 네가 내 옆에서 함께 있어 줘서 고마워."

'나는 네가 스스로 갈 길을 잘 찾아서 가고 있는 느낌이 들어서 좋아. 그리고 늘 내가 너와 함께 있다는 생각을 해서 더욱 고맙고.'

"그래, 언젠가는 너와 하나가 되는 날이 오겠지. 오늘도 용기를 주고, 희망을 주어서 고마워. 이제 갈 길이 얼마 남지 않았어. 3일 뒤면 묵시아에 도착하게 되는데, 거기에서 며칠간 너와의 참 만남을 위한 시간을 가지려고 해. 그때 다시 만나자."

'그래, 나도 기대하고 있을게. 마지막까지 욕심내지 말고, 네 페이스 잘 유지하며 여정을 잘 마치길 바래. 안녕.'

"땡큐! 바이바이."

멋진 대화

PONTE OLVEIRA에서 CEE, A CORUNA, 21.3KM

아침에 안갯속을 뚫고 일찍 걸음을 나섰다. 이제 피니스테레까지는 약 30㎞ 정도 남았다. 마치 맛있는 음식을 아껴서 먹듯, 남은 거리를 아껴서 조금씩 걷고 싶다. 길이 곧 끝난다는 생각에 아쉬움이 크다. 길이 아깝다는 생각이 들기는 처음인 것 같다. 그래서 오늘 길은 나름 음미하며 천천히 걸었다. 그간 걸어왔던 여정도 돌이켜봤다. 만났던 사람들, 알베르게의 모습들, 멋진 길과 비, 바람, 진눈깨비 등 변덕이 심한 날씨도 생각이 난다. 또한 길을 걸으며 나 자신과 많은 대화를 하였고, 지난 삶에 대한 참회, 그리고 앞으로의 계획을 세우기도 하였다. 800㎞는 결코 짧은 길은 아니지만 그리 긴 길도 아니었으며, 걷는 내내 행복했다. 비록 길이 힘들고, 날씨가 아무리 변덕을 부려도 길을 걷는 행복감을 감소시키지는 못했고, 오히려 더욱 강한 추억으로 남아있다. 물론 길이 끝나는 지점에서 또 다른 길이 시작될 것이다. 피니스테레는 땅끝에 위치한 곳으로 바로 앞에는 망망대해만 있어서 앞으로 더 나아갈 수가 없는 곳이다. 그 땅끝 마을에 내일 도착할 예정이다.

길을 걸으며 관세음보살 정근을 계속하였다. 피니스테레 길에 들어서면서부터 순례자들의 숫자가 급격히 줄어들었다. 일반적으로 산티아고까지 걸은 후에 피니스테레는 버스로 이동을 많이 하는 편이다. 그래서 홀로 걷는 경우가 많은데, 그 끝없는 길을 홀로 걷는 재미도 좋지만, 큰

소리로 정근을 하여도 어느 누구에게 방해를 주지도, 받지도 않으니 좋다. 그래서 목소리가 점점 더 커진다. 뒤에서 갑자기 남자 순례자 두 분이 나타나며 소리가 듣기 좋으니 계속하라며 발걸음을 재촉한다. 자식들! 좋은 소리를 알기는 아는구나! 길을 걸으며 그 길고 긴 길을 관세음보살 정근을 하며 걷는 재미는 해보지 않은 사람은 아무도 모를 것이다. 길을 걸으며 잠깐 화두를 들어보다 다시 정근을 계속하였다. 정근을 하면 힘이 나고, 환희심이 올라오며, 마음은 차분하고 편안해진다. 길이 끝나는 것에 대한 아쉬움과 안타까움은 있지만, 그래도 그런 감정이 나를 휘어잡지는 못한다.

숙소가 없어서 어제 예상보다 많이 걸었고, 그런 실수를 하지 않기 위해 어제 머물렀던 알베르게에 오늘 숙소 예약을 부탁하였다. 길이 아까워 더 걷지 않고, 일부러 이곳에서 하루 묵어가기로 하였다. 내일이면 피니스테레에 가서 하루 머물고 길의 끝을 알리는 표지석에서 사진 한 장을 찍고, 이 여정을 마무리할 것이다. 그 후에는 천천히 묵시아에 가서 며칠간 싱글룸에 홀로 머물며 휴식과 명상의 시간을 통해 나 자신과의 참 만남을 시도할 것이다. 오늘 알베르게의 주인은 젊은 남성으로 영어를 잘 구사하는 친구였다. 너무나 반가워 앞으로의 일정에 대해 얘기를 하면서, 피니스테레에서 일박, 그 주인이 추천한 Lires에서 일박, 그리고 마지막 묵시아에서 3박을 싱글룸으로 예약을 부탁했다. 그 주인은 친절하게 모든 예약을 해주었다. 부부가 함께 운영하는 이 알베르게는 숙박료가 11유로이고, 저녁 식사가 6유로로 다른 알베르게에 비해 저렴하고 서비스도 친절하며 시설도 깨끗하다.

노숙자처럼 보이는 스페인 노인네 한 사람, 미국인 40대 초반의 여성과 나, 세 명이 저녁 식사를 함께하였다. 두 사람은 스페인어로 많은 얘기를 주고받았지만, 나는 외톨이가 되어 음식과 와인을 먹으며 그들의 표정을 살피기도 하며, 빨리 그 자리가 끝나기를 기다리고 있었다. 20여 분의 시간이 흐른 뒤에 조금 미안하다는 생각이 들었는지, 미국인 여성이 내게 그 둘이 나눴던 화제에 대한 요점 정리를 해 주었다. 놀랍게도, 그들은 철학, 불교, 도교, 삶과 죽음에 대한 얘기를 하고 있었다. 나는 한국 불교, 심우도(尋牛圖)와 화두선에 대해 아는 범위 내에서 얘기를 하며 멋진 대화에 동참을 하였다. 어느 순간부터 미국인 여성은 나와 스페인 현자(이렇게 부르고 싶다)의 통역관 역할을 하며 대화를 잘 진행해 주었다.

온몸에 문신으로 가득한 노인네의 입에서 나온 얘기를 들으며 사람을 외모로 판단했던 나의 어리석음에 대해 진심으로 참회하였다. 그분의 직업이 무엇인지, 이름이 무엇인지, 왜 카미노를 걷고 있는지는 모르지만, 그분의 진지함과 폭넓은 다양한 분야에 대한 깊은 이해와 설명에 기분 좋은 압도를 당했다. 또한 미국인 여성은 통역을 하면서 자신의 의견을 조심스럽게 꺼내기도 하였고, 불교에 대한 많은 관심을 보이기도 하였다. 그 미국인 여성은 나중에 내게 메일을 보내 처음에는 그들의 대화에 동참하지도 못하면서 식사를 같이 마치려고 기다려준 나의 인내심 덕분에 그런 대화의 자리가 만들어졌다며 고맙다는 말을 전하며, 동시에 그런 나의 모습을 배우고 싶다고도 하였다. 뻘쭘하게 앉아있었던 내가 갑자기 어느 순간 인내심이 강하고 불교에 대한 깊은 이해를 하고 있는 훌륭한 사람이 되어있었다. 그런 대화는 네 시간 이상 이어졌고, 다른 분들의 잠을 방해할 수 있어서 서둘러 마무리를 하였다. 이런 멋진 대화를 카미노에서 나눌 수 있었던 기억은 앞으로 오랫동안 남아있을 것이다.

미로 Labyrinth

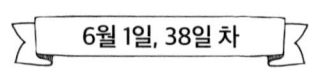

CEE, A CORUNA에서 FINISTERE, 15.4KM

아침에 알베르게를 나와서 피니스테레로 가는 길은 너무나 아름다 웠다. 해변을 따라 걷다가 인근 산으로 올라 높은 곳에서 해변을 바라 보니 이곳이 바로 천국이라는 생각이 들 정도로 아름답다. 또한 길을 조성하기 위해 많은 노력과 고민을 했다는 것을 곳곳에서 느낄 수가 있 었다. 오른쪽 복숭아뼈 조금 밑 부분을 등산화가 자꾸 찌르는 느낌이 든다. 벗어서 살펴봐도 아무 이상이 없는데 신고 걸으면 자꾸 뭔가가 찌르고 긁히는 느낌이 든다. 여러 번 쉬면서 자세히 등산화와 양말을 살펴보아도 아무 이상도 없다. 앞으로 이틀을 더 걸어야 일정이 끝나는 데, 이런 상태로 계속 걷다가는 앞으로 갈 길이 힘들 것 같아, 등산화를 벗고 샌들로 갈아 신었다. 하산길이 미끄럽고 조금 경사가 있었지만 스 틱에 의지하며 조심스럽게 내려와서 별 무리 없이 피니스테레에 도착할 수 있었다.

피니스테레는 여느 관광지처럼 사람들로 많이 붐볐고, 바닷가 주변 에는 많은 카페들과 상점들이 즐비하다. 답답하고 복잡한 느낌이 들어 서 빨리 그곳을 벗어나고 싶었다. 갑자기 길을 잃어버린 느낌이 들었고, 어디로 가야 할지 몰라 잠시 망설이다 사람들에게 땅끝에 있는 등대 위 치를 물어 걸음을 서둘렀다. 중간에 완주증을 받을 수 있는 곳도 파악 을 하였다. 오후 2시에 사무실을 연다고 해서 먼저 케이프(cape) 피니스

테레로 향했다. 아침부터 15㎞를
걸어왔는데 조금 지쳐있었고, 앞
으로 약 3㎞를 더 가야 그곳에
도착할 수가 있다. 힘을 내어 다
시 걷는다. 빨리 가서 보고 싶은
마음에 갑자기 마음이 급해졌다.
도대체 땅끝이 무슨 의미가 있어
서 사람들이 거기를 그렇게 찾아
가는지, 왜 그렇게 가는지 알고
싶기도 했고, 거기까지만 가면
피니스테레의 끝까지 가게 되고,
그러면 일단 걷는 모든 일정은

0km 표지석

마친다는 생각에 갑자기 마음이 조급해졌다.

더 이상 갈 곳이 없는 땅끝. 올라가는 사람들은 보이지 않고, 간혹 내
려오는 사람들만 눈에 띈다. 힘들게 올라가 보니, 기념품 가게가 먼저 눈
에 띄고, 앞에 등대와 넓은 바다가 보인다. 조금 걸어가니 0㎞라고 표시
된 표지석이 보였다. 거기서 인증 사진을 찍고 좀 더 걸어가니 신발 동상
이 보인다. 순례자들이 이곳에서 예전에는 순례를 마친 후 등산화를 태
웠다고 하지만, 지금은 그런 행사는 없어졌고 실제 등산화 크기만 한 동
상이 그 상징으로만 남아있다. 잠시 끝도 없이 펼쳐지는 바닷가를 바라
보고 땅끝에 지금 서 있다.

더 이상 앞으로 나아갈 곳이 없는 땅의 시작 지점인 0㎞. 여기서 산티
아고까지는 약 89㎞, 산티아고에서 프랑스 생장까지는 800㎞, 총 890㎞
를 걸어왔다. 정말로 아무런 고통과 힘든 일 없이 너무나 행복하고 편안
하게 잘 걸어왔다. 땅끝에 서니 예전에 피정의 집에서 거닐었던 미로
(Labyrinth)가 떠오른다. 희고 작은 돌들로 이루어진 달팽이관 모양의 미

로. 처음 그것을 본 순간 뭔가 강한 호기심이 들어서 여러 번 걸어 들어 갔다가 나오기를 반복하였다. 달팽이관처럼 생긴 길을 따라 걸으면 끝에 도착하게 된다. 더 이상 갈 곳이 없다. 어떻게 해야 할지 모르겠다. 그래서 잠시 끝부분에 놓인 자그마한 돌 위에 앉아 앞으로 어떻게 할 것인가 고민을 하였다. 길이 안 보일 때에는 무조건 가는 것보다는 조용히 앉아 앞으로 갈 길을 차분히 생각해 보는 것도 좋은 방법이다. 이미 걸어온 길이기에 알고 있다고 생각하지만, 같은 길을 거꾸로 나가는 길은 전혀 새로운 길이다.

피니스테레까지 걸어온 걸음은 내가 살아온 과거의 걸음이었다. 지금 여기서부터 되돌아 나가는 길은 미래의 걸음으로 다시 내가 살아왔던 곳으로 나간다. 같은 곳이지만, 이미 다른 곳이다. 과거의 세상이 미래의 세상이 된다. 같은 세상이지만 이미 다른 세상이 되었고, 거꾸로 향해 나가는 세상은 또 다른 세상이 된다. 살아온 경험과 지혜로 이제 다시 예전의 세상으로 나가야 한다. 웃으며 걷고, 다른 사람들과 함께 어깨동무하고, 힘든 상황도 기꺼이 수용하고, 즐거운 상황도 가볍게 떨쳐 낼 수도 있다. 주어진 일에 감사하며, 만나는 사람과 상황을 최선을 다해 즐겁게 맞아들이며 앞으로의 삶을 살 것이다. 그래서 같은 세상이지만, 내게는 다른 세상이다.

오늘은 처음으로 한국 음식이 생각났다. 머물고 있는 알베르게에는 식당이 없어서, 슈퍼에서 음식을 사다가 요리해먹든가, 아니면 식당에 가서 음식을 사먹어야 한다. 오늘 따라 괜히 입맛이 없고 피곤해서 식당에 갈 생각도 못하고 슈퍼에서 바나나, 요구르트, 맥주, 빵을 사다가 먹었다. 여행이 끝나가면서 생기는 증상일 수도 있고, 혼자 먹어서 그럴 수도 있으며, 늘 사먹은 음식이라 그럴 수 있다.

옆 테이블의 한 일본 여성이 와인을 따지 못해 고생하고 있어서 도와주었더니 같이 한잔하자고 했다. '마끼'라는 일본 여성으로 40세이고, 프리랜서로 영화 홍보 업무를 하는 여성이었다. 그 여성은 일본의 88개 사찰 순례길인 총 1,400㎞에 달하는 시코구오헨로를 홀로 완주하였고, 지금 피니스테레에 도착을 하여서 자축의 의미로 와인을 마신다고 하였다. 왜 걷느냐고 물었더니, 가볍게 웃으며 그냥 자신의 다리가 자꾸 걸으라고 명령을 내린다고 하였다.

옆자리에서 한국인 부부가 밥을 짓고 고기도 구워 맛있게 식사를 하시면서 같이 먹자고 하셔서 기꺼이 참석하였다. 오랜만에 맛보는 밥맛은 기가 막혔고, 고기 맛 또한 일품이었으며, 한국에서 가져오신 고추장과 명란젓 맛은 잊지 못할 추억이었다. 두 분께 땅끝 마을까지 다녀오시라며 감사의 표시로 설거지를 맡아서 했다. 당신들이 하겠다고 말리셨지만, 밥값이라도 해야 마음이 편할 것 같아 부탁을 드려서 겨우 설거지를 할 수 있었다. 덕분에 오늘 잠깐 느꼈던 향수병, 한국 음식 생각. 저조한 기분이 사라졌다. 설거지를 마친 후에, 일본 여성과 함께 근처 바에 가서 감사의 의미로 맥주 한잔을 대접했다. 내일 아침이 되면 우리는 또 각자 갈 길을 갈 것이다. 카미노에서는 모든 것이 절로 이루어진다. 편안한 마음으로 기다리면 모든 것이 해결된다. 이 또한 지나가리라.

묵시아 도착

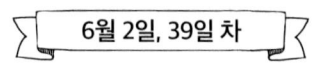

FINISTERE에서 MUXIA, 29.5KM

아침에 안개비가 내렸다. 피니스테레에서 묵시아로 가는 길은 해변을 끼고 있어서 매우 아름다웠다. 하지만 목적지에 다가와서 긴장이 풀리고 그간의 피로가 누적되어 그런지 결코 쉽지만은 않은 길이었다. 원래 계획은 중간 지역인 Lires에서 하룻밤 머물고 묵시아에 가려 했으나, 생각보다 너무 이른 시간인 오전 11시 이전에 도착하여, 예약을 취소하고 묵시아로 향했다. 이 길은 안내 표지석이 별로 없어서 중간에 헤매는 경우도 있었지만, 별 무리 없이 잘 도착할 수 있었다. 또한 마지막 걸음을 축하하는 안개비를 맞고 걷는 걸음 역시 기분이 좋았다. 920㎞를 행복하게 걸으며 아름다운 마무리를 한 것이다.

여정이 끝나가면서 생각이 많아진다. 생각보다 일찍 끝나서 남은 삼사 일을 어떻게 보낼 것인가에 대한 생각을 하면서 동시에 길동무에 대한 생각도 떠오른다. 전 일정을 함께하지 못한 아쉬움과 지금 길동무의 상황을 알 수 없는 답답함에 마음 한구석은 편하지만은 않다. 하지만 어떻든 내가 걸을 수 있는 길은 다 걸었다. 생장에서 산티아고까지 800㎞, 산티아고에서 피니스테레까지 약 90㎞, 피니스테레부터 묵시아까지 약 30㎞, 총 920㎞를 너무나 편안하게 그리고 행복하게 잘 걸었다. 여러 가지 생각을 하다 최종적으로 포르투갈의 포르투(Porto)에 가서 이틀 정도 관광을 하기로 결정을 하였다. 카미노 완주를 축하하는, 나를 위한 일종

묵시아 가는 길

묵시아 안내 표식

의 보상여행이다. 산티아고에서 버스로 서너 시간 정도면 그곳에 도착할 수 있다. 원래는 묵시아에서 며칠 머물면서 그간의 일정을 정리하고 편하게 쉬고 싶은 마음도 있었지만, 매일 걸으며 정리를 하는데 굳이 따로 시간을 내어 정리를 한다는 것도 우습고, 또한 그만큼 정리를 할 내용도 별로 없다.

내가 카미노에서 원했던 것은 이미 다 이루었다. 원래 예상했던 것보다 더 편안하게, 그리고 더 멀리 묵시아까지 걸었다. 그리고 앞으로 나의 갈 길에 대한 생각도 다시 한 번 확인할 수 있었다. 오기 전 생각과 크게 다른 것이 없다. 다만 하고 싶은 일이 정말로 내가 원하고 남을 위한 일인지, 아니면 누군가에게 보여주기 위한 일인지에 대한 점검이 필요할 뿐이다. 그래도 그 먼 길을 짐 한 번 맡기지 않고, 온전히 내 몸으로 걸었다는 사실이 너무나 자랑스럽다. 길은 걸을수록 너무 행복했고, 나는 걷기를 위해 태어난 사람처럼 걸으면 걸을수록 내면에서 더욱더 힘이 솟아난다.

길동무가 카미노에서 만난 최 선생과 세 사람이 공유하는 단체 카톡에 '산티아고에 도착했다'는 메시지를 남겼다. 내가 여러 번 보낸 개인 카톡에는 답변이 전혀 없었다. 미리 만나 얘기도 하고 싶은 마음에 내일 산티아고에 도착하니 만나면 어떻겠냐, 또 그 이후의 일정이 어떻게 되느냐고 개인 카톡을 보냈는데도 역시나 감감무소식이다. 일정이 맞으면 같이 포르투에 가서 걸었던 얘기도 하고, 서운한 마음도 풀고 싶어서 연락을 했는데 답변이 없다. 그래도 그 친구가 산티아고에 무사히 도착했으니 우선 안심이고 다행이다. 내 나름대로는 둘의 서먹한 관계 개선을 위해 연락을 취할 만큼 취했다고 생각을 하기에 더 이상 미련도 없다. 길에서 만난 친구이니 길에서 헤어질 수도 있다. 그것이 사람의 만남인 것이다. 굳이 너무 마음을 쓸 필요가 없다. 끝까지 웃으며 헤어지면 좋겠지만, 그렇게 되지 않아도 미련을 가질 필요도 없다. 하지만 최 선생과 같이 만난 자리가 너무 불편하면 일찍 자리를 뜰 것이다.

알베르게에 도착하여 침대를 배정받는데, 이 알베르게는 특이하게도 이층 침대가 없이 모두 일층 침대로 편안하게 쉴 수 있고 시설도 아주 깔끔하다. 주인은 안내를 한 후에 묵시아 도착 증명서를 바로 발급해 주었다. 묵시아에서는 알베르게 주인이 완주증명서를 직접 발급해주는 것 같다. 샤워를 하고 짐을 정리 한 후에 영어가 전혀 통하지 않는 알베르게 주인에게 식당을 추천해 달라고 요청하였다. 길을 걸으며 누군가에게 묵시아에는 생선 요리를 잘하는 식당이 있다고 얘기를 들은 기억이 있어서 혹시나 하는 생각에 부탁을 했다. 모든 일정을 잘 마치고 완주를 축하하기 위한 멋진 식사를 나 자신에게 선물하고 싶었다. 원래 음식에는 별 관심이 없는 사람이지만, 이날만은 뭔가 특별한 음식을 먹고 자축을 하고 싶었다. 주인은 지도를 펼쳐 보이며, 식당 한 곳을 추천해 주었다. 그 식당을 찾아 들어가니 고급 식당답게 모든 손님들이 거의 정장을 입고 식사를 하고 있었고, 자리를 안내받아야만 앉을 수 있는 식당이었다. 조금 기다리고 있는데, 주인이 다가와서 점심 식사 시간이 끝나서 식사를 할 수 없다고 하여 조금 실망한 채로 돌아서는데, 주방장이 달려 나와 주인에게 1인분의 식사가 남아있다고 하여 음식을 먹을 수 있게 되었다. 와인, 파스타, 관자요리, 정체불명의 음식, 그리고 마지막에 아이스크림까지 풀코스 정식을 먹었다. 워낙 음식에 관심이 없기에 내게는 그냥 한 끼 음식에 불과했지만, 기분을 내기에는 충분했다. 또한 식당의 분위기도 아주 고급스럽고 고급스러운 서빙을 받아 잠시 나 자신이 고급스러운 사람이 되었다는 착각을 하기도 하였다. 자축의 의미로는 그것으로 족하다.

나는 내일 아침에 산티아고에 가서 포르투갈 포르투행 버스를 예약하고 하루를 쉴 계획이다. 시간이 되면 대성당 미사에도 참석을 하려 한다. 지난번 자리가 없어서 미사 참석을 하지 못한 것이 아쉽다. 가기 전 한 번은 그 미사에 참석을 하고 싶다. 그리고 포르투갈에서 이틀간 머문 뒤에 파리로 와서 올리비에 씨와 만난 후 서울로 가면 이번 여행이 끝난다.

PART 03

포르투갈 포르투와
베르나르 올리비에

카미노에서 배운 교훈

MUXIA에서 SANTIAGO

아침에 버스를 타고 묵시아에서 산티아고로 향했다. 며칠간에 걸쳐서 걸었던 길을 버스를 타니 단 4시간 만에 산티아고 시외버스 터미널에 도착하였다. 버스 차창으로 내가 걸어왔던 길이 간혹 눈에 보인다. 걸었던 길은 비록 처음 가본 길이라도 쉽게 기억해 낼 수 있다. 포르투로 가는 버스 티켓을 예매하고, 예약된 알베르게를 찾아가서 숙소를 배정받았다. 오늘은 순례기간 중 휴일 같은 느낌이 들면서 동시에 홀로 동떨어져 있고 사회와 분리된 느낌도 든다. 사람들은 각자 자신의 할 일을 하고, 순례자들은 열심히 걷고 있는데, 나는 갑자기 이방인이 된 느낌으로 버스터미널 부근 알베르게에서 부랑자처럼 목적 없이 여기저기 기웃거린다. 나는 순례자인가, 여행객인가, 아니면 그냥 부랑자인가. 어딘가 소속 감이 없다는 것이 주는 불안감과 할 일이 없다는 것이 주는 무료함으로 인해 뭔가가 불편하다. 바쁠 때에는 아무것도 하지 않았으면 하는 바람이 있었는데, 막상 그런 상황에 놓이니 오히려 바쁜 것이 편하다는 생각이 들기도 한다. 습관의 무서움이다.

간단한 글을 써서 여러분들에게 카톡으로 감사의 말씀을 전했다. 장모님께서 보내주신 답장을 받으니 눈물이 나려 한다. 매번 카톡을 보낼 때마다 장모님께서 따뜻한 답변을 보내 주셨다. 조용히 앉아 순례 기간 동안 느꼈던 점을 한번 정리해 보았다.

참으로 큰일을 해냈다. 900㎞ 이상을 너무나 행복하게 걸었다. 마음은 차분하다. 할 일을 해냈다는 뿌듯함보다는 그냥 담담하다. 나를 조금 힘들게 했던 것은 빨래와 알베르게에서 코골이로 스트레스받았던 일, 그리고 길동무와의 헤어짐이다. 지나 보니 별일 아니다. 옷을 이틀 입는다고 문제 될 일도 아니고, 코골이가 듣기 싫으면 그 사람들이 자리를 옮기면 된다. 그냥 나 때문에 잠을 못 이룬 분들에게 조금 미안할 뿐이다. 또 그들이 정말로 피곤했다면 내 코골이로 잠을 설치진 않을 것이다. 너무 뻔뻔한 생각인가? 이제 길동무 얘기도 그만하는 것이 좋겠다. 나름대로 할 만큼 했다고 생각한다. 약속된 6일에 만나서 그 친구가 어떻게 대하든 내가 할 바만 하면 된다. 내가 그 친구에게 미안한 마음을 갖는 이유는 단 한 가지 끝까지 같이 걷지 못했다는 것뿐이다.

과연 이 길에서 무엇을 배웠을까? 가장 큰 것은 순례자 병원에서 만난 분들을 통해서 하심, 타인을 섬기는 일, 오는 사람 막지 않고, 가는 사람 잡지 않는 무분별심과 무집착심, 그리고 '이 또한 지나가리'라는 교훈이다. 이것은 직접 눈으로 보고 몸으로 체험한 것이기에 마음속 깊게 각인되어 잊을 수가 없다. 또 하나는 길은 결국 홀로 걷는 것이고, 어느 누구도 조언이나 가벼운 도움을 줄 수는 있지만 결국은 홀로 해내야만 한다는 것이다. 삶은 결국 혼자 살아가는 것이다. 그래서 사람과의 인연은 소중하지만, 그때 그 인연에 최선을 다하고 미련을 갖지 말아야 한다. 사람들과의 관계에 미련, 애착, 많은 관심을 쏟는 것은 결과적으로 불편함을 초래하고, 그로 인해 불필요한 에너지와 시간을 낭비하게 된다. 그 시간에 차라리 자신의 내면을 가꾸는 것이 좋다. 인연은 관계에서 발생하며, 관계가 끝나면 인연도 끝나는 것이기에 무상하다. 무상한 것에 얽매일 필요가 없다. 그냥 흘러가도록 내버려 두면 된다.

봉사하는 사람들은 행복하다. 자신만을 위해 사는 사람보다 남을 위해 사는 사람들의 행복의 크기는 그만큼 더욱 커진다. 길에서 만난 자원봉사자들, 특히 순례자 병원에서 만난 분들의 행복한 모습을 보면서 그런 느낌을 받았다. '이 또한 지나가리라'라는 말씀은 이번 여정에서 배운 가장 큰 가르침이다. 사람들이나 상황을 배척하거나 집착하지 않고 그냥 받아들이고 기다리면 저절로 시간이 해결해 준다. 그것을 억지로 자신과 맞지 않는다고 수정하고 자신의 틀에 맞추려고 노력하는 시간과 에너지가 결국은 쓸모없는 낭비가 되어버린다. 힘든 상황이나 불편한 사람을 만나게 되더라도 '이 또한 지나가리라'라는 마음으로 인내하며 자신의 편견과 판단을 버리고 자신이 이 순간에 할 수 있는 일에 최선을 다하면 결국은 시간이 해결을 해준다. 그 상황과 사람으로부터 벗어나려는 마음이 오히려 우리를 더욱 힘들게 만들 뿐이다. 그래서 옛날 현인들은 '굳이 애쓸 일이 없다'고 말씀하신 것 같다.

자신을 수용하는 것 또한 아주 중요한 가르침이다. 자신을 수용한다는 것은 나의 좋은 모습, 싫은 모습 모두 있는 그대로 받아들이고, 그런 모습의 자신을 인정하는 것이다. 자신의 통장잔고를 보고 채울 생각만 하면 되는데, 타인의 통장을 보고 부러워하고 질투를 하는 사람들은 어리석은 사람들이다. 남과 비교하는 것은 결국은 자기비하를 하게 만들거나, 질투나 시기심을 느끼게 해 자신을 힘들게 만드는 아주 나쁜 습관이다. 자신을 있는 그대로 받아들이는 것이 자신을 사랑하고 수용하는 것이다. 자신을 수용하게 되면 비교를 하지 않게 되고, 그로 인해 많은 속박으로부터 해방되어 참다운 자유를 느낄 수 있게 된다.

또한 우리는 각자 자신을 위한 삶을 살아야 한다. 그것이 참으로 남을 위한 삶이 된다. 남에게 보이기 위한 삶을 사는 것은 자신과 타인을 속이는 일이 된다. 자신은 껍질밖에 남지 않게 되고, 타인은 그런 사람을 결국은 인정하지 않고 심지어는 경멸할 수도 있다. 그것을 느끼는 당사자는 결국 자신의 삶이 피폐해질 수밖에 없다. 슬픈 일이지만, 실은 많은 사람들이 그런 삶을 살고 있다. 전반적으로 사람들은 우리의 생각보다 다른 사람들에 별 관심이 없다. 그래서 타인의 시선을 의식하고 타인의 잣대에 맞춰 사는 것처럼 어리석은 일은 없다. 그들은 그냥 느끼고 생각하는 것을 얘기할 뿐, 그 이상도 이하도 아니다. 그리고 자신의 일이 바쁘고 힘들면 타인의 일에 더욱 더 관심을 쏟을 수 없고, 오히려 그런 관심 쏟는 일 자체가 삶에 방해가 된다. 타인의 일에 불필요하게 많은 관심을 보이는 사람들은 할 일이 없어 그냥 말을 만들어 내는 사람에 불과하다.

정말 타인에 대한 사랑과 관심을 갖고 있는 사람들은 상대방의 입장과 상황이 어떻든 상관없이 늘 지지하고 변하지 않는 마음으로 기다리고 기도를 하는 분들이다. 남에게 보이기 위한 타인의 시선을 의식하는 삶을 살지 말고, 정말로 자신이 행복할 수 있는 삶을 살아야 다른 사람에게도 그 행복을 전달할 수 있다. 굳이 전달할 필요도 없다. 자신의 행복함이 상대방에게 저절로 전달될 것이니. 카미노에서 그런 사람들을 많이 만났다. 길에서 처음 만난 순례자들의 너무나 반갑고 행복하게 인사하는 모습을 보며 그들의 행복감에 나 역시 행복감을 느낀다. 그들은 내게 그들이 행복하다고 얘기하지도 않지만 그들의 표정, 행동, 말투에 저절로 묻어져 나온다. 자신이 행복해야 그 넘치는 행복감이 타인에게 자연스럽게 전달될 수 있다.

포르투 Porto 도착

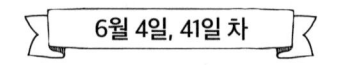

SANTIAGO에서 PORTO

아침에 일어나 어젯밤에 준비해 놓은 바나나, 토마토와 요구르트를 먹고 버스 터미널로 향했다. 산티아고 버스터미널은 외부에서 보면 마치 한국의 물류창고처럼 생긴 곳인데, 그 규모가 작은 터미널에서 국내 및 해외로 나가는 버스 편이 잘 연결되어 있다. 마드리드까지 가는 버스도 있다. 진작 그 버스 편을 알았더라면 이왕이면 마드리드도 한번 가보는 것인데 아쉽다. 카미노를 완주한 사람들이 대부분의 승객들이라 그런지 모두 무거운 배낭을 메고 와서 기다리고 있다.

처음 만난 50대 초반의 한국인 아주머니가 옆자리에 탔다. 반가운 마음에 인사를 했고, 그분 역시 카미노를 마치고, 같이 걸었던 분들과 포르투를 들려 바르셀로나까지 앞으로도 약 보름간 여행할 예정이라고 한다. 버스 안에서 여러 가지 얘기를 재미있게 나눴다. 아들의 전폭적인 지지를 얻고, 딸아이의 응원에 힘입어 남편에게 미안한 마음을 안고 왔다고 한다. 무척 밝고 마음이 건강한 분 같았다. 말씀도 잘하시고, 자신의 표현도 편안하게 하시며, 걷는 것이 좋아 무작정 오셨다고 한다. 여행을 하기 전에는 전업주부로만 살아왔고 영어도 한마디 못하는 자신이 이렇게 외국에서 적응을 잘할지 몰랐는데, 지난번 유럽 여행과 이번 카미노를 걸으며, 앞으로는 어떤 일이든 혼자서도 할 수 할 수 있다는 자신감을 얻으셨다고 한다. 귀국 후에는 젊은 시절 글을 썼던 기억을 되살리며 글로 자신을 표현하는 블로그 활동을 하고 싶다고 하였다. 집을 떠나서 두 달 이상을 너무 잘 적응하고 지내고 있는 모습을 남편이 처음에는 의아스럽게 생각하다가, 요즘은 주변 지인들에게 자랑을 하고 다닌다고 한다.

우리는 여행을 통해서 숨겨진 자신의 능력을 발견하기도 하고, 그런 새로운 모습에 고무되어 다른 도전을 하기도 한다. 나 역시 평상시에 걷기를 즐겨 하기는 했지만, 이 정도로 걷는 것을 좋아하고 잘할 수 있는지는 몰랐고, 홀로 하는 외국 여행이 이 정도로 자유롭고 편안한지도 몰랐다. 서로 통성명도 하지 않고 연락처를 주고받지도 않은 채 도착할 때까지 세 시간 정도 수다를 떨었다. 포르투에 도착하자마자 마치 전혀 얘기를 나눈 적도 없는 모르는 사람들처럼 그분은 일행들과 함께 가고 나는 다시 혼자가 되었다.

어디로 가야 할까? 숙소를 예약하지도 않았고, 어디에서 무엇을 할까 생각도 하지 않고 무조건 왔다. 누군가에게 들으니 강변 쪽으로 가면 호스텔이 많고, 휴양지이기에 숙소를 쉽게 잡을 수 있다고 한다. 나는 지금 이것저것 가릴 때가 아니다. 홀로 왔고, 아무도 아는 사람도 없고, 이곳도 낯선 곳이다.

우선 모레 산티아고 돌아가는 차편을 예약하는 것이 중요해서, 기사에게 물어 사무실을 알아내어 차편을 예약하였다. 산티아고에서 포르투까지 세 시간 정도 걸린다고 했는데, 오늘 보니 4시간 정도 걸린다. 길동무들과 약속한 대로 모레 오후 4시에 대성당 앞에서 만날 수 있도록 아침 첫차인 8시 45분 버스를 예약하였다. 그다음은 숙소를 찾아야 했다. 버스 편 예약을 하고 나오니 주변에 아무도 보이지 않는다. 마치 사막에 홀로 덩그러니 남겨진 느낌이 든다. 그 터미널은 외국을 드나들 수 있는

국제버스터미널이라는 사실이 믿기지 않을 정도로 시설이 거의 없고, 일 반버스정류장처럼 다만 승하차장만 있을 뿐이다. 시간 맞춰 버스가 들어오고 나가고, 승객은 내리거나 타기만 하면 된다.

홀로 동떨어져 낯선 곳에 서 있다. 고민하다 버스 예약 창구 여직원에게 근처의 호텔이나 호스텔을 알아봐 줄 수 있냐고 했더니, 지금은 바쁘고 10분 정도 기다리면 알아봐 주겠다고 친절하게 얘기한다. 어차피 바쁜 일도 없기에 급한 일 아니니 천천히 업무를 보라고 얘기하며 한가하게 주변을 둘러보았다. 조금 후에 근처에 호텔이 몇 곳 있다며 서너 군데를 써주고, 지도를 펴서 위치를 알려준다. 본인의 업무가 아닌 일임에도 이렇게 친절을 베푸는 모습이 인상적이었고 너무나 고마웠다. 지도를 보고 찾아가고 있지만, 눈에 잘 들어오지 않는다. 대충 그 근처를 둘러보니 호텔이 하나 보여서 그냥 들어갔다. 싱글룸 1박에 40유로로 조식이 포함되어 있다고 하여 2박을 예약했다. 빨리 들어가 쉬고 싶었다. 조식이 포함되어 있다니 굳이 슈퍼에서 아침 식사를 준비하지 않아서 좋고, 버스터미널과 5분 정도의 거리이니 모레 아침 일찍 출발할 수 있어서 또한 좋다.

객실에 들어오니 이제야 배가 고파온다. 아침 식사를 과일과 요구르트로 먹고 오후 3시가 넘은 이 시간까지 아무것도 먹지 못했다. 버스 안에서는 혹시나 화장실 갈 일이 있을 것 같아 물도 마시지 않았는데, 나중에 알고 보니 버스 중앙 내리는 계단 옆에 화장실이 있었다. 근처를 돌아다녀 보았다. 별로 눈에 들어오는 것이 없다. 관광지는 약 3㎞ 이상 떨어진 강변 근처에 몰려 있다고 한다. 주변을 어슬렁거리다 칠면조 요리, 와인, 스프, 빵, 감자튀김을 6유로에 코스 요리를 제공하는 식당이 있어서 배부르게 먹고, 맥주를 두 잔 시켜먹었다. 오랜만에 여유롭고 배부르게 식사를 할 수 있었다. 포르투갈의 물가는 스페인에 비해 조금 저렴한 느낌이다.

도무지 도시가 그려지지 않고, 무엇이 유명한지, 어디를 가야 하는지 알 수가 없어 여행사를 찾아가 문의하려 했더니 오늘이 일요일이라 모두 문을 닫았다. 포르투 와인이 유명하고 와이너리 투어가 있다고 얘기를 들었는데, 어떻게 예약을 해야 하고 어디를 가야 하는지 알 수가 없다. 다시 호텔에 들어와서 프론트에 문의를 했더니, 4시간 투어로 시내 관광과 와이너리 관광이 포함된 프로그램이 37.5유로에 운영된다고 문의해서 알려 주어 예약을 부탁했다. 버스가 호텔 앞으로 와서 나를 픽업하고 마친 후에 다시 호텔로 데려다주며, 와이너리를 포함하여 관광지로 유명한 곳 서너 곳이 모두 포함되어 있다고 한다. 내일 관광이 기대된다. 홀로 하는 여행은 약간의 긴장감, 불안감, 그리고 외로움이 있지만, 스스로 모든 일들을 결정하고 해결하는 것이 주는 성취감, 자기 만족감, 그리고 자유를 한껏 느낄 수 있다.

두려움의 정체

6월 5일, 42일 차

PORTO에서

일종의 향수병인지 아무것도 하기가 싫다. 걷기가 끝나고 시간이 남아 포르투갈 포르투에 오기는 했지만, 걷는 거 외에는 별로 할 줄 아는 것이 없는 내게 이런 휴양지는 심심하고 무료하다. 시내를 둘러봐도 심드렁하다. 하고 싶은 일을 다 마치고 나니 집에 빨리 가고 싶은 생각밖에는 없다. 음식, 술, 주변 관광 모두 시들하다. 그래도 내게는 소중한 기회이다. 비록 향수병에 젖어 우울했지만, 오늘은 관광을 하며 좀 더 활기차게 보내려 한다. 여기에 다시 올 확률은 거의 없다. 반나절 관광이지만, 와이너리 투어, 대성당, 파리 에펠탑을 설계한 에펠의 제자이자 직원이었던 사람이 설계했다는 다리, 상벤토 역사의 타일 벽화 등을 둘러보게 되어 있다. 이 지역에서는 대표적인 관광지라고 한다. 시간이 많고 할 일이 없어 호텔 방에서 쉬고 있으니, 갑자기 내가 느꼈던 두려움에 대한 생각이 떠올랐다.

비가 많이 쏟아지던 날 홀로 메세타 평원의 높은 언덕을 올라갈 때 느꼈던 두려움, 숲 속 길을 홀로 걸을 때 느껴지는 두려움, 낯선 곳에 홀로 남겨질 때 두려움, 모두 공통점이 있다. 아무도 없는 것에 대한 두려움을 지니고 있다. 마치 로빈슨 크루소처럼 이 세상에 홀로 남겨지게 된다면, 얼마나 두려울까. 두렵다기보다는 어떻게 해야 할지 몰라 당황스럽다가, 그다음에 두려움이 몰려오고, 그다음에는 생존 방법을 터득해

나갈 것이다. 이 두려움은 일종의 유기불안인가? 어제 포르투 버스터미널에 홀로 남겨졌을 때, 잠시 당황스럽다가 방법을 찾아내어 지금 이렇게 지내고 있다. 그럼 생존하는 법은 스스로 찾아낼 수 있다는 얘기다. 사람들 속에 있으면 홀로 있고 싶어 하면서, 홀로 있으면 두려움과 불안감을 느낀다. 왜 그럴까? 자세히 살펴보니, 그 두려움이 모두 신체적인 위협과 관계가 있는 것 같다. 신체적인 폭력, 무서운 동물, 특히 사나운 개들로부터의 공격, 이름 모를 독충에 물릴 것 같은 두려움 등. 빗속을 걸을 때에도 아무도 없는 곳에 홀로 남겨져 누군가 또는 어떤 사나운 동물로부터 위협을 받거나 신체적인 위협을 받을 것에 대한 두려움을 느꼈던 것 같다. 죽음 자체는 죽으면 끝이기에 두렵지 않지만, 뭔가의 공격이나 위협으로 인해 죽기 전 고통을 받게 된다는 그 생각이 두려움의 원인인 것 같다.

먹구름, 강풍과 빗줄기, 번개나 천둥소리는 나를 해치지 못하기에 두려움의 대상은 아니었다. 내게 신체적인 위협을 가할 수 있는 사나운 동물, 낯선 사람이나 정상적인 범위를 벗어나 행동을 예측하기 어려운 정신병자 같은 사람들을 만났을 때 홀로 남겨져 대처하지 못할 수 있는 상황에 대한 두려움이다. 그래서 숲 속을 홀로 걸을 때에는 스틱을 무기로 사용하려고 길게 뽑아 양손에 꽉 쥐고 긴장을 하며 걷기도 했다. 그 두려움의 원인은 어디서부터 시작되었을까? 빛이 없는 곳에 대한 두려움, 깜깜한 곳에 대한 두려움도 있는 것 같다. 그래서 홀로 잘 때에는 괜한 불안감과 두려움을 느껴서 가끔 불을 켜 놓고 자기도 한다.

가만히 생각해 보니, 어릴 적 아버지가 누나와 형에게 폭행을 가하기 위해 경기를 느꼈던 나를 누군가가 깜깜한 광에 가둬두었던 기억이 떠오른다. 지금도 이 글을 쓰면서도 머리가 쭈뼛하게 서고 긴장이 된다. 어둠 속에 어린아이가 아버지에게 들킬까 봐 울음소리도 내지 못하고, 목소리를 죽여 가며 아버지의 성난 큰 목소리, 가죽혁대로 때리는 소리, 누

동루이스 1세 다리와 도우로 강

상벤투 역사의 타일 벽화

나와 형의 겁에 질린 울음소리, 어머니의 말리는 간절하고 겁에 질린 목소리를 듣고, 또 그 모습을 몰래 숨어서 지켜보며 두려움을 느끼고 있는 어린 나 자신이 떠오른다. 그래서 큰소리가 나면 싫다기보다는 무섭고, 술 마신 사람들이 큰소리 내고 비틀거리고 돌아다니면 나에게 폭행을 가할 것 같아서 성인이 된 뒤에도 무서워 피해 다녔던 기억도 있다. 또한 정신병자 같은 사람들이 다가오면 지금도 피한다. 갑자기 그들이 전혀 예상치 못한 상황에서 나를 신체적으로 공격할 것 같은 두려움을 느꼈다. 아버지의 그런 모습이 술에 취한 사람, 정신이상자, 어떤 행동을 할지 모르는 예측 불가능한 사람들에 대한 두려움으로 연결되었을 가능성이 크다.

결국은 그런 두려움의 원인은 어릴 적 무서웠던 기억 때문인 것 같다. 홀로 남겨지는 것에 대한 두려움 역시 광에 홀로 숨겨진 채로 남겨진 것에 대한 두려움이었다. 그리고 어둠에 대한 두려움 역시 깜깜한 광속에 홀로 남겨진 것에 대한 어릴 적 두려움이 아직도 남아있는 것이다. 결국 두려움의 원인은 어둠 속에 홀로 남겨져 누구의 도움도 받을 수 없는 상황, 숨죽이며 광속에서 지켜보는 것 외에는 아무것도 할 수 없는 상황과 누나 형제들에 대한 폭행이 끝나면 나도 폭행당할 수 있다는 두려움, 아버지의 모습을 정상적인 사람이 아니고 술 취한 정신이상자이거나 행동이 예측 불가능한 사람으로 생각하여 그런 사람들에 대한 두려움이었다. 모두 퍼즐 조각 맞춰지듯 맞춰진다. 어둠, 큰소리, 술 취한 사람들의 과격한 행동이나 예측 불가능한 행동, 폭행, 홀로 남겨짐, 대처할 능력이 없는 것에 대한 두려움, 폭행당할 수 있다는 두려움, 모두 그 사건과 관계가 되어있었다. 이제야 그 두려움의 실체를 알게 되었다.

이제는 그 내면 아이와 대화를 해야 한다. 그 아이가 그 두려움에서 벗어나 당당하게 행동하고 살아갈 수 있도록 힘을 주고 손을 잡아주고 성장할 수 있도록 도와주어야 한다. 두려움의 정체를 알게 되어 다행이다. 늘 두려움의 정체가 궁금했었다. 왜 홀로 남겨지는 것이 싫고, 막연한 폭행에 대한 두려움이 있고, 깜깜한 곳이 싫고, 술 취해 이상한 언행을 하는 사람들이 무서운지. 자꾸 고인이 되신 아버지 얘기가 나오게 되어 죄송하지만, 내게는 아주 중요한 일이다. 이제는 아버지로 인한 두려움에서 벗어나야만 한다.

직장생활 할 때에도 가끔 상사들이 큰소리를 치면 미친 사람으로 취급했다. 술 취한 상사가 내 머리에 술을 부을 때도 싸울 생각을 못 하고, 두려움 때문에 속으로 분노를 삼키며 가만히 당하고만 있었다. 그래서 권위, 학력, 지위, 경제력, 나이 등 조건이 나보다 낮거나 높은 모든 사람, 또는 나를 통제할 수 있다고 생각하는 사람들은 내게는 아버지 같은 권위적인 대상으로 느껴져서 불편하고, 저항하고 속으로 분노하고 근처에 가기 싫어하곤 했다. 결국 그런 일들이 대인관계의 미숙한 모습으로 비치곤 했다. 그러면서 동시에 나보다 조금이라도 부족한 사람들에게는, 오히려 내가 권위적으로 대했다. 윗사람들에 대한 감정은 두려움, 불안감, 거부감, 저항감, 불편함 등이었고, 아랫사람들에게는 권위적이고 고압적인 태도를 보였다. 그런 연유로 인해 많은 사람과 마찰을 많이 빚었고, 직장생활과 사업의 어려움도 결국은 그런 원인으로 인한 대인관계의 미숙으로 인해 발생한 것이었다. 이제 원인을 알게 되었다. 나 자신의 내면 아이가 성장할 수 있도록 내가 도움을 주어야 한다. 다행이다. 지금이라도 그 원인을 알게 되어서.

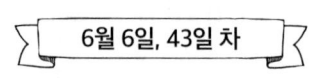

세 번째 만남

6월 6일, 43일 차

PORTO에서

'오늘이 너와 세 번째 만나는 날이구나. 첫 번째는 메세타 평원에서 목 놓아 울고 난 후에 만났고, 두 번째는 갑자기 너를 포함한 모든 사람들이 불쌍하게 느껴진다고 얘기할 때, 그리고 오늘. 아침에 네가 두려움의 정체를 알게 되었다고 했기에 너와 다시 한 번 만나려고 해. 지금 기분은 어때?'

"피하고 싶어서 그런지 짐을 싸거나, 샤워하거나 자꾸 딴짓하면서 시간을 끌고 있어. 긴장되고 불편한 얘기를 해야 하는 두려움 같은 게 있나 봐."

'그래, 충분히 그럴 수 있어. 근데 네가 그간 상담 공부를 하면서 그래도 몇 번 그 얘기를 꺼냈잖아. 그래서 오늘도 잘할 수 있으리라 믿어.'

"고마워, 근데 뭐부터 얘기해야 하지?"

'그 당시 상황을 한번 잘 기억에 떠올려보고 생각나는 대로 얘기해 줄 수 있겠니?'

"그 생각을 하니 벌써 온몸에 소름이 돋고 식은땀이 나는 느낌이 들어. 아무튼 노력해 볼게. 몸이 춥고 떨려, 아마 약간 추운 계절인 것 같고, 옷은 속옷 차림에 신발도 안 신은 것 같아. 아버지가 술 취해서 늦게 들어 오셔서 누나와 형을 때리려 할 때, 내가 경기를 일으키니까 엄마가 아마 잠에 덜 깬 나를 광 속으로 숨겨 둔 것 같아. 추워서 떨리고, 아버지가 술 취해서 화를 내시는 목소리에 떨리고, 누나들은 벌거벗겨진 상태에서 수돗가에서 아버지가 혁대로 때리고 있고, 누나들은 비명을 지르고, 형은 기억이 안 나. 혁대가 몸을 치감으며 내는 소리는 너무나 끔찍해."

'춥고 무서워서 떨고 있구나.'

"응, 그리고, 숨어서 그 광경을 보고 있으니, 안 보려 해도 자꾸 보게 되고, 들켜서 나도 맞을까 봐 무서워서 소리도 지르지 못하고 손으로 입을 막고 두려움을 억지로 견디는 모습 같은 느낌."

'네가 울거나 무서워서 소리를 지르면 너도 들켜서 맞을까 봐 아무 소리도 못 내고 소리 죽이며 그 두렵고 깜깜한 곳에서 혼자 떨고 있었구나.'

"맞아, 누나들이 맞는 것도 두렵지만, 나도 들켜서 맞을 것 같은 두려움도 많았던 것 같아. 우선 들키지 않는 것이 제일 중요했던 것 같아."

'잠도 덜 깬 상태에서 엄마 손에 이끌려 속옷 차림에 그것도 약간 추운 계절에 광 속에서 무섭고 추워서 떨고 있고, 누나들 비명과 가죽혁대로 때리는 소리를 들으며 더 두려웠고, 보고 싶지 않아도 자꾸 보게 되면서 두려웠고, 소리 지르지도 못하고 무서워서 벌벌 떨면서 더 두려웠고.'

"그래, 바로 그거야. 모든 것이 두려웠어. 깜깜한 광 속에 홀로 있는 것도 무섭고, 맞는 소리, 때리는 소리, 아버지 고함, 엄마의 비명, 혼자 숨겨져 들킬까 봐 소리도 못 내고 두려움을 몸속에 감춰두고 표현도 못 하고 있었던 두려움."

'그때 어떤 상태가 되면 두려움이 조금 사라질 수 있었을까?'

"누군가가 내 옆에 있었으면 그래도 덜 두려웠을 텐데. 엄마나 형이나, 나를 안아주고 괜찮다고 얘기를 해주며 달래주고 위로해 주면 좋았을걸 하는 생각이 들어, 네가 물어보니까."

'아, 그렇구나, 누군가가 옆에 있는 것이 필요했는데, 아무도 네 옆에 없었구나. 너를 감싸주고 안아주고 괜찮다고 위로해 주고, 누군가가 옆에 있었으면 네 두려움이 없었을 텐데 하는 생각이구나.'

"맞아, 그래서 늘 외롭고 힘들었던 것 같고, 누구도 믿고 따를 수 없었고, 늘 혼자라는 생각으로 버티고 살아왔던 것 같아. 사업을 하고, 사회생활을 하면서도 내 고민을 속 시원하게 털어놓고 얘기할 사람이 없었어. 그래서 멘토가 필요했는데, 그런 사람이 없었던 거지."

'멘토, 누군가가 그런 사람이 옆에 있다는 사실 하나만으로도 위로도 되고 힘이 되지.'

"맞아, 근데 나는 늘 모든 문제를 내가 홀로 해결해야만 한다고 생각해왔고, 멘토를 찾으면서도 어떤 면에서는 멘토를 받아들일 준비가 안 되어있을 수도 있겠다는 생각이 지금 드네."

'그래, 정작 네가 필요로 할 때 네 옆에 아무도 없었으니, 누군가가 네 옆으로 다가와도 어쩌면 네가 받아들이지 않을 수도 있겠다.'

"그래서 어떤 지인은 내가 사람들이 가까이 오면 밀어내는 스타일이라고 말했던 기억이 나. 없으면 외로워하면서도 가까이 오면 피하고 멀리하는."

'이제, 그 지인 얘기가 이해가 되는구나.'

"응, 그래서 내가 스스로 사람들을 멀리했나 봐."

'지금 기분은 어때?'

"좀 전에 그 당시 상황을 얘기할 때는 온몸에 소름이 돋고 약간 한기도 느껴져서 패딩 잠바를 입고 글을 쓰고 있는데, 지금은 그런 한기는 없어졌고, 약간의 긴장감은 아직도 남아있어. 내가 사람들과의 관계를 스스로 멀리한 이유를 알게 된 거 같아."

'그래도 그런 힘든 상황이 있었는데 잘 견뎌왔네, 그 큰 두려움을 간직하고서.'

"아내 만난 것이 내게 가장 큰 힘이 된 것 같아. 늘 그 자리에서 나를 지켜주고, 내가 어떤 언행을 해도 인내해주고, 그래서 아내가 나를 사람을 만들었다는 얘기를 주변에 자주 하는 편이야."

'아, 아내가 늘 네 편이 되어 옆에 있었고, 그것이 너를 변하게 하였고, 누군가가 늘 네 옆에 있다는 것이 힘이 되었고, 그런 얘기구나.'

'응, 바로 그거야. 아내는 늘 그 자리에 있었거든. 내가 무엇을 하든, 어떻게 하든 늘 내 편이었거든. 지금도 그렇고, 앞으로도 그렇겠지. 이제는 실은 내가 아내 편이 되어 아내를 지켜줘야지, 하하하.'

'네가 웃으니 나도 기분이 좋다.'

"고마워, 오늘도 이 얘기를 꺼내는 게 쉽지 않았는데, 네 덕분에 얘기를 잘한 것 같아."

'그래, 나는 언제나 너와 같은 편이고 네 옆에 있으니 이제는 너 혼자라는 생각은 그만하고, 너무 두려워하지 않았으면 좋겠다. 어둠, 고함, 비명, 폭력에 대한 두려움, 홀로 남겨지는 것에 대한 두려움, 권위자나 네가 어떻게 할 수 없는 사람들에 대한 불편함, 이 모든 것들이 어릴 적 그 날의 사건으로부터 시작되었는데, 이제는 그런 것으로부터 조금씩 해방되었으면 좋겠어. 내가 늘 옆에서 도와줄게.'

"고마워, 나도 노력할게. 네가 그 얘기를 하니까 내가 왜 소리에 그렇게 민감했는지 이해가 되었어. 그래서 나는 음악도 별로 좋아하지 않고, 사람들 많고 시끄러운 장소도 싫고, 늘 조용한 곳이 좋았어. 그래서 산이나 들로 사람들이 별로 없는 한적한 곳을 홀로 걸은 거 같기도 해."

'아, 그래, 좋은 것을 알게 되었네.'

"사람들과의 불편한 이유도 알게 되었으니 조금씩 변화가 생기겠지. 그리고 내게 누군가가 강압적이거나 고압적인 태도로 뭔가를 시키거나 하면 화가 많이 났거든. 그 이유도 알겠어. 친구들이 아무 생각 없이 편하게 부탁하는 것도 가끔 내게는 명령조로 들려서 불편했던 적도 있었던 거 같고.

이번 산티아고에서 길동무가 내가 보낸 카톡을 보고 먼저 내게 연락을 해야 한다고 생각했는데, 오히려 적반하장 식으로 내게 왜 좀 더 자세히 알려주지 않았느냐고 얘기를 했을 때 화가 많이 났던 거 같아. 그 친구는 그냥 지나가는 소리로 또는 미안해서 그런 얘기를 할 수도 있었고, 아무 생각 없이 좀 더 자세하게 알려 달라고 얘기한 것일 수도 있는데, 그것을 고압적인 태도로 그리고 내게 명령하는 태도로 오해했던 것 같아. 마치 그 친구는 내가 먼저 챙겨줘야 하고, 자신은 대접을 받아야 한다고, 갑과 을의 관계처럼 생각해서 화가 많이 났었던 거 같아. 이제 실마리가 풀리네. 내일 그 친구 만나면 미안하다고 사과를 해야겠어. 자세한 얘기를 다 할 수는 없지만, 그냥 함께 걷지 못해 미안하다고 두루뭉술하게 얘기를 해야겠다."

'그래, 생각 잘했다. 어떻든 네가 먼저 따로 걷자고 했으니, 그 친구로서는 황당했을 수도 있고, 화가 났을 수도 있을 거야. 지금 마음으로 미안하다고 얘기하며 먼저 다가가는 것도 좋을 거 같아. 결과가 어떻게 되든 네가 할 일은 하는 게 좋겠어.'

"고마워, 내일 일단 시도는 할게. 그 친구가 어떻게 나오든 사과는 할게."

'OK! 화이팅!'

산티아고에서 파리로

〉 6월 7일, 44일 차 〈

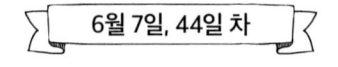

SANTIAGO에서 PARIS

어제 오후 4시에 약속대로 길동무와 카미노에서 만난 최 선생, 그리고 최 선생 후배, 네 명이 약속된 시간에 만났다. 먼저 길동무를 만나 '일방적인 통보를 하고 떠난 것에 대해 미안합니다.'라는 사과를 두 번 하였고, 길동무는 '이미 다 지난 일로 의미가 없다'는 식의 표현으로 답을 하였다. 그 의미는 굳이 지난 일을 다시 상기하고 싶지 않고, 사과가 의미 없다는 식으로 느껴졌다. 포르투에서 구입해 온 포르투 와인을 같이 마셨고, 장소를 옮겨 맥주를 마셨다. 서먹서먹한 감정이 남은 채로 같이 술을 마시고 무덤덤하게 헤어졌다. 다시 관계가 회복되기는 이미 늦은 것 같다. 씁쓸한 마음을 안고 숙소로 돌아왔다.

일찍 서둘러 공항버스 타는 곳으로 갔다. 6시에 첫차가 출발하기에 5시 30분경 도착해서 버스를 기다렸다. 사람들이 조금씩 몰려온다. 주변에는 스페인 젊은 청년들이 어젯밤의 취기에 빠져 큰 소리를 지르고 담배를 피우며 거리를 휘젓는다. 근처에 클럽 같은 것이 있었다. 또한 약간 정신이 희미한 젊은 노숙자들이 다가와 돈을 구걸했다. 예전에는 그런 친구들이 오면 무섭고 긴장하고 그랬는데, 이번에는 무섭다는 느낌도 들지 않았고, 구걸할 때, 그냥 못 본 척하고 있으니 떠나갔다. 6시가 다가오자 사람들이 줄을 서기 시작했다. 버스 운전사가 줄 선 곳보다 조금 못 미쳐 정차하기에 줄이 엉망이 될 줄 알았는데, 사람들이 하나의 끈처

새로운 나로 태어나는 길, 산티아고

럼 전체적으로 이동을 하며 질서를 유지한다. 보기 좋은 광경이다.

공항에 도착해서 체크인하는데 모든 순례자들은 공통으로 자신들의 배낭을 아껴서 배낭 커버를 씌우거나 다른 배낭 커버를 준비하여 배낭 전체를 싼 뒤에 짐을 싣는다. 아침 이른 시간이라 우리 같은 순례자 외에는 사람들이 많지 않아 쉽게 체크인을 할 수 있었다. 공항 내에서 순례자들과 아닌 사람들과의 구분은 확연히 드러난다. 등산화, 샌들, 등산복, 허리백을 착용한 분들은 모두 순례자들, 그리고 평상복을 입은 분들은 일반 여행객들이다. 저가 항공이라 그런지 산티아고에서 바르셀로나, 파리에 올 때까지 물 한잔도 주지 않고, 기내에서 음식을 판매한다. 공항 내 음식값도 많이 비싸다. 커피와 주스 한잔이 약 6유로 정도. 카미노에서는 3유로 이내면 아침이 해결되었다. 어느 분께서 카미노를 걸은 분들의 돈 개념이 카미노 물가에 익숙해져서 비싸게 느낀다고 하셨다. 듣고 보니 맞는 말씀이다. 서울에서도 빵과 커피 한잔하면 그 정도의 금액은 나온다. 카미노를 걸은 분들이 현실 적응을 하기 위해선 돈 개념부터 카미노 방식으로부터 빨리 벗어나야 한다.

바르셀로나 공항에서 두 시간 정도 기다린 뒤 파리행에 탑승하여 다시 두 시간 후에 파리에 도착하였다. 짐을 찾고 나오니 입국심사대가 없다. 파리로 입국하여 피레네 산맥을 넘어 스페인으로 입국하였는데, 다시 파리로 들어가니, 파리에서 출국한 기록은 없는데 어떻게 설명해야 하나 하고 고민하고 있었는데, 쓸데없는 고민이었다. 모든 상황은 닥치면 그때 맞게 판단하고 행동하면 된다. 미리 고민할 필요도 없다. 딸아이가 가르쳐준 대로 오를리 행 버스를 타야 하는데 표를 어디서 구입을 해야 하는지 알 수가 없었다. 승차장 앞에 버스표를 구입할 수 있는 기기가 있는데 카드만 받고 현금은 받지 않는다. 주변에 물어서 다시 공항에 들어가서 안내에서 구입을 하였다. 버스에 탑승하여 약 30분 정도 이동 후 전철역에 내려 호텔로 가야 하는데 전철역에서도 출구를 찾지 못해 헤매고 있다가 중년 신사에게 물어보았더니 직접 나를 출구 방향까지 데리고 가시며 가르쳐 주셨다. 외국인에게 친절하게 길을 안내해 주신 분께 감사를 드린다.

호텔에 짐을 푼 뒤 샤워를 하고 늦은 점심을 먹으러 식당에 갔다. 배도 고프고 영양도 보충할 겸 고기가 먹고 싶었는데, 프랑스어로 적힌 메뉴는 전혀 읽을 수가 없어서 무엇을 시킬 줄 몰라 종업원에게 물어 보고 고기 요리를 시켰다. 소고기가 맞기는 맞는데 스테이크가 아니고 우리나라의 육회 같은 음식에 약간 느끼한 소스를 뿌리고, 샐러드가 조금 접시에 올려져있다. 걷기 위해서 먹듯이 살기 위해서도 먹어야 한다. 와인과 함께 음식을 깨끗하게 다 비우고, 나온 빵은 올리브유를 듬뿍 발라 맛있게 먹었다. 슈퍼마켓을 물어 찾아가서 내일 아침 먹을 빵, 요구르트, 물, 바나나를 샀다. 이 습관도 카미노에서 생긴 습관이다. 최소한 매일 바나나 하나와 요구르트 하나는 챙겨 먹으려 노력했다.

음식을 구입하여 호텔에 돌아온 뒤 내일 올리비에 씨 만날 곳이 어디인지 파악하기 위해 지도를 폈다. 미리 거리가 어느 정도인지 알아보기 위해 물어보았더니 택시로는 10분 이내 거리이고 걸으면 1시간 정도 걷는다고 했다. 이 정도 거리는 카미노를 다녀온 사람에게는 걸어 다니는 것이 편하다. 가는 길 방향을 알아보기 위해 30분 정도 걸으며 길을 파악한 후에 돌아오면서 서점에 들러 저자의 사인을 받기 위해 책을 한 권 구입했다. 내가 원하는 책은 없었지만, 대신 올리비에 씨가 75세에 여자친구와 함께 2,900㎞ 걸은 내용을 정리한 책을 구입했다. 호텔로 돌아오는 길에 중국집을 한 곳 알게 되어 내일 점심은 그곳에서 하기로 하고 가게에서 맥주 한 캔과 호두를 사서 호텔에서 먹으며 편안한 잠을 잤다. 정말로 너무나 편안한 잠자리였다. 베드버그 걱정 안 해도 되고, 침낭 깔지 않아도 되고, 다른 사람들의 움직임으로 인한 침대의 흔들림도 없었고, 늦게 일어나든 일찍 일어나든 서로 신경 쓸 일도 없었고, 푹신하고 정갈하고 포근하고 습기 없는 침대에서 편안한 잠으로 충분한 휴식을 취했다.

『나는 걷는다』의
저자 베르나르 올리비에 씨를 만나다

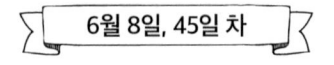

6월 8일, 45일 차

오전에는 호텔 주변을 걸으며 파리 시내를 구경했다. 도심은 어디든 그렇듯이 파리 시내 역시 시끄러운 경적소리, 신호등 안 지키고 길 건너기, 젊은 청년들의 보드 타기 등으로 정신이 없다. 바쁜 사람들이 사는 곳은 늘 그렇다. 기차역에 가서 공항 가는 표를 구입한 후, 플랫폼 위치까지 파악하였다. 역을 다녀오면서 슈퍼마켓에 들려 요구르트와 물을 샀다. 호텔에 들어와 단잠을 잔 후에 씻고 어제 눈여겨 봐둔 중국집에서 비빔밥을 먹었다.

출국 후 처음으로 밥으로만 식사를 했다. 이제야 밥 먹은 느낌이 든다. 지금까지는 걷기 위해 아무것이나 먹었다. 맛이나 재료, 종류를 가리지 않고 먹을 수 있고 힘을 낼 수 있는 것이면 무조건 먹었다. 언제 또 식사할지 모르기에 먹을 수 있을 때 먹어 두어야만 한다. 오늘 점심은 볶음밥을 시켜서 오랜만에 밥맛을 맛볼 수 있었고, 배부르게 먹을 수 있었다. 1시경 출발하여 지도를 보고 쇠이유 사무실을 물어서 찾아갔다. 전철역 라인을 따라 큰 길이 있어서 그 전철역을 기준으로 길을 찾을 수 있었고, 중간에 오거리나 헷갈리는 곳이 나오면 주변 사람들에게 물어보면서 찾아갔다. 생각보다 쉽게 찾을 수 있었고, 도착하니 2시가 조금 넘었다. 약속 시간은 4시. 그 사무실 근처의 카페에 들어가 오렌지 주스 한 잔 시켜놓고 글을 쓰며 시간을 기다리고 있었다. 3시 20분경 카페를

새로운 나로 태어나는 길, 산티아고

나와 사무실을 찾았더니 이미 올리비에 씨는 기다리고 계셨다. 그분이나 나나 둘 다 시간에 대해 강박적인 면이 있어서 늦는 것을 무지 싫어하고 늦을까 걱정하는 스타일이다. 결국 3시 30분에 만나서 반갑게 인사를 나눴다.

79세의 노인이라고는 믿기지 않을 정도로 정정하셨고, 말씀, 단어 한마디조차 흘리듯 말씀하시지 않고 아주 정확한 발음을 구사하셨다. 목소리에도 힘이 있었고, 악수를 할 때에도 내 손아귀 힘보다 강한 느낌을받았다. 2015년도에 쇠이유 대표직을 내려놓고, 지금은 퇴직자들을 위한학교 설립을 추진하고 계신다고 말씀하셨다. 자신의 구상을 정리한 책을 발간한 후에 학교를 설립하실 계획이라며 구체적인 계획도 말씀하셨다. 예순의 나이는 제2의 삶을 시작하기에 최적의 나이이고, 시간, 경제력, 경험, 학식을 두루 갖춘 퇴직한 사람들이 할 일을 찾지 못해 심한 경우 자살을 하기도 한다고 안타까운 마음을 말씀하시며 그분들이 퇴직전부터 퇴직 후의 삶을 구상할 수 있는 학교를 만드시겠다고 하셨다. 그출발은 각자 자신을 먼저 돌보는 프로젝트부터 시작이 되어야 한다고말씀하셔서 나도 전적으로 동의했다. 나 역시 그 분야에 관심을 많이 갖고 있다고 말씀드렸고, 앞으로 서로 정보를 공유하며 계속해서 연락을취하기로 하였다.

올리비에 씨는 내가 산티아고 순례를 완주한 것을 축하하며, 준비해간 저자의 책에 간단한 격려의 글과 함께 서명을 해주셨다. 약 45분간대화를 나눈 후 사무실 앞에서 사진을 찍었다. 그리고 잠깐 인사를 하고 헤어지려는데, 당신은 암으로 오른쪽 허파를 잘라냈고, 왼쪽 눈은다른 이유로 거의 실명에 가까울 정도로 시력을 잃으셨다고 한다. 하지만 이런 육체적 불편함이 당신의 열정을 식게 하거나, 당신을 힘들게 만들지는 못한다고 말씀을 하셨다. 그런 성치 못한 몸과 80세의 노구에 퇴직자를 위한 학교 설립을 추진하시는 모습을 보며, 그분의 열정과 삶의 마지막 순간까지 사회를 위한 일을 하시는 모습을 보며 놀랍고 존경스러우며, 동시에 나의 롤모델이라는 생각이 들기도 하였다. 돌아오는 길에 이제 할 일을 다 마쳤다는 속 시원하고 후련한 마음이 들었다. 원래부터 계획되었던 산티아고 순례와 올리비에 씨와의 만남을 모두 이루었다.

왜 그 두 가지를 하고 싶어 했을까? 결국 내 삶의 방향을 찾고, 앞으로의 삶을 의미 있게 살고 싶어서였다. 두 가지를 모두 마친 후의 내 느낌은 앞으로의 길이 더욱 확실하게 보인다는 것이다. 그 길은 상담, 걷기, 명상을 접목한 심신 힐링 프로그램을 기획하고, 퇴직자와 청소년들을 위한 프로그램을 만들고, 그 일을 하며 일 속에 행복감을 느끼고 사는 것이다. 올리비에 씨도 말씀하셨듯이, 각자를 위한 프로젝트가 우선이 되어야 한다. 내가 아무리 좋은 생각을 하고 있어도 내 삶이 만족스럽지 않고, 가족들이 힘들어 한다면, 그것은 잘못된 프로젝트이다. 방향은 확실히 눈에 보인다. 누구를 대상으로 할 것인가도 눈에 보인다. 다만 언제 어떻게 시작하느냐는 내가 결정할 일이 아니고, 급하게 서두를 일도 아니며, 매일매일 주어진 일을 하다 보면 자연스럽게 시절인연이 다가올 것이다. 79세에 시작하시는 분도 계시니, 이제 겨우 환갑인 나는 천천히 준비해서 10년 후인 일흔 살에 시작해도 늦지 않을 것이다. 타인을 위한 일 자체가 나 자신과 가족의 행복을 위한 삶이 되어야 한다. 자리이타이다. 모두 함께 행복한 삶을 살 수 있는 프로젝트, 그것이 내가 가야 할 길이다. 산티아고 길은 노란 화살표를 따라 꾸준히 멈추지 않고 가다 보면 콤포스텔라에 도착한다. 마찬가지로 내가 가야 할 길도 방향이 나왔으니 포기하지 않고 꾸준히 하기만 하면 언젠가는 저절로 이루어져 있을 것이다. 베르나르 올리비에

새로운 나로 태어나는 길, 산티아고

저자의 책에 받은 친필 사인
With admiration for Hwi J. Lee, walker on
the Compostelle trail. Friendly

쇠이유 사무실 앞에서
베르나르 올리비에 씨와 함께

씨의 건강과 진행하시는 프로젝트의 성공을 진심으로 기원하며, 노구
를 이끄시고 교외에서 전철로 나를 맞이하기 위해 사무실로 나와 주
신 그분께 진심으로 감사를 표한다.

산티아고에서
만난 사람들

산티아고에서는 많은 사람들과 만나고 헤어진다. 만남과 헤어짐은 일상이기에 서로에게 부담을 주지도 않고 가능하면 약속도 하지 않게 된다. 그냥 만나는 그 순간에 마음을 열고, 마음을 나누며 미련 없이 헤어진다. 일반적으로 사람들은 사람과의 관계에서 사랑과 미움, 애착과 거부로 인해 괴로움을 겪는데, 산티아고에서는 만남과 헤어짐에 연연해 하지 않는 대인관계의 무상함을 배우게 된다. 짧은 5분간의 시간을 걸었든, 열흘 이상을 같이 걸었든 어떤 특별한 의미를 부여할 필요가 없다. 우리는 그 순간의 진실 된 만남을 통해서 서로에게 배우고, 상대방이라는 거울을 통해 자신의 모습을 볼 수도 있다. 그래서 산티아고는 삶을 배우는 가장 좋은 열린 학교 중의 하나이다. 길을 걸으며 만난 분들을 떠올리며 그분들에게 감사의 마음을 전하고 싶다.

최 선생(57세, 남성, 한국인) 국내 대기업 임원 출신으로 최근에 퇴임을 한 후에 자신의 꿈인 사진작가가 되기 위해 길을 나섰다. 열린 마음과 대인친화력, 풍부한 사회생활 및 외국 생활 경험, 넓은 포용력과 상황 판단력이 뛰어나며, 분위기를 밝게 만드는 밝은 에너지를 갖고 계신 분이다.

선생 퇴직 부부(한국인) 남편은 작년에 교직 정년퇴직 후 선배들처럼 천편일률적인 삶을 살고 싶지 않아서 50일간 홀로 유럽 배낭여행을 하며 인생이모작을 준비하셨다. 작년에 명예퇴직한 부인과 함께 산티아고에 오기 위해 영어 공부, 스페인어 공부, 섬진강변 걷기 등 준비를 철저하게 하여 즐겁게 걷고 계셨다. 배낭여행을 하면서 모든 문제를 스스로 해결해야 한다는 것을 뼈저리게 느끼며 스스로 많은 노력을 하였고, 이번 여행을 통해서 자신의 미래에 대한 설계가 구체화되셨다고 한다. 그분들의 멋진 인생이모작을 기대한다.

세 분의 성인(聖人, 이탈리아인) 알베르게로 활용되고 있는 순례자 병원에서 활동하시는 세 분. 매일 다양한 사람들을 만나시면서 똑같이 진실된 마음으로 모시고, 다음 날 아침 정성스럽게 보내 드린다. 사람들에 대한 모든 판단을 내려놓으시고, 자신들에게 주어진 소명에 최선을 다하신다. 차별 없는 마음과 정성을 다하는 섬김, 그리고 아름다운 이별을 너무나 자연스럽게 하시는 그분들은 이미 성인이시다.

패트릭(64세, 남성, 미국인) 대학에서 예술학 교수로 스포츠광인 그는 오른쪽 골반을 인공관절로 교체한 후 재활훈련을 하였고, 자신의 몸을 점검 차 산티아고에 오셔서 400㎞를 걸으셨다. 내년에는 왼쪽 골반을 수술하여야 하고, 그 이후에 나머지 400㎞를 완주하시겠다고 한다. 늘 웃음을 잃지 않으시고 밝은 에너지가 넘쳐서 주변에 늘 많은 사람들이 모여 있다.

머셔리(69세, 여성, 미국인) 아들의 질병, 손녀의 아스퍼거 증후군 등으로 많은 고통을 받으셨고, 자신의 삶을 재정비(reset)하기 위해 오셨다. 자신과의 싸움이 얼마나 치열한지 얼굴에 그 모습이 많이 나타났는데, 걸으시면서 조금씩 얼굴에 부드러움이 나타나기 시작하셨다. 마음의 평온을 얻으시고 앞으로의 행복한 삶을 기원한다.

노부부와 아들 80세가 넘어 보이는 노부부 뒤에 60세 정도의 아들이 조용히 두 분을 돌보며 걷고 계셨다. 엄숙한 침묵 속 걸음이 숙연하게 느껴진다. 언제 다시 오실 수 있을지 모르는 이 걸음을 하시며 무슨 생각을 하고 계실까? 마지막이 될지 모르는 산티아고 길을 걸으시는 노부부와 그분들을 모시는 아들의 마음에 깊은 감명을 받았다.

치매 누나와 남동생(누나 62세, 남동생 56세, 미국인) 누나가 약국에서 수면제를 사갔고, 조금 후에 동생이 찾아와 환불해갔다. 알베르게에서 사라진 누나를 찾기 위해 사방으로 다니는 남동생. 등산화가 더럽다고 주방 싱크대에서 물로 닦아내는 누나. 뒤처리하러 다니는 남동생. 눈물겹도록 아름답다. 두 분 모두 행복하실 것이다.

여고졸업생(독일) 고등학교를 졸업하고 앞으로 진학을 할까, 취업을 할까 고민하기 위해 왔다는 여고 졸업생 두 명. 감기에 걸려 훌쩍거리면서도 매일 쉬지 않고 걸으며 웃고 고민하는 예쁜 친구들. 각자 걷다가 같이 걷기도 하며 끝까지 포기하지 않는 그들은 이미 세상의 주인공이다.

모녀지간(엄마 60세, 딸 30세, 멕시코인) 엄마는 프랑스 생장에서부터 걷고 있고, 딸은 휴가를 내어 2주간 엄마와 같이 걷기 위해서 왔다. 카페에서 딸이 엄마의 발을 주무르고 있고, 엄마는 행복한 미소로 답례한다. 그 행복한 모습을 보니 가슴이 뭉클하다. 부디 그 행복함을 내내 유지하시길 바란다.

가브리엘 부자(아빠 59세, 아들 31세, 프랑스인) 아버지는 다국적 기업에서 컴퓨터 분야에 근무하고 있는데, 심한 스트레스로 허리 통증이 심해 시간 나는 대로 걷고 있고, 지금까지 약 3,000㎞를 걸었다고 한다. 아들은 학업으로 인해 9년간 아버지 곁을 떠나 있어서 이번에 2주간 같이 걷기 위해서 왔다. 서로를 바라보는 눈빛이 그윽하고 아름답다. 좋은 아들이라고 하니 훌륭한 아빠가 계셔서 고맙다고 한다. 둘이 같이 비를 피해 건물 아래에 앉아 담배를 피우며 웃고 얘기하는 모습이 인상적이었다.

조 수사 신부(53세, 남성, 한국인) 가톨릭에 입문한 수행자들의 수련원장을 9년간 맡으셨고, 안식년 휴가를 이용하여 산티아고에 오셨다. 매우 원칙적인 분이지만, 그 속에 열린 수행자의 마음과 따뜻한 인간애를 갖고 계신다. 자신의 틀을 깨기 위해 오셨다고 한다. 이미 길을 걸으며 틀을 많이 버리고 깨셨을 것이다. 참다운 수행자 한 분의 출현에 감사를 드린다.

스페인 노인과 제리코(65세, 남성, 스페인, 40세 여성, 미국인) 노숙자 차림의 노인은 종교, 철학, 과학 등 많은 분야에 해박한 지식을 갖고 있었다. 사람은 외양으로 판단해서는 안 된다는 것을 다시 한 번 확인하게 된 계기가 되었다. 삶의 방법에 대해 진지한 고민을 하는 제리코는 도교, 불교에 관심을 많이 두고 있다. 약 4시간 정도 저녁 식사를 하며 많은 얘기를 나눴다. 두 분과의 귀한 인연에 감사를 드린다.

마끼(40세, 여성, 일본인) 피니스테레에서 자신의 완주를 축하하기 위해 와인 파티를 하는 멋진 친구. 이미 일본의 시코쿠길 1,200㎞를 완주하였다고 한다. 자신의 다리가 계속 걷기를 원하기에 걷는다고 한다.

귀국하면 영화 홍보 업무를 하게 되어있어서 앞으로 여행하지 못할까 걱정을 하고 있다. 제주 올레길을 소개했더니 3주 정도 필요한데라고 한다. 언제 다녀갈지 모르겠다. 늘 혼자 걷고 있는 참다운 카미노 여성. 그대의 멋진 인생을 위해 간빠이!

영국 아주머니 세 분 엄청난 비를 피해 남의 집 처마 밑에 있으면서도 노래를 부르고 빗물로 샤워하는 흉내를 내며 춤을 추고 밝고 높은 톤으로 웃고 노래를 부르시는 세 분의 아줌마. 내 종아리의 그을린 부분을 탐내시던 행복한 미소가 눈에 선하다. 얼굴과 이름은 기억하지 못하고 그분들의 밝은 미소만 기억한다. 행복한 아줌마들의 멋진 인생 파이팅!

젊은 연인(30대 초반, 한국인) 한 쌍의 연인이 1년 3개월간 전 세계 여행을 하고 있다. 귀국하면 결혼할 계획이고, 그간 많이 싸우기도 했지만, 서로 맞춰가는 방법을 터득해가고 있다고 한다. 남자는 휴대전화 대리점을 운영하다 모두 정리하고 여자 친구와 더 넓은 세상을 경험하기 위해 세계여행을 감행하고 있다. 굳이 한국에서만 살아야 하는가, 외국에도 할 일이 많다고 하며 자신감과 넓은 시각을 갖고 있다. 사는 방법은 여러 가지가 있지만, 한곳에서만 안주하면 다른 삶을 볼 수 없다는 멋진 친구들. 그대들의 밝고 행복한 미래를 위해 건배!

이분들은 모두 길에서 걸으며, 술 한잔하며, 밥을 같이 먹으며 얘기를 나눈 분들이다. 각자 자신만의 방법으로 살기 위한 재정비(reset)를 하기 위해 걷는다. 걷는 사람들만 있는 것이 아니다. 휠체어를 타고 순례를 하시는 분들, 자전거 순례자들, 말을 타고 순례하시는 분들, 어린아이를 카트에 태워 가족이 같이 순례하는 분들, 오토바이를 타고 다니시는 분들,

자신의 애견과 함께 걷는 분들. 각자의 방식으로 길을 걷는다.

자신만의 삶을 찾기 위해, 힐링을 위해, 제2의 삶을 위해, 인생을 재정
비하기 위해, 잘 죽는 법을 알기 위해, 모두 뚜렷한 목적과 동기를 갖고
걷는다. 이 길은 그런 확실한 동기가 없는 한 그냥 지겹고 힘든 길에 불
과하다. 하지만 동기가 확실하면 결코 단순한 길이 아니고, 길 속에서
답을 반드시 찾게 된다. 1,000년 동안 유지된 길 속에 힘이 있고, 만나는
사람들을 통해 배우게 되고, 자신과의 진실 된 만남을 통해 원하는 답
을 찾게 된다. 나 역시 내가 가고자 하는 길에 대한 확신을 얻게 되었다.
산티아고 길에서는 노란 화살표만 따라가기만 하면 콤포스텔라에 도착
하게 된다. 나는 내 인생의 노란 화살표를 확실하게 볼 수 있었다. 다만
내가 시력을 잃거나 다른 길로의 유혹에 빠지지만 않으면 된다. 이 길을
걷는 모든 분들께서도 자신만의 노란 화살표를 찾아 꾸준히 포기하지
않고 그 길로 계속 가시길 진심으로 바란다.

카미노를 걸으며
스페인에 대한 느낌

산티아고 카미노를 걸으며 제일 먼저 놀랍고 부러운 것은 맑은 공기와 푸른 하늘이다. 먼 곳을 보아도 먼지층이 한국처럼 보이지 않고 맑은 하늘에는 아름다운 구름만 떠다닌다. 어디에서 사진을 찍어도 사진이 아주 잘 나온다. 예전엔 우리나라 창공도 비행기가 지나가면 뒤꽁무니에서 분출되는 하얀 선을 볼 수 있었는데, 요즘은 볼 수가 없다. 스페인 창공은 비행기가 지나가면서 하늘에 멋진 그림을 그려낸다.

광활한 대지와 넓은 평원에는 온갖 작물이 자라고 있다. 물을 주기 위한 비행기 모양의 이동식 대형 스프링클러가 많이 보인다. 그 땅을 각자 경작하고 싶은 만큼 경작을 하라고 무료로 나눠 주어도 남을 정도로 많다. 메세타 고원의 끝없는 평원에도 밀, 보리, 기타 여러 작물들이 경작되고 있다. 멀리 보아도 지평선 외에는 볼 수가 없는 그 넓디넓은 평원이 온갖 작물로 가득하다. 주인이 와서 작물을 살피고 물을 주는 것을 딱 한 번 본 적이 있다. 그들은 축복받은 사람들이다. 어떤 이의 말에 의하면 농경지의 90%만 경작하고, 10%는 안식년 같은 휴식 기간을 주어 늘 농경지가 비옥하게 만든다고 한다.

마을의 구조가 모두 같다. 마을의 가장 높은 곳에는 성당이 있고, 성당을 기준으로 하여 방사선 모양으로 양쪽에 집들이 들어서있다. 그러다 보니 좁은 골목이 형성되고 건물의 높이로 인해 골목 안에는 햇빛을

새로운 나로 태어나는 길, 산티아고

볼 수가 없다. 왼편에는 홀수로, 오른편에는 짝수로 된 주소가 형성되어 있고, 권위와 지위가 높은 사람부터 성당과 가까운 곳에 살았다고 한다. 그래서 주소만 보면 그 사람의 사회적 위치를 알 수 있다고 한다. 성당 주변에는 광장이 있고, 광장 주변에는 각종 카페와 바가 즐비하다. 햇빛만 나면 사람들은 카페에 나와 음식을 먹으며 서로 소통한다. 그런 풍습 때문인지 도심의 카페에도 내부에 자리가 있음에도 불구하고 사람들은 밖에 나와 서서, 또는 앉아서 음식과 대화를 즐긴다.

개들은 훈련이 너무나 잘되어 있고, 아침마다 주민들이 개들을 데리고 나와 산책을 시킨다. 도심 내의 카페 광장에도 많은 사람들이 개를 데리고 나오지만 한 번도 짖는 적을 본 적이 없다. 주인의 말에 절대적으로 복종하고, 마치 다른 사람들에게는 관심조차 없는 듯이 행동한다. 또한 주인 역시 개 목줄을 바짝 당겨 최대한 짧게 하고 다니며 주변 사람들에게 조그마한 피해라도 주지 않기 위해 배려를 한다. 한번은 정육점에서 앉아 계신 아주머니 한 분을 만났는데, 개가 치마 아래에 들어가 있어서 개가 있는지도 몰랐던 적도 있었다. 물론 시골의 조그만 마을을 지날 때면 개들이 간혹 짖기도 하지만, 모두 묶여있거나 문단속을 잘하여 사람들에게 덤비는 개를 본 적이 없다. 단 한 번 주인이 밭에서 일하기 위해 개를 데리고 나왔는데, 그 개가 내게 덤비려고 으르렁거린 적은 있었다. 스틱이 있어서 여유롭게 대처했고, 주인이 곧 개를 불러서 아무 문제도 발생하지 않았다.

큰 마을이든, 작은 마을이든 성당 자체는 너무나 훌륭한 유적지이고 유물이다. 성당 내부에 조각된 모든 조형물들의 규모, 정교함, 아름다움은 말로 표현할 수가 없다. 반면 그것을 만들기 위해 많은 시민들이, 또는 신도들이 고생을 했을 것이라는 생각에 마음이 무거워지기도 했다.

종교가 사람들의 마음속 평온을 추구하지 않고, 교세의 확장으로 교인을 지배하거나 사회를 지배하게 되면 이미 종교의 생명은 끝난 것이다. 그렇게 가톨릭이 융성하게 발전하였고, 아직도 스페인 사람들의 마음속에는 가톨릭 사상이 깔려있지만, 그들은 평생 딱 세 번만 성당에 간다고 한다. 태어났을 때, 결혼식, 그리고 죽었을 때. 그래서 성당의 재정 상태가 좋지 않아 어떤 성당은 매매가 되어 슈퍼마켓으로 바뀐 곳도 있다고 한다. 또한 신부님들도 신도들이 많지 않고, 모이지도 않아서 여러 성당을 다니며 미사를 보신다고 한다.

사람들은 전반적으로 여유롭고 활기차다. 길을 건너기 위해 서 있으면 어떤 자동차든 멈추어 서서 먼저 행인에게 지나가라고 웃으며 손짓을 한다. 물론 도심은 예외이다. 또한 길을 물으면 주변 사람들이나 근처 상점까지 들어가서 물어보고 자세히 알려준다. 한번은 슈퍼마켓에서 비누를 사려는데 보이지 않아, 종업원 유니폼 같은 옷을 입은 사람에게 물어보니 다른 사람들에게 물어보며 알려 주었다. 나중에 보니 그분은 물건을 구입하고 계산을 하려고 서 있었던 분이었다. 미안한 마음에 감사하다는 인사를 건넸더니 대수롭지 않게 웃으며 답례를 하였다. 또한 어떤 사람도 눈이 마주치면 반드시 간단한 인사를 나누며 그냥 지나치는 경우가 없다.

한번은 바에서 맥주를 한잔하는데 어린아이가 떠들고 놀고 있다. 알고 보니 그 주인집 손주였다. 주인은 내게 미안하다는 표시를 했고, 나는 괜찮다고 말씀을 드렸다. 아이가 너무 예뻐서 머리를 쓰다듬었더니 그 아이가 내 뺨에 뽀뽀를 한다. 어린아이도 어른들과 자연스럽게 어울리며 서로 신뢰를 바탕으로 소통하고 사랑하는 법을 배우고 자란다. 참으로 사랑스러운 아이였고, 보기 좋은 광경이었다. 맥줏집에서 수사신부님과 한잔하고 있는데, 스페인 중년 한 분이 오셔서 자신이 한국을 좋아한다며 맥주를 한잔 보내왔다. 넉 잔을 얻어 마시고, 답례로 한 잔 보내는데 한참 실랑이를 한 후에나 가능했다. 그분은 다시 자그마한 케이크를 보내왔다. 정이 많고 적극적이며 손님을 극진히 모시는 모습이 예전의 우리나라 사람들과 비슷하다.

전기절약이 몸에 배어있는 것도 눈에 띈다. 들은 얘기에 의하면 전기를 외국에서 수입해서 쓰기에 관리를 잘한다고 한다. 화장실이든 어느 곳이든 일정 시간이 지나면 저절로 소등이 되고, 다시 스위치를 켜야 불이 들어온다. 또한 물도 많이 아껴 쓴다. 화장실, 샤워실도 계속해서 물이 나오는 것이 아니고 꼭지를 눌러야 나왔다가 일정 시간이 지나면 저절로 물이 멈추고, 다시 눌러야 물이 나온다.

사람들은 전반적으로 우리나라 사람들에 비해 비만이 많다. 음식 때문인지 많은 사람들이 내 눈에는 비만으로 비친다. 남성들은 상체가 하체에 비해 잘 발달되어 있고, 배가 많이 나와 있다. 여성들 역시 허리가 없는 사람들이 많다. 음식은 전체적으로 많이 짠 편이고, 1인용 식사의 양이 우리나라보다 아주 많은 편이다. 1인용 샐러드는 우리나라 기준으로 보면 최소한 2, 3인용은 되어 보인다. 한 가족 세 명이 식사하는 것을 보았는데, 파스타가 내 기준에 10인용은 충분히 되어 보이고, 돼지고기 역시 최소한 5인용 이상, 그리고 후식으로 아이스크림을 먹는 모습을 본 적이 있다. 그래서 그런지 어린아이 비만도 많아 보였다.

거리는 전체적으로 아주 깨끗하다. 도시건 시골이건 깨끗하다. 시내 중심가의 아침 청소를 물차가 와서 소방 호스로 거리를 청소한다. 시골 역시 깨끗하다. 단 소, 양, 말들의 똥이 많이 있다는 것만 빼고. 가축들이 예전 우리나라 시골의 풍경처럼 자유롭게 방목이 된다. 완전한 방목이 아니고, 일정 구역에 철조망 같은 것이 있기는 하지만, 드넓은 평원에 자유롭고 한가롭게 다니며 넓은 녹지에 깔린 풍부한 풀을 뜯어 먹는 모습은 참 보기가 좋다. 시골에는 아직도 닭들이 아침을 깨우고 동네를 날아다니며 자유롭게 활보하고 있다.

원칙이 살아 있는 나라라는 인상이 강하게 남는다. 어느 식당이나 카페, 슈퍼를 가도 종업원이 '잠깐만요' 하면 아무 소리도 하지 않고 기다린다. 종업원은 오는 사람의 순서를 잘 기억하여 새치기를 용납하지 않고, 그렇게 하는 사람도 없다. 그래서 손님과 종업원 사이에 신뢰가 형성되어 있어서 아무 문제 없이 잘 지내고 있는 것 같다. 또한 파트타임 직업군이 잘 형성되어 있는 것 같다. 바에서 음식을 먹는데, 일정 시간이 지나니 종업원이 자기 시간이 끝났다며 계산을 부탁한다. 곧이어 다른 종업원이 서빙을 한다. 파트타이머이지만 손님들은 그 종업원을 존중하고, 그 종업원은 그런 생활을 하며 생계를 유지할 수 있다. 좋은 시스템이다. 영어가 안 통하는 사람들도 있지만, 영어를 할 줄 알아도 안 하는 사람들이 많은 것 같다. 슈퍼에서 계산할 때에도 내가 스페인어를 전혀 하지 못한다는 것을 알게 되면 영어로 금액을 얘기해 준다. 그 전에는 절대로 먼저 영어로 얘기하는 경우가 없다.

전반적으로 스페인은 살기 좋은 나라인 것 같다. 청정하고 풍부한 자연환경, 우호적이고 열정적인 사람들, 원칙을 지키며 함께 어울려 사는 모습 등이 아름다웠다.

새로운 나로 태어나는 길, 산티아고

출국

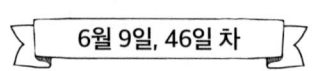

파리에서 서울

어젯밤에는 긴 여정의 마지막 날이라는 아쉬움, 집에 가고 싶은 마음, 여행하면서 만나고 느꼈던 많은 것들이 생각나서 잠을 쉽게 이룰 수가 없었다. 45일이라는 아주 긴 휴가를 멋지게 보냈다. 사람이 살면서 그런 긴 기간을 오로지 자신만을 위한 휴가로 보낼 수 있는 사람은 많지 않을 것이고, 그 기간을 이용하여 산티아고 길을 걷는 사람 역시 많지 않을 것이다. 여러 여건이 허락되어야만 가능한 것이다. 그런 면에서 나는 아주 행복한 사람이다. 또한 이 길을 걷는 내내 행복했다.

맥주 한 캔을 마시고 짐을 정리하며 TV로 영화를 보다가 억지로 잠을 청했다. 새벽에 엄청난 비가 내렸다. 마지막 밤을 잘 보내고 잘 가라고 파리가 내게 주는 선물이었다. 비가 계속 내리다 아침에 호텔을 나오니 그쳐서 역까지 걸어갈 수가 있었다. 밤새 내린 비로 바닥은 촉촉하게 젖어 있었고, 어젯밤의 어지러운 흔적들이 길 가 이곳저곳에 남아있었으며, 비둘기들이 자기세상을 만난 듯 도로를 활보하며 주변에 흐트러진 음식을 열심히 먹고 있다. 역에 도착하여 43번 플랫폼에서 기차를 타고 공항으로 향했다.

제2 터미널을 찾아가는 데 시간이 걸렸고, 터미널에서 체크인하는데 많이 당황스러웠다. 직원이 체크인을 해 주는 것이 아니라, 모두 기계를 통해 각자 보딩패스와 화물태그를 받게 되어있었다. 여러 번 시도 끝에 겨우 받아낼 수 있었다. 다시 줄을 서서 화물의 무게를 재고 티켓을 스캔 받는 등, 모든 과정을 스스로 해야만 한다. 직원들은 옆에서 말로 도와준다. 앞으로 항공사도 많은 사람들이 실직을 하고, 기계가 그 자리를 대신할 것이다. 출국심사대 역시 많은 사람들이 줄을 서 있었다. 심사대를 통과하니 다시 탑승구로 가기 위해서 내부 전철을 타고 이동을 해야만 한다. 그 과정이 복잡하지만 중요한 지점마다 직원들이 안내를 해 주고 있어서 그나마 다행이다. 내부 전철에서 내려 소지품과 몸수색 과정을 거치는데도 많은 시간이 걸렸다. 프랑스 공항은 너무 넓고 승객들도 많아서 그런지 출국하는 과정에서 시간이 오래 걸렸고, 거의 모든 과정을 스스로 해내야만 한다. 면세점에 들러서 몇 가지 선물을 사고 이 글을 쓰고 있다. 지금 시간이 10시 10분. 공항 도착 후 지금까지 걸린 시간이 약 3시간 정도 소요되었다. 일찍 서두른 것이 그나마 다행이었다. 이제 12시 10분에 비행기에 오르기만 하면 된다.

나는 과연 산티아고 순례와 베르나르 올리비에 씨를 만나는 이번 여행을 통해서 무엇을 얻었을까? 가장 기억에 남고 앞으로도 잊지 못할 추억이 순례자 병원에서의 세 명의 성자를 만난 것이었다. 편견 없이 모든 사람을 섬기는 모습, 또 미련 없이 정성스럽게 보내는 모습, 모든 과정을 그대로 수용하시며 주어진 자신의 역할에 최선과 정성을 다하시면서 '이 또한 지나가리라'라는 성경 말씀을 몸으로 실천하시는 분들을 통해서 많은 가르침을 받았다. 내가 앞으로 어떤 사람들을 만나거나 상황을 만났을 때 어떻게 대처하는 것이 현명한 것인지를 가르쳐 준 가장 귀한 가르침이었다. 있는 그대로 받아들이며 자신에게 주어진 역할을 하다 보면 그 상황은 지나가고 다른 상황이 다시 오게 된다. 거부하기 위해 저항을 하거나, 좋은 것을 놓치지 않기 위해 애착심을 내지 않고 물 흐르

새로운 나로 태어나는 길, 산티아고

듯이 적극적으로 수용하며 흘려보내면 결국 시간이 흘러 저절로 해결된다. 그러니 일상에서 군이 애를 쓰며 살 필요가 없다. 다른 하나는 나 자신과의 만남이다. 두려움의 근원을 찾았다는 것은 내게 아주 큰 수확이었다. 그 이후에는 호텔에서 혼자 편하게 잠을 잘 수도 있었고, 사람들에 대한 두려움도 많이 없어졌다. 이제 사람들을 조금 더 편안하게 대할 수 있게 되었다. 내면의 어린 자아를 잘 성장시켜서 지금의 나와 하나가 되게 노력하는 과정만 남았다. 많은 부분에서 이미 하나가 되어있다. 가끔 불편한 상황이 발생하면 자신과 대화를 통해 풀어나가면 될 것이다. 길을 걸으며 많은 사람들을 만나서 대화를 할 수 있었고, 그들 속에서 나 자신을 볼 수도 있었다. 나 자신 속에 있는 긍정적이거나 부정적인 면, 적극적이거나 소극적인 면, 넓은 마음과 좁은 마음을 모두 볼 수가 있었다. 그 모든 것이 나 자신이다. 그런 나를 수용할 수 있게 된 것도 아주 큰 수확이다. 수용을 통해서 열등감을 극복할 수 있었고, 타인의 시선으로부터 자유로울 수 있었다. 나 자신의 수용은 나를 자유롭게 만들었다.

베르나르 올리비에 씨와의 만남을 통해 사람은 육체적으로는 늙을 수 있지만, 정신적으로는 영원히 청춘으로 살 수 있다는 사실을 배울 수 있었고, 언제 시작하더라도 결코 늦지 않았다는 것을 확인할 수 있었다. 또한 신체적인 질병이 몸을 힘들게 할 수는 있겠지만, 마음까지 힘들게 할 수는 없다는 것을 직접 몸으로 보여주셨다. 내가 늘 생각해왔던 퇴직자 학교에 대한 생각을 같이 갖고 계셔서 내가 가고자 하는 길이 누군가는 해야 할 의미 있는 일이라는 것을 확인할 수 있어서 좀 더 명확하게 내 길에 대한 확신을 가질 수 있었다. 이제 배울 것은 모두 배웠다. 이번 여정은 내 인생 최고로 멋진 여행이었고, 그 여행이 앞으로의 내 인생을 멋지게 만들어 줄 것이다. 이런 귀한 기회를 만들어준 아내, 가족들, 선호혜적 관계 또는 권리 지위들에게 강사를 드린다.

PART 04

일상 속 단상

간절함과
뻔뻔함

저는 청소년상담사 시험에 합격하였고, 연수과정도 마쳐서 곧 자격증을 취득하게 됩니다. 대학원 과정 포함하여 상담심리사 2급 자격과 청소년 상담사 2급 자격을 취득하는 데 만 5년의 시간이 걸렸습니다. 지난 5년은 참으로 빨리 흘렀으며, 그간 현실과 많이 동떨어져 살아왔고, 가장으로서 경제활동에 무책임했던 거 같아, 집사람과 가족, 지인들에게 미안한 마음이 많이 들기도 하지만, 동시에 상담 공부를 통해 저 자신을 바로 볼 수 있게 되었고, 심리적으로 많이 편안해졌으며 내적으로도 단단해진 느낌이 들어 뿌듯하기도 합니다.

긴 세월과 결코 쉽지 않았던 과정을 버틸 수 있었던 가장 큰 힘은 미래에 대한 불확실성과 노후에 대한 불안감으로 인한 '간절함'이었습니다. 삶의 의미를 찾고 의미에 부합되는 삶을 살고 싶다는 간절함, 죽음을 수동적으로 기다리지 않고 죽음은 삶과 연결되어 있기에 뭔가 할 일을 찾아 능동적으로 죽음을 맞이하겠다는 간절함, 모든 생명에는 존재의 의미가 있기에 그 의미를 찾고 싶다는 간절함, '나'와 '너'가 둘이 아니고 하나라는 사실을 조금씩 알아가고 있기에 희로애락을 같이 나누고 싶다는 간절함. 아직 제대로 이뤄낸 것이 하나도 없기에 자그마한 것이라도 이루고 싶다는 간절함. 포기를 쉽게 했던 나 자신을 변화시켜 일단 시작한 일은 마무리를 해야겠다는 간절함. 이런 간절함이 저의 원동력이었습니다.

그 간절함은 제게 '상담'이라는 길을 열어 주었습니다. 제가 생각하는 넓은 의미의 상담은 주변 사람들의 심신의 고통에 귀 기울이고 도움을 줄 수 있는 모든 정신적, 신체적, 정서적 활동을 의미합니다. 이제 길은 찾았기에 멈추거나 포기하지 않고 천천히 그리고 꾸준히 길을 가기만 하면 됩니다. 그간 공부하고 수련 받으며 가장으로서 가족들에게 경제적인 풍요로움을 제공하지 못하고 제가 하고 싶은 일을 한다는 것이 늘 마음의 짐이었습니다. 하지만 이제부터는 미안함에서 벗어나 조금 뻔뻔해지려 합니다. 올바른 상담가로 잘사는 모습을 보여주는 것이 제가 아내에게 해 줄 수 있는 최고의 보상이라 생각하고 미안함은 마음 한구석에 던져 놓으렵니다. 다만 저의 언행이 제 길을 가는 데 도움이 되는지 방해가 되는지에 대한 잣대는 좀 더 엄하게 정하려 합니다.

환갑이 되어서야 세상 살아가는 법을 조금씩 깨달아 가고 있습니다. 사업을 정리하면서부터 힘든 사회생활로부터 벗어나고 사람들과의 불편한 관계를 피하려고 사람들과의 인연을 조금씩 정리하기 시작했습니다. 지금 생각하니 참으로 어리석은 생각이었습니다. 타인의 삶이나 세상과 괴리감이 클수록 제 삶의 크기가 점점 작아지고 결국에는 사라진다는 사실을, 또 자타는 동전의 양면이라는 사실을 그때는 알지 못했습니다. 과정을 매 순간 열심히 살면 결과와 상관없이 그 과정 자체가 행복이 되고, 대부분의 사람이 바라는 부와 명예는 과정의 부산물로 주어지는 일종의 보너스라는 것을, 행복을 찾아 오랜 시간 헤맸는데 행복은 늘 그 자리에 있었다는 것을 이제야 조금씩 알아가고 있습니다.

아직 제가 상담가로서 준비가 덜 되어있고, 시절 인연이 오지 않았기에 상담가로 근무할 수 있는 기회가 많이 주어지지 않아 그로 인한 좌절감과 가장으로서의 부담감을 많이 지니고 지내왔습니다. 이제는 그런 마음, 좌절감과 부담감을 내려놓으려 합니다. 상담을 통한 봉사활동을 하며 좀 더 경험을 쌓고 꾸준히 공부하고 원력을 세우면 반드시 어느 순간 제가 그 길 위에 서 있을 것이라는 확신이 점점 더 강해지기 때문입니다. 헤드헌팅을 생업의 방편으로, 상담을 자리이타의 방편으로, 걷기와 명상은 심신의 건강을 위한 방편으로, 봉사활동은 이기적인 저로부터 탈피하는 방편으로, 이 모든 것들은 나와 남이 하나가 되어가는 공부의 방편으로 행하려 합니다. 그 길을 가기 위해 저는 뻔뻔함으로 무장한 간절함을 점점 더 절실하게 느끼려 합니다.

발톱 무좀

요즘 우리 부부는 격일간으로 중요한 의식을 치르고 있습니다. 저는 왼쪽 새끼발가락, 집사람은 오른쪽 엄지발가락에 무좀이 생겨서 무좀약을 바르는 의식입니다. 그 의식 과정은 아주 신성하게 이루어집니다. 먼저 발을 깨끗이 씻은 후에 말리고, 그 후에 사포 같은 느낌이 나는 얇고 작은 막대기 모양의 기구를 사용하여 무좀으로 두꺼워진 발톱을 갈아냅니다. 그리고 알코올로 소독을 한 후에 무좀약을 바르는 기구를 이용하여 다른 곳에 묻지 않도록 정교하게 발톱에 약을 바르고, 움직이지 않은 상태에서 마를 때까지 기다렸다가 원래의 위치로 무좀약을 가져다 놓으면 모든 의식이 끝납니다. 격일간으로 이 의식을 치르고 있는데, 이틀이 왜 그리도 자주 돌아오는지, 가끔은 날짜를 기억하지 못하고 한두 번 지나치기도 합니다. 어제 바른 것 같아 오늘은 의식을 치르지 않아도 된다 생각을 했는데, 확인해 보니 벌써 이틀이 지나 빼먹기도 합니다. 하루하루가 너무 빨리 지나갑니다. 어느 분께서 그런 말씀을 하셨는지는 모르지만, 나이 먹은 만큼 나이 먹는 속도가 빠르다는 말씀은 진짜 맞는 말씀입니다. 두세 달 전에 만난 친구를 다시 보고는 우리 만난 지 일주일 지났느냐고 묻기도 하니 말입니다.

매번 의식을 치를 때마다 집사람이 먼저 제 발톱에 약을 발라줍니다. 저는 발을 내밀고 집사람은 안경을 벗고 제 발에 최대한 얼굴을 가깝게 하여 의식의 과정 하나하나를 정성껏 해내고 있습니다. 갈아 낸 후에 허리 펴고, 조금 후에 알코올로 소독하고 다시 허리 숙여 발에 코를 박듯이 최대한 가깝게 다가가서 노안이 된 눈으로 약을 발라줍니다. 그리고 정작 자신의 발톱에 약을 바를 때는 잘 보이지 않아 애를 먹고 억지로 그 의식을 치르고 있습니다. 가만히 그런 모습을 지켜보다가 이제는 제가 안경을 벗고 집사람이 하듯이 같은 방식으로 집사람 발톱에 코를 처박고 약을 발라 주기도 합니다. 그럴 때마다 집사람은 쑥스러워하기도 하지만, 그러한 모습이 너무나 아름답고 예쁩니다. 둘 다 나이가 들어가면서 허리 숙이기도 어렵고, 노안이 되어 안경을 벗었다 꼈다 하면서 그런 의식을 치르고 나면 저절로 큰 숨을 내쉬며 거사를 잘 마친 듯이 둘이 얼굴을 번갈아 보고 웃기도 합니다.

지옥과 천당의 차이점을 보여 준 얘기가 기억납니다. 지옥과 천당의 음식은 모두 똑같이 맛있는 산해진미로 가득 준비되어 있고, 길이가 자신의 팔 길이보다 긴 숟가락으로 식사해야만 됩니다. 식사 시작을 알리는 소리가 나자마자 지옥에서는 서로 자기만 먹으려고 숟가락을 휘젓고 난리를 치다가 옆 사람의 숟가락과 부딪쳐 음식은 입에 들어가지도 못하고 바닥에 떨어져서 서로 싸우고 하는 아귀다툼이 일어나는데, 천당에서는 서로의 입에 음식을 떠먹이며 웃고 여유롭게 식사를 즐기는 모습이었다고 합니다. 갑자기 발톱에 무좀약을 바르는 모습을 보며 지옥과 천당의 얘기가 떠올랐습니다. 서로 도와주면 편안하게 할 일을 잘해낼 수 있고, 덤으로 고마움을 느껴 서로에게 더욱 잘 대해주고 아끼고 사랑하며 살 수 있는데, 자신만 살겠다고 주위 사람들에 대한 배려 없이 자신만을 위한 삶을 살며 미워하고 질투하고 싸우며 살기도 합니다.

나이가 들어가면서 점점 더 많이 느끼는 것 중 하나는 홀로 할 수 있는 일이 점점 더 줄어든다는 것입니다. 혼자서는 물건을 들기도 힘들고, 기억력도 감퇴하고 어딘가에 가려 하면 겁부터 나고, 컴퓨터가 작동되지 않으면 등에 진땀이 흐르고, 기억을 상기하려면 조각난 서로의 기억을 퍼즐 맞추듯이 껴 맞춰야 하나의 기억을 온전하게 기억해 낼 수 있고 등 등. 가끔 우리 부부는 하나의 기억을 둘의 힘으로 맞춰내곤 마치 큰일이 나 한 듯이 서로 얼굴을 보고 웃곤 합니다.

그런 과정을 통해서 둘이 이미 둘이 아니고 하나라는 사실을 깨닫게 되고, 너와 나라는 이분법적인 사고가 아닌 우리라는 개념을 체득하게 되며, 내가 잘사는 유일한 길은 주위 사람들이 잘사는 것이라는 진리를 이해하게 됩니다. 나의 고통은 바로 너의 고통이고, 너의 즐거움은 바로 나의 즐거움이라는, 너와 나는 뿌리가 하나인 나무의 다른 가지에 불과 하다는 사실을 알게 됩니다. 이런 생각을 좀 더 확산시켜보면 사람과 동물, 자연 모두가 한 몸이라는 사실도 알게 됩니다. 자연이 큰 재해를 입 게 되면 우리 모두의 삶이 힘들어지고, 동물이나 곤충들이 사라지면 우 리는 존재할 수가 없기도 합니다. 결국 온 우주에 존재하는 모든 존재는 서로 연결된 하나라는 생각이 듭니다. 그런 면에서 자연이 훼손당하고 동물들을 죽이고 하는 모든 일이 결국은 자신을 해한다는 사실을 인식 하지 못하는 우리의 모습을 보면서 안타까움을 금할 수 없습니다.

모든 일은 자신부터라는 말이 있습니다. 한 그루의 나무가 건강하게 성장하기 위해서 뿌리가 근본적으로 튼튼해야 하지만, 하나의 가지가 열심히 햇빛과 빗물과 공기와 바람을 잘 흡수하여 나무 전체에 내려주 면 그만큼 나무는 튼튼해질 것이고, 그것을 본 옆 가지가 같이 따라 하 면, 그만큼 나무는 더욱 더 튼튼해질 것입니다. 결국 세상이 잘되는 길 은 나 자신이 하루하루의 삶을 알차게 보내는 것밖에 다른 길이 없다는 것을 알게 됩니다. 다른 사람들이 어떻게 살든, 타인의 삶에 대한 시시비 비를 따지지 말고, 다만 나 스스로 알차고 바르게 살고 있는지 경계할 따름입니다. 각자의 삶에 대한 과보는 한 치도 어김없이 받게 될 것입니 다. 제 삶의 과보는 제가 반드시 받게 될 것이고, 다른 사람들의 과보 역 시 마찬가지입니다. 우리는 타인을 벌하거나 상을 줄 자격은 없습니다.

그것은 우리의 영역이 아니기 때문입니다. 오늘 나는 잘살았는가? 매순간 나의 마음은 늘 깨어있어서 자신의 마음을 잘 바라보고 있는가? 자신의 마음으로부터 벗어날 때 바로 자신에게 돌아왔는가? 늘 자신을 살피고 매 순간 깨어있는 정신으로 열심히 정진할 뿐입니다.

사냥꾼과 먹잇감

얼만 전 EBS TV에서 『장자, 불안을 건딜 수 없을 때』라는 프로그램을 상영하였습니다. 그 내용 중 이런 얘기가 있었습니다. 장자가 길을 가고 있는데 까치 한 마리가 머리를 스치듯 날아가고 있었습니다. 마침 화살을 들고 있어서 그 까치를 잡으려 가까이 접근했는데도 그 까치는 꿈적도 하지 않고 뭔가를 주시하고 있었습니다. 가만히 살펴보니 그 까치는 나뭇가지 위에 앉아있는 사마귀를 잡으려 집중하고 있었고, 그 사마귀는 매미를 잡으려 집중하고 있었습니다. 먹잇감에 눈이 멀어 자신이 곧 먹잇감이 된다는 사실도 모른 채 사냥꾼의 입장에서 잡아먹을 생각만 하고 있었던 것입니다. 사냥꾼이 바로 먹잇감이 된다는 사실은 신선한 충격이었습니다.

이 우화는 우리네 삶을 잘 반영하고 있다는 생각이 듭니다. 모두 먹잇감을 찾아 한 곳만 바라보고 있고, 그 길만이 삶의 유일한 길이고, 그렇게 살아야만 된다는 획일적인 사고방식으로 자신이 어떻게 사는 것이 올바른 것인지도 모른 채 살다가 죽음을 맞이하는 모습. 또한 그런 삶이 최고의 선(善)인 양 그런 삶을 추구하고, 동경하며, 그 길을 남보다 빨리 그리고 더 높은 자리에 오르기 위해 자신을 버리고 살아가는 모습. 요즘 사회의 리더 역할을 하는 사람들이 인간의 본성은 뒤로 한 채 자신의 성공과 안위를 위해 먹잇감만 찾아다니는 괴물이 된 상황을 보면서 더욱 그 우화가 마음에 닿아옵니다.

새로운 나로 태어나는 길, 산티아고

수년 전에 전날 과음에서 덜 깬 상태로 출근하기 위해 길을 나서다 뻘건 눈으로 입에는 뼈다귀 한 개를 물고 주위를 경계하며 뛰어가는 개 한 마리를 본 적이 있습니다. 그 개는 마치 뼈다귀 하나로 세상을 다 얻은 개선장군이 된 듯 환희에 차 있었으며, 혹여 누가 뺏으러 올까 주변을 경계하는 양면을 모두 지니고 있었습니다. 그날 저는 계약 한 건을 수주하면 마치 세상이라도 얻은 듯 기뻐하고 며칠 지난 후에는 불안하고 초조한 마음으로 다른 수주를 위해 이리저리 뛰어다녀야만 했던 제 모습이 그 개와 다르지 않다는 생각을 하며 큰 충격에 빠졌습니다. 그 개의 모습은 아직도 제 뇌리에 선명하게 남아있는데, 그 모습을 본 순간 마치 제가 진공 속에 갇힌 것처럼 세상 모든 것이 멈춘 것 같았고, 아무 소리도 들을 수가 없었으며, 몇 초간 망연자실하여 서 있었던 기억이 있습니다.

　　장자에게 재상 자리를 권했을 때 장자는 재상을 한 마리의 소에 빗대어 잘 먹이고 옷 잘 입혀 신의 제물로 바쳐지는 것과 다르지 않다고 말하며 고사를 하였다 합니다. 어디에도 얽매이지 않고 자유롭게 자신만의 삶을 사는 장자의 삶은 제게 하나의 영감을 주었습니다. 모두 한 길을 갈 때도 시대의 흐름과 상관없이 자신만의 길을 갈 수 있는 용기와 재물이나 지위, 권력의 노예가 되지 않고 참 자유인으로 자신의 주인이 되는 삶을 사는 것이 장자가 제게 전해주는 의미 있는 삶의 방식이었습니다.

　　저 자신을 돌아보았습니다. 30여 년간의 직장생활과 개인사업을 하였고, 아이도 결혼하였고, 이제는 아내와 둘이 살고있는 제가 앞으로 어떻게 살아가는 것이 행복한 삶일까 라는 화두를 들고 있었습니다. 그런 고민을 하던 차에 장자의 삶을 다룬 프로그램은 제게 하나의 작은 깨달음의 기회가 되었으며, 제가 고민하며 추구하고 있는 삶의 방식이 잘못된 방식이 아니라는 확신을 주었습니다. 사냥꾼처럼 먹잇감만 찾아 평생을 헤매다가는 저 자신이 스스로 먹잇감이 되어 바로 목전에 죽음을 앞두게 된다는 사실이 제게 지금 주어진 상황에서 삶의 질을 높여 행복한 삶을 살 수 있는 방법을 찾을 수 있게 해 주었습니다.

답은 너무나 간단하고 쉽습니다. 삶을 좀 더 단순하게 살고, 욕심을 버리고, 타인들에게 배려하고 존중하는 마음으로 대하고, 건강을 관리하며, 제가 하고 싶은 일을 하며 제 삶의 주인이 되는 것입니다. 또한 권력, 재물, 명예 등이 저의 주인이 아니라 지나가는 객이라는 사실을 깨닫고 그간 잊어버렸던 주인 자리를 다시 찾아 나 자신의 주인이 되는 것입니다. 그것이 바로 주객이 전도된 몽상에서 깨어나 수처작주가 자연스럽게 이루어지는 삶입니다.

올해 환갑을 맞이하여 산티아고 순례를 떠날 예정입니다. 이 여정이 앞으로 제가 갈 길을 준비하는 데 큰 영감과 확신을 주리라 믿습니다. 먹잇감을 쫓는 나 자신이 어느 순간 나도 모르게 다른 먹잇감이 되어가는 사냥꾼의 삶을 사는 것이 아니고 주어진 매 순간의 환경에 순응하며 어디에도 걸림 없이 자유롭게 살아가는 저의 주인이 되기 위한 길을 열어 주리라 굳게 믿고 있습니다. 제가 이번 산티아고 순례를 애타게 기다리는 이유입니다.

새로운 나로 태어나는 길, 산티아고

아버지와의 화해

어제 집단 상담의 여운이 길게 남아있다. 많은 사람들이 부모님과의 갈등으로 힘들어하고 있다. 나는 아버지와의 관계가 모두 정리되어 아무런 감정도 남아있지 않았으리라 생각했음에도 불구하고 울컥하는 마음이 올라왔다. 아버지가 누이와 형을 발가벗겨 놓고 수돗가에서 가죽혁대로 때리는 모습과 그 소리, 고통에 울부짖는 소리, 그것을 깜깜한 광 속에서 두려움에 떨며 지켜보고 있던 나의 모습, 술 드시고 나시면 늘 어머니와 자식들을 폭행하시고 소리 지르시는 모습, 뇌졸중으로 오랜 기간 집에서 누워계시던 모습, 지금은 많은 후회를 하고 있는 아버지께서 더 이상 업을 쌓지 마시고 돌아가시라고 동안거 기간 동안 발원을 했던 어리석음, 월정사 단기 출가에서 삭발식을 하며 부모님과 금생의 이별을 뜻하는 삼배를 하면서 서럽게 울던 모습.

그래도 그나마 내 마음이 조금이라도 편한 것은 돌아가시기 전날 밤에 아버지 옆에서 '광명진언'을 외우며 내생에 편한 삶을 받으시라고 기도했던 것 때문이다. 아버지 앞에서 전화기를 던졌던 사건은 지금도 못할 짓을 했다는 심한 후회로 가슴에 맺혀있다. 좋았던 기억도 있다. 은성에 살 때 아버지는 광부로 한 2년 열심히 사셨다. 그때 아버지의 모습은 자랑스러웠다. 또 약간 술에 취하셔서 내 손을 잡고 걸으시며 「유정천리」를 부르셨던 모습. 그때 아버지 손 냄새가 지금도 나고, 그 노래를 부르면 지금도 많이 슬퍼진다. 취해서 비틀거리고, 싸우고, 부수고, 던지고, 소리 지르는 것을 오랜 기간 두려워했었다.

　나의 삶의 원동력은 아버지처럼 되지 않는 것이었던 것 같다. 가정으로부터 멀리 떨어져 살고 싶고, 환경으로부터 벗어나고 싶고, 가족들과도 관계를 맺고 지내는 것이 싫어서 멀리했다. 오늘 아침 출근길에 아버지 묘를 쓰지 않고, 유골을 선산에 뿌린 것이 후회되었다. 나이가 들면서 가끔 아버지가 그리울 때가 있는데, 아버지의 존재를 어디에서도 찾을 수가 없다. 그런 아버지였음에도 불구하고 그리울 때가 있다. 참으로 천륜은 무서운 것이고 끊기 어려운 것이다. 전생에 무슨 업보로 인해 부모, 자식, 가족이 되었을까. 부모님 모두 많이 힘드셨을 것이라는 생각이 든다. 아버지는 아버지대로 경제력 없는 자신의 모습으로 인해 힘들고 외로워하셨을 것이다. 어머니는 어머니대로. 가장의 역할, 엄마의 역할, 부인의 역할, 보험설계사의 역할 등을 하시느라 너무나 힘드셨을 것이다.

　내가 가정의 중요성을 이해하는 데 결혼 후 약 20년 정도 걸린 것 같다. 그 오랜 기간 잘 참아주고 기다려주었던 아내에게 너무 미안하고, 고맙다. 아이도 건강하게 잘 자라줘서 너무 고맙다. 이런 가정환경이 대물림된다는 사실을 몰랐지만, 지금 생각하면 그 환경에서 벗어나려고 치열하게 살아왔던 나 자신도 불쌍하다. 너무 많은 시간과 에너지를 아버지처럼 살지 않기 위해 안간힘을 쓰며 살아왔다. 나이가 이 정도 되었으면 아버지의 그늘에서 벗어나 나의 삶을 살아야 하는데, 아직도 발목을 잡혀 있는 느낌이다.

　다행스러운 것은 얼마 전부터 이제는 아버지의 악몽으로부터 벗어나 나의 모습으로 살아야겠다는 생각이 들기 시작한 것이다. 참으로 나 자신에게 고마운 일이다. 주말에는 어머님을 뵈러 들러야겠다. 그간 따뜻한 말 한마디조차 건네지 못했다. 얼마나 힘들고 외로우셨을까. 아버지에 대한 마음이 조금씩 정리가 되면서 그 마음이 어머니에게로 간다. 어머님께서 돌아가시면 두 분의 혼령이라도 수목장에 봉안하여 가끔 부모님이 그리울 때는 찾아뵙고 싶다. 눈물이 난다. 너무나 불쌍한 우리 아버지, 어머니, 나 자신, 미안하고 고마운 집사람과 아이. 이제 조금 자유로워지고 싶다. 휘재야, 그간 살아오느라 애썼다.

_ 집단 상담 공부하며 회기마다 느낌을 작성하는 과제가 있었다. 7회기에서 아버지에 대한 감정이 많이 올라와서 이 글을 쓰는데 많이 울며 네 시간여에 걸쳐 쓰고 지우기를 반복하며 작성하였다.

2013년 12월 5일

우리 부부가
사는 법

어젯밤에 이혼 위기에 처한 부부의 상담을 진행하는 TV 프로그램을 시청하였다. 나이 50대 초반의 부부는 늦게 결혼한 결혼 10년 차 부부로 임신이 되지 않아 시험관 수정을 통해 아이를 낳았고, 남편의 두세 번 연이은 사업 실패, 부인의 다섯 번의 교통사고, 남편 사업 부채를 부인이 갚아 주면서 생긴 부부간의 갈등 등의 이유로 서로에게 불만이 많고, 서로 잘해보려고 얘기를 하면 결국은 싸우게 되는 과정이 반복되었다. 부부 상담을 통해서 부인이 듣고 싶었던 얘기는 '임신하고 아이 낳는 과정이 힘들고, 몸도 아픈데 도와주지 못해서 미안하다.'였고, 남편이 듣고 싶었던 얘기는 '사업 실패에도 다시 시작해서 이만큼 이뤄내서 고맙고 수고했다.'는 얘기였다. 여러 회기의 다양한 상담을 통해 부부는 서로에게 듣고 싶은 얘기를 하고, 밝은 얼굴로 미안한 마음을 표현하면서 프로그램은 끝을 맺었다.

아침 식사를 하며 집사람에게 어젯밤에 본 부부의 얘기를 했다. 집사람은 내게 '당신을 보면 안쓰럽고, 미안하고, 고맙고, 부모 복이 지지리도 없다는 생각이 든다. 그리고 수고했다는 말을 한 번도 해 본 적이 없어 미안하다'며 눈시울을 붉혔다. 나는 집사람에게 '당신 생각하면 고맙고 미안하다는 생각밖에 들지 않는다.'라고 얘기했다. 우리는 언제부터인가 그런 감정 표현을 자주 하는 편이고, 매일 눈 뜨면 잘 잤냐는 인사를 서로 하고, 출근 시 집사람을 포옹하고 오늘도 즐겁게 지내라는 얘기를 한다.

상담 공부를 하면서, 특히 집단 상담에 참여하면서 내가 가장 많이 서럽고 가슴이 먹먹하고 울먹였던 부분은 집단원 중 누군가가 내게 '힘들지 않았냐? 외롭지 않았냐? 어떻게 지금까지 올 수 있었느냐?'라고 묻는 말이었고, 특히 '참 수고했고 열심히 잘 산 것이 대단하다'는 말을 들으면 서러움이 복받친다. 아마 집사람이 안쓰럽다는 표현을 한 것이 바로 이것일 것이라는 생각이 든다. 아무리 힘든 상황도 홀로 견뎌내야만 했고, 누구에게도 의지할 수 없는 상황이 나를 많이 힘들게 했다. 모든 결정에 따른 책임은 당연히 나의 몫이지만, 그 결정밖에 내릴 수 없는 상황에 대한 억울함이나 서러움이 많았기에 외롭고 힘들었다. 그만큼 내가 가진 자원은 자원이라 표현하기에도 너무나 미약하였고, 그나마 억지로 유지해 온 열등감을 위장한 자존심이라는 것이 나를 지켜내 주었다.

부모님 덕이 없다는 말은 우리 부모님께서 들으시면 실망하시겠지만, 아버지께서는 경제적으로 무능하셔서 어머니께서 그 몫을 모두 도맡아 해오셨고, 부모님의 불화는 일상이 되었다. 아버지의 모습을 보며 남자는, 가장은 돈만 벌어오면 된다고 생각했던 거 같고 홀로서기에 급급했던 이유도 비빌 언덕이 없다는 것을 일찍 알았기 때문일 것이다. 형제들 역시 각자 살기에 급급하여 서로에게 관심을 두고 신경 써 줄 상황이 되지 못해서, 다른 가족들이 형제, 동기들 간에 친하게 지내고 살갑게 대하는 모습을 보면 많이 부러우면서도 어색하게 느껴지기도 한다.

집사람이 내게 미안하고 고맙다고 하는 표현은 큰 사고 없이, 외벌이로 지금까지 살아왔고, 어떤 어렵고 힘든 상황도 얘기하지 않고 홀로 해결하려는 모습을 보며 도움이 되지 못했다는 부분에 대해 그렇게 생각하고 있을 것이다. 근데 이런 것들은 어찌 보면 우리 시대의 가장들이라면 누구나 당연히 그렇게 해야 하는 것들이다.

반면 나는 집사람을 생각하면 한없이 미안하고 고마운 마음이 든다.

일류대 출신의 여성과 삼류대 출신의 남성, 사업가 집안의 여성과 불알 두 쪽밖에 가진 것이 없는 남성은 애초에 결혼이 불가능한 것이었다. 우여곡절 끝에 결혼을 했고, 나름 열심히 살아왔지만, 내가 집사람에게 미안한 부분은 너무나 많다. 우선 경제적으로 풍족하게 해 주지 못한 점, 돈만 벌어오면 된다는 생각으로 모든 집안일에 신경을 전혀 쓰지 않은 점, 아이랑 놀아주지 못하고 교육적인 면도 전혀 도움이 되어 주지 못한 점, 술과 친구들을 좋아하고 집에 소홀했던 점, 그 외에도 수없이 많은 사소한 실수, 내가 기억을 하든 못하든 등을 들 수 있다.

지금도 생각이 난다. 연립주택에서 부모님과 함께 살던 시절 한겨울에 집사람이 아침 식사를 준비하며 내 수저를 따뜻한 물에 덥혀서 물기를 닦아 낸 후에 내 손에 쥐여줬던 기억. 이 기억은 내 평생 잊지 못할 것이다. 자신이 살던 집안 환경과 너무나 다른 아주 불편한 환경 속에 살면서, 또 추위를 엄청 심하게 타는 사람임에도 불구하고 내 손에 차가운 수저를 쥐여주고 싶지 않아서 따뜻하게 덥혀 주었던 것 하나만으로도 나는 평생 그 빚을 다 갚을 수 없다. 사업이 어려울 적에도 집사람은 늘 그 자리에서 본연의 역할에 최선을 다했고, 한 번도 돈이 부족해서 힘들다거나 짜증 내는 표현을 한 적이 없다. 아이에게는 모든 사랑과 정성을 쏟아 안정된 교육과 정서 발달에 최선을 다하는 최고의 엄마로, 내게는 가장 든든한 지원군으로 늘 그 자리에서 항상 같은 모습으로 있었고 지금도 그렇게 하고 있다. 그 고마움의 크기는 말로 표현할 수 없다. 아이는 결혼 후에 가끔 집사람에게 자신은 금수저를 받았다고 얘기를 하며 고마움을 표현하고 있다.

지금 우리는 제2의 인생을 준비하고 있다. 외동딸은 출가했고, 지금은 집사람과 단둘이 살고 있다. 우리가 가진 재산이라곤 작은 아파트 한 채와 16년 된 자동차 한 대가 전부이다. 그나마 다행스러운 것은 빚이 하나도 없다는 것이다. 나는 빚이 없다는 것 자체가 잘 살아온 것이라고 일종의 자랑으로 얘기하는데 집사람은 그냥 웃어넘긴다. 가끔 집사람은 나의 사고방식이 비현실적이고 너무 이상적이며 비상식적이라고 한다. 잘못되었다고 얘기하지 않는 것이 천만다행이다. 아마 그런 얘기를 하는 내 생각이 비현실적이어서 집사람은 웃었을 것이다.

집사람은 최대한 돈이 들지 않는 범위 내에서 취미생활을 하며 나름 즐겁게 살고 있다고 생각한다. 이것도 비상식적이고 비현실적인 나만의 생각인가? 약 8년 전부터 탁구를 배워 주 2회 탁구를 치며 동호회 회원 들과 즐거운 시간을 보내고 있고, 주 1회는 노래모임에 나가 노래를 부르 며 지낸다. 고등학교 동창들과 모임을 계속 유지하고 있고, 아이 학교 엄 마들과의 모임도 있다. 비록 경제적으로 여유롭지는 않지만, 최대한 아 끼며 그 모임을 이어 나가고 있다. 나는 집사람이 지금 그 생활만이라도 계속 유지하며 늘 건강하고 즐겁게 지내길 바랄 뿐이다. 가끔 집사람은 조금만 더 경제적으로 여유가 있으면 주위 사람들에게 식사 대접도 하 고 싶고, 동창들 만나는데 장소에 구애받지 않고 같이 먹고 즐길 수 있 다면 좋겠다는 얘기를 한다. 그럴 때마다 나는 늘 마음이 아프다. 그 정 도는 해도 되니 걱정 말고 쓰라고 해도, 우리의 상황을 잘 알고 절약이 몸에 밴 집사람으로서는 그 정도 돈 쓰는 것도 마음에 걸려 한다. 그런 모습을 보면 내 속이 많이 상하며, 내가 그 정도도 해 주지 못하는 못난 남편인가 하는 자괴감이 들기도 한다.

나는 대학원에서 상담 공부를 마치고 상담심리사 자격증을 취득하여 상담사로 평생 살아갈 꿈을 꾸며 살고 있다. 자격증 취득 후에 약 600여 곳의 상담소, 기업체 상담실, 대학상담소, 지자체 단체 내 청소년 대상 상담센터 등에 지원하였으나, 단 세 군데에서만 면접의 기회를 받았고, 다른 곳에서는 일체 연락이 없다. 주위에 확인해 보니, 상담사가 갑자기 많이 배출되었고 갓 대학원 졸업한 젊은 상담사들도 쉽게 취업을 하기가 어렵다 한다. 오랜 기간 사회생활을 하면서 축적된 경험이 상담사로 장점이 될 수 있다고 생각했는데, 오히려 나이 많은 남성이라는 점이 단점으로 작용하여 내 길을 막고 있다. 요즘 젊은이들이 취업 문제로 얼마나 힘들어할까를 최근에 직접 체험을 하며 그 아픔을 함께 느끼고 있다.

지금 제2의 삶을 준비하는 과정에서 전혀 예상하지 못했던 상황으로 인해 심리적으로 힘든 시간을 보내고 있다. 제일 힘든 이유는 집사람이 경제적인 이유로 불안해하는 것이다. 집사람이 불안해하면 나는 마음이 더 급해진다. 또 그로 인해 미안한 마음이 들고, 결국에는 그 화살이 나 자신에게 향하며 나를 공격하게 된다. 또 다른 이유는 노후 준비 차원에서 상담 공부를 늦게 시작했고 어려운 과정을 겪으며 자격증을 취득하였는데, 막상 세상에서는 나를 받아주는 곳이 없다는 상황이 나를 힘들게 하고, 앞으로 어떤 삶을 살며 100세 시대를 준비해야 하는가라는 불안한 생각이 들어 가끔은 절망적이 되기도 한다.

나름 열심히 살아왔다고 생각했는데, 어느 순간 노후 걱정을 하게 되고, 노후 준비가 부족한 나는 스스로 잘못 살아온 것이 아닌가 하는 자책감이 들기도 한다. 늦게 시작한 상담 공부는 비록 어려웠지만, 자격증만 취득하면 고통 끝! 행복 시작!이 되면서 어디에서든 상담사로 근무하며 앞으로 남은 인생을 남을 도우며 의미 있는 삶을 살고, 또 일정 수입을 유지할 수 있으리라 믿고, 포기하지 않으며, 간절한 마음으로 공부하여 자격증을 취득하였지만, 그런 나의 꿈은 어느덧 사라졌고, 높고 냉담한 현실의 벽에 부딪혀 심하게 흔들거리고 있다. 그간 많은 세파를 통해 단련되었다고 생각하고 있었는데, 아직도 세상을 살기에는 마음의 근육은 약하고 마음의 굳은살은 너무나 연하여 쉽게 상처를 입는다.

며칠 전 집사람에게 그나마 조금 남아있는 현금을 너무 아끼거나 지키려 하지 말고 편하게 쓰며 지내면 좋겠다고 얘기를 했다. 아껴 쓰면 일정 기간 쓸 수 있는 금액이다. 그 기간 동안 어떻게 해서든지 경제활동을 할 방안을 찾을 테니 너무 마음 졸이지 말고 편안하게 지냈으면 좋겠다고 했고 집사람도 별수가 없으니 고개를 끄덕였다. 또한 아프지 않는 것이 서로를 위한 길이고, 우리가 함께 잘 사는 길이니, 제발 마음 편히 먹고 편하게 지금 하고 있는 취미생활을 부담 없이 즐기라는 부탁도 했다. 집사람이 동의했으니 나는 일정 기간의 유예기간을 벌 수 있게 되었다. 하지만 그 기간은 생각보다 빨리 끝날 것이기에 미리 준비해야만 한다.

상담을 공부할 적에 명분은 남의 심리적 고통을 도와줄 수 있는 일을 하며 삶의 의미를 찾는 것이었다. 지금 내면을 깊게 들여다보니, 남을 돕겠다는 것은 나의 본래 의도를 위장하고 포장하기 위한 명분에 불과했고, 100세 시대에 맞는 경제적 준비를 하기 위한 것이었다. 돈벌이를 위한 것이라면 반드시 상담이어야만 하는 이유가 하나도 없다. 어떤 일이든 법에 저촉되지 않고 남에게 피해를 주지 않고, 내가 할 수 있는 일을 하며 경제활동을 할 수 있는 일이라면 상관이 없다. 어제 처음으로 상담에 묶여있는 나 자신을 볼 수가 있었다. 나와 타인을 자유롭게 만들기 위한 공부인 상담이 오히려 나를 묶는 꼴이 되었다.

하지만 그런 사실을 잘 알면서도 마음은 늘 상담 쪽으로 많이 기울어 있다. 회사에 출근하여 본연의 업무인 헤드헌터 일을 해야 하지만, 오전 내내 상담사 채용 공고를 확인하여 이력서 및 지원 서류를 제출하는 일로 시간을 보낸다. 자격증 취득 후에는 다른 업무는 눈에 들어오지도 않고, 손에 잡히지도 않으며 상담 또는 유관 업무를 하고 싶다는 생각이 점점 더 강하게 든다. 주위에서 나를 지켜본 가까운 후배는 상담에 대한 열정과 의지가 많으시니 오전에는 상담사 지원하는 일을 하고 오후에는 헤드헌팅 업무를 하는 방식으로 시간 할애를 하며 천천히 준비해 가면 좋겠다는 조언도 해 주었다. 다른 길을 가더라도 내게는 잠시 들려가는 길에 불과할 것이고, 결국은 나는 상담을 하며 삶을 마무리할 것 같다는 생각이 든다. 아마 상담을 통해 나 자신이 많은 변화가 있었고, 삶이 많이 편안하게 되었기 때문에 그 중요성을 잘 알고 있고, 평생 그 일을 하면서 심리적으로 힘들어 하는 분들을 도우며 그 속에서 삶의 의미를 찾으며 행복하게 살고 싶어서 그럴 것이다.

하고 싶은 일을 하기 위해서 해야만 할 일을 먼저 해야 하듯이, 또 먼 길을 가기 위해서 중간에 들러야만 하는 곳들이 있듯이, 지금 주어진 일을 열심히 하며 하루하루를 충실하게 사는 것이 내가 가고자 하는 길을 갈 수 있는 최선의 방법이다. 오늘 아침에 시끄러운 마음을 정리하기 위해 명상을 했다. 난방을 틀지 않아 집안이 추우니, 집사람이 자그마한 온풍기를 내 방에 틀어놓고 나갔다. 고맙다. 명상을 마치고 삼배를 하며 '오늘 열심히 살자'라는 발원을 했다. 내일 지구가 멸망해도 오늘 사과나무를 심겠다는 어느 철학자의 말씀을 조금 이해하게 되었다.

우리는 지금 경제적으로 조금 불편한 것 외에는 아무 걱정이 없다. 집사람은 오늘 하루 건강하고 즐겁게 살고, 나는 오늘 하루 주어진 일을 건강하고 즐겁게 하는 것, 그리고 서로의 마음을 나누고 격려하고 아껴주며 이해하고 웃으며 오늘을 사는 것, 이것이 우리 부부가 사는 법이다.

2015. 12

인간관계

대인관계 하면 제일 먼저 떠오르는 좋지 않은 기억이 있다. 예전에 같이 근무했던 직원인데, 그 직원이 퇴사를 한 후 할 얘기가 있어서 만나기로 약속을 하였다. 약속 당일 조금 일찍 그 친구 회사 빌딩으로 갔는데, 그 친구가 동료들과 나오면서, "예전에 함께 근무했던 사람이 보자고 하는데, 만나기 싫은 사람이 여기까지 온다고 해서 나가려니 짜증이 난다." 라고 얘기하는 소리를 우연히 듣게 되었다. 순간 얼굴이 후끈 달아오르고, 화도 나기도 했고, 뭔가 제안하려는 생각도 사라지고, 과연 이 미팅을 해야 하나, 아니면 취소를 할까 하는 등 별생각이 다 들었다. 결론적으로 얘기하면 마치 아무 일 없듯이 식사를 같이했고 서둘러 그 미팅을 마치고 돌아왔다. 그 이후로 예전에 만났던 사람들과 오랜만에 연락하기가 망설여졌고, 가까운 사람들이라도 먼저 만나자는 제안을 하기가 어려워졌다. 그때 그 상처는 지금도 내 마음 한구석에 남아있다.

최근에 개인적인 모임 회원 중 한 회원의 아들 결혼식이 있는데, 나만을 제외한 모든 회원들을 초대하였다는 사실을 우연히 알게 되었다. 그 모임은 내가 주선한 모임이었다. 그 친구는 잠깐 기억이 나지 않아 초대를 하지 못했다고 연락이 왔지만, 진실성이 느껴지지 않았다. 나는 그 친구를 아주 좋아했고 그런 친구가 있다는 사실을 주위 사람들에게 자랑을 하기도 했으나, 그 친구는 내가 존중하는 만큼 나를 존중하지 않고,

무시당했다는 느낌이 들어 기분이 씁쓸했다. 물론 실수로 명단에서 빠질 수도 있었겠지만, 단체 카톡방을 개설하면서도 나를 제외했다는 사실을 알게 되니, 이미 나를 친구나 동료 회원으로 생각하지 않았고, 초청할 의사가 없다는 것으로밖에는 해석할 수가 없다. 굳이 그 결혼식에 참석할 이유가 없다고 결론을 지었고, 그 친구와의 인연은 여기까지라는 생각이 들었다.

그런 이유 때문인지, 산티아고 여행을 준비하면서 물심양면으로 도움을 주신 분들의 마음이 더욱 뜨겁게 느껴진다. 신뢰와 상호존중을 바탕으로 형성된 인간관계는 만나온 기간과 상관없이 깊은 유대감을 느끼게 하고, 그런 분들을 거울로 삼아 성장과 발전의 기회를 만들어 나갈 수 있다. 여러 선배님들, 친구들, 후배들이 여행경비 일체와 필요한 장비, 관련 서적들을 선물해 주시며 격려와 응원을 해 주셨다. 처음에는 그간 스스로 사람들과의 관계를 잘 형성해왔다는 뿌듯함이 있었지만, 시간이 지나면서 정작 내가 그분들께 해 드린 것이 거의 없다는 사실을 알게 되었다. 과연 그분들께서는 왜 그런 따뜻한 마음과 선물을 준비해 주셨을까? 내가 살아온 과정을 잘 알기에 응원해 주고 싶은 마음도 있었을 것이고, 환갑 선물일 수도 있고, 그냥 장도를 잘 다녀오라는 격려의 선물일 수도 있을 것이다. 그분들에게는 내가 그분들을 어떻게 대했는지가 전혀 중요하지 않았다. 오히려 그것과는 상관없이 자신만의 모습으로 바르게 잘 살기를 바라는 마음으로 보내주신 지지와 격려의 선물이었다는 생각이 든다. 창피했다, 이런 사실을 알게 되는 순간. 미안했다, 그분들에게 진실 된 마음으로 다가가지 못했다는 생각에. 고마웠다, 조건 없이 베풀어주시는 마음을 느끼며. 용서를 바란다, 나의 이기적인 모습을.

그간 살아오면서 사람들과의 관계가 가장 어려웠다. 대부분은 권위에 대한 불만으로 겉으로는 순종적이지만, 속에는 분노와 불만으로 가득

찬 양면적인 감정으로 윗사람들, 특히 상사, 선배, 기타 사회적인 권위를 지닌 분들과의 관계가 원만하지 못했다. 친구들과의 관계에서도 내 감정을 솔직하게 표현하지 못하고 억압을 하면서 관계를 단절하거나 제대로 유지하지 못하는 오류도 범해왔고, 반면 후배나 약자들에게는 권위적으로 대하는 이율배반적인 태도를 보이기도 했다. 하지만 마음공부와 상담 공부를 바탕으로 한 정화 작업을 통해서 심리적으로 많이 안정되었고, 이런 여유는 여타 대인관계에서도 편안하고 부드럽고 긍정적인 모습으로 나타날 수 있게 만들어주었다. 나는 지금의 이런 내 모습이 꽤 괜찮아 보인다. 물론 아직도 닦아내고 깎아내고 버려야 할 부분이 많이 있지만.

돌이켜 보면, 사람들을 보는 나의 시각은 전적으로 주관적인 시각에서 벗어나지 못했다는 생각이 든다. 상대방이 나를 어떻게 생각하고 판단하고 있는 점은 간과하고 내가 가진 주관적인 판단과 감정만으로 상대방을 대해왔다는 생각이 든다. 그런 방식은 가끔 오해를 불러일으키기도 하고, 불편한 관계를 형성하기도 한다. 상대방에 대한 생각이나 주어진 상황을 내 입장에서 보는 시각에서, 상대방의 입장에서 이해를 하고 상황을 파악하는 것이 원만하고 유연한 대인관계에 훨씬 더 유익할 것이다. 또한 나와 다른 생각을 갖고 있고, 내가 싫어하는 유형의 사람일지라도 조금 더 마음을 열고 진솔하게 대할 필요성을 느낀다. 나는 그런 분들과의 관계는 단절과 무관심으로 대해왔다. 이 점은 앞으로 깊이 반성할 부분이다.

이번 일은 내게 약간의 충격과 가슴 아픈 상처를 주었다. 하지만, 다행스럽게도 이제는 그런 상처 속에서 매몰되거나, 고통을 받고 나 자신을 자책하거나 힘들게 하지는 않는다. 오히려 이런 상황은 내게 대인관계 패턴의 필요한 변화와 성장의 계기를 만들어주었다고 생각한다.

사람들과의 인연이든, 상황과의 인연이든, 물건과의 인연이든, 모든 것은 무상하다. 무상은 변할 수 있다는 것이다. 변할 수 있는 것을 변하지 않게 만들려는 것은 욕심이다. 다만 소유욕과 이기심 없이 사람, 상황, 물건을 대할 수 있기를 바랄 뿐이다.